KB121490

争先界

쟁선계 2

2017년 5월 12일 초판 1쇄 인쇄
2017년 5월 17일 초판 1쇄 발행

지은이 이재일
발행인 이종주

기획 팀 이기헌 송윤성 왕소현
책임 편집 백승미

발행처 (주)로크미디어
출판등록 2003년 3월 24일
주소 서울시 마포구 성암로 330 DMC첨단산업센터 3층 314호
Tel (02)3273-5135 Fax (02)3273-5134
홈페이지 rokmedia.com E-mail rokmedia@empas.com

ⓒ 이재일, 2013

값 11,000원

ISBN 979-11-6048-602-5 (2권)
ISBN 978-89-257-3094-3 04810 (세트)

爭先界

쟁선계

2

| 이재일 장편소설 |

ROK
MEDIA

로크미디어

차례

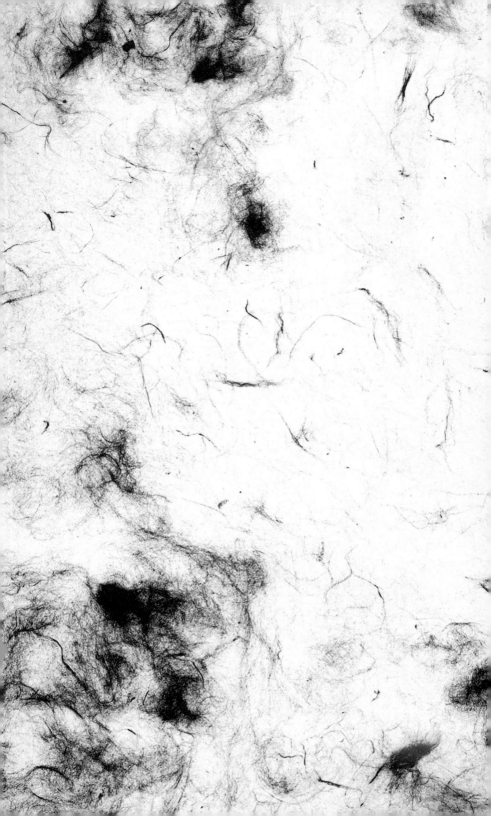

사술 邪術

(1)

"제기랄."

위백은 바지에 똥물 지린 아이처럼 측간에서 어기적어기적 걸어 나오며 혀를 찼다.

"요즘은 늘 이 꼴이라니까."

그는 괴춤에 달라붙은 오줌 방울들을 손으로 툭툭 털어 냈다. 요사이 기력이 떨어진 걸까. 요의를 느끼고 측간으로 달려갈 때마다 오줌발이 영 신통치 않았다. 처음에 제법 후드득거리며 이어지던 오줌발은 금방 찔끔거리는 방울들로 변했고, 급기야 괴춤을 적실 지경으로 맥을 못 추며 끝나 버리는 것이다. 이런 현상은 사내, 특히 그처럼 젊고 아름다운 새 부인을 맞은 사내에겐 사형선고만큼이나 끔찍할 수밖에 없었다. 몸속의 정기精氣가 바닥까지 떨어졌다는 증거이기 때문이었다.

"큰일이군, 큰일이야."

위백은 찌는 듯한 날씨임에도 불구하고 부르르 몸을 떨었다. 정말 큰일이었다.

삼각풍 위백.

금년 나이 오십칠 세.

개방의 소주 분타주.

물론 환갑을 바라보는 중늙은이에게서 이십 대 청년 같은 정력을 기대하는 것이 욕심인 줄은 안다. 하지만 위백은 매우 근면한 무인이었다. 소년 시절부터 정진해 온 개방의 양강 공력은 오십칠 년을 굴려 온 낡은 몸뚱이를 여느 청년 못지않은 건강체로 만들어 준 것이다. 그러던 것이…….

"갑자기 왜 이렇게 돼 버렸을까?"

위백은 심각한 표정으로 고개를 갸우뚱거렸다. 요즘엔 동경 보는 횟수가 부쩍 줄었다. 하기야 거지 주제에 무슨 눈 즐거울 일이 있다고 동경을 자주 보랴마는, 그래도 그는 거지들 중에는 인물임을 자처하는 사람이었다. 그런 그가 동경을 두려워하게 된 까닭은 뽑고 또 뽑아도 자꾸만 생기는 흰머리 때문이었다.

조여청사모성설朝如靑絲暮成雪이라, 아침에 감태같던 머리가 저녁이면 눈처럼 센다고 하지 않던가. 위백의 경우엔 그 진행이 다소 급한 감이 없지 않지만, 이 일련의 현상들은 누가 보더라도 그 원인을 한눈에 알아차릴 수 있었다. 그것은 바로 노화. 위백은 이제 노인이 된 것이다.

"형님, 거기서 뭐 하고 계시오?"

위백은 뒤를 돌아보았다. 그의 등 뒤엔 어느새 중년 거지 하나가 다가와 있었다. 얼굴의 절반이 개구리의 것처럼 툭 튀어나온 눈알에 의해 점령당한 특이한 인상. 그 거지는 위백에게 있어서 사적으로는 오랜 지기인 동시에 공적으로는 오른팔과도 같은 소주 분타의 법개法丐 장산홍莊山弘이었다.

개방 내에서 법개란 직책이 차지하는 비중은 결코 가볍지 않았다. 거지란 직업의 속성상 규율에 대한 의식이 흐릿한 게 당연했고, 법개는 그런 거지들에게 규율 무서운 것을 가르쳐 주는 직책이었다. 타 문파로 말하면 감찰인 셈이다. 현재 개방 내 법개의 수는 모두 스물둘. 천하에 산재된 열아홉 군데 분타에 하나씩 있었고, 나머지 셋은 개봉에 있는 총타에 머물렀다.

"아무것도 아닐세."

위백이 말하자 장산홍은 실실 웃으며 수작을 걸어왔다.

"아무것도 아니란 양반이 비 맞은 땡추처럼 뭘 그리 중얼거리고 계셨소? 측간에 놓고 온 물건이 아까워 그러시오?"

장산홍은 유쾌한 호걸이지만 지금의 위백은 농담할 기분이 전혀 아니었다. 그렇다고 형님 아우 하며 지내는 사람에게 화를 낼 수도 없는 노릇이어서 그냥 외면해 버렸다. 그러자 장산홍이 장난기를 거두며 진지하게 물었다.

"무슨 고민이라도 있으신 거요?"

위백이 슬그머니 장산홍을 돌아보았다.

"고민이 있다면 들어 줄 텐가?"

"들어 주는 거야 뭐 어렵겠소."

위백은 처량한 목소리로 운을 뗐다.

"아우, 나도 이젠 은퇴할 때가 됐나 봐. 몸이 영 예전 같지가 않아."

장산홍은 붕어처럼 큰 눈을 끔뻑이더니 이내 껄껄 웃었다.

"원, 형님도! 지나가는 개, 밭 가는 소가 다 웃겠소! 그런 엄살 부리려거든 팔다리에 알통이나 다 빠진 다음에 부리시오.”

위백은 고개를 저었다.

“그건 자네가 몰라서 하는 얘기야. 정말로 요 몇 달 사이 몸이 이상해졌다고.”

장산홍은 웃음을 거두고 진지한 눈으로, 그래서 더 우스꽝스러워 보이는 퉁방울눈으로 위백의 얼굴을 들여다보았다.

“어…… 그거 정말로 하시는 말씀이오?”

“내가 자네에게 실없는 소릴 왜 하겠나? 증상이 아주 안 좋아. 아침에 깨면 뒷골이 진흙이라도 뭉친 것처럼 묵직하고, 사지 구석구석이 결린 것이 몸살 앓은 뒤처럼 아주 찌뿌드드하다네. 어디 그뿐인가. 술을 마신 것도 아닌데 기억이 자꾸만 끊겨. 문득 정신을 차리면 조금 전의 일도 기억이 나지 않을 때도 있으니…….”

한바탕 넋두리를 늘어놓던 위백이 땅이 꺼져라 한숨을 쉬었다.

“후우! 왕년에 잘나가던 위백도 이제는 한물갔나 보이. 이 자리도 오래 못 앉아 있겠어.”

장산홍은 비로소 심각해졌다. 위백이 넋두리가 그저 엄살만이 아님을 깨달은 것이다. 우는 아이가 놀라 울음을 멈출 만큼 괴상하게 생긴 얼굴이지만, 마음 하나만큼은 비단결처럼 고운 장산홍이 아니던가. 게다가 위백에 대해서는 친동기 뺨치는 살가움을 가진 그였다.

“음! 형님께서 아마 여름을 타시는가 보오. 성 남쪽 거리에 가면 용한 의원이 있는데 한번 진맥이라도 받아 보지 않으시겠소? 아니면 이 아우가 십전대보탕十全大補湯이라도 한 재 지어 올리리까?”

위백은 손을 내저었다.

"다 필요 없어. 실은 두어 달 전부터 내자가 지어 온 약을 쭉 복용하고 있다네. 양기를 보해 주는 약이라는데 먹어도 별 효험이 없는 것을 보면 내가 약발이 안 받는 체질인가 봐."

"아하!"

장산홍의 입가에 능글맞은 미소가 어렸다. 위백이 겪는 문제의 근원을 드디어 파악한 눈치였다.

"형님, 형수께서 너무 젊고 미인이라서 그런 것은 아니오?"

올 초에 늦장가를 간 위백의 부인 죽竹 씨는 위백의 절반 나이도 안 되는 이십 대 중반이었다. 위백이 아무리 옹골찬 사람이라고 한들 둘 사이의 나이 차이를 극복하기란 쉬운 일이 아닐 터. 메마른 고목이 새로 피어나는 꽃봉오리에게 충분한 양분을 공급해 주지 못하는 것과 같은 이치였다.

촌철寸鐵로도 사람을 죽일 수 있다고, 장산홍의 말에 위백의 얼굴이 붉어졌다.

"예끼, 이 사람! 자네도 내가 늙었다고 놀리는 건가?"

"놀리긴 왜 놀리겠소? 이치를 따져 보면 그렇다 이 말이지요."

"끄응!"

위백은 거센 콧김을 뿜어냈다. 장산홍의 말이 옳았다. 하지만 그 옳은 말이 젊은 아내에게 항상 미안함을 느끼는 중늙은이의 가슴을 여지없이 후벼 판 것이다.

장산홍은 미안한 생각이 들었는지 위백에게 권했다.

"그게 집구석에 틀어박혀 고민만 한다고 해결되는 문제겠소? 오늘 소제하고 개나 한 마리 먹으러 갑시다. 북촌北村에 가면 '제발 날 좀 잡숴 주세요!' 하고 돌아다니는 멍멍이들 천지라오."

위백은 요즘 들어 부인 죽삼랑竹三郞의 얼굴이 밝지 않다는 것을 알고 있었다. 원인도 물론 알고 있었다. 번번이 신통치 않게 끝나 버리는 밤일이 그 원인이었다.

"멍멍이라……."

사실 위백은 거지답지 않게 개고기를 별로 좋아하지 않았다. 하지만 사타구니에 달린 물건만 제대로 움직여 준다면 개 아니라 개 할아버지라도 잡아먹을 용의가 있었다.

"좋아, 황구 중에 큼직한 놈으로 한 마리 푹 고아 먹으면 힘이 좀 나겠지."

장산홍이 반색을 하고 나섰다.

"내 말이 그거 아니오."

"북촌이라고 했지? 앞장서시게!"

"흐흐, 형님 덕분에 오늘 이 아우도 몸보신하게 생겼소."

마음이 동하면 몸도 따라 동하는 법인지, 결심을 하고 나니 갑자기 개가 먹고 싶어졌다.

"쩝."

위백은 어깨를 으쓱거리며 몸을 돌리는 장산홍이 마치 김이 모락모락 나는 황구라도 되는 양 입맛을 크게 다셨다.

- - -

소주 분타 내원에는 거지가 사는 집치고는 제법 번듯한 삼 층 건물이 한 채 서 있었다. '기풍전起風殿'이라는 편액이 걸린 그 건물 뒤로는 수령을 짐작할 길이 없는 늙은 은행나무 한 그루가 위엄스럽게 솟아 있어서 건물의 이름처럼 장한 바람이라도 불러일으킬 듯했다. 이 기풍전이 바로 위백의 처소이자 집무실이었다.

양광이 따가울 정도로 내리쬐는 한여름의 오후.

전각의 삼 층에 있는 내실 안에선 한 여인이 작은 탁자 앞에 앉아 책을 보고 있었다. 파락파락 세차게 넘어가는 책장 소리. 소리의 간격이 매우 짧은 것으로 미루어 책장에 적힌 글자들을 제대로 읽는 것 같지는 않았다.

"흥!"

여인은 갑자기 읽고 있던 책을 침대에 내동댕이쳤다. 삼실을 조잡하게 꼬아 만든 철끈이 끊어지며 낱장들이 후드득 침대로 흩어졌다. 하지만 그 정도론 성에 차지 않는 듯, 그녀는 작은 주먹을 꼭 말아 쥐고는 어깨를 파르르 떨었다.

"뻔뻔스러운 영감쟁이, 절구질 몇 번도 못 채우고 엉덩이를 후들거리는 주제에 도리어 내게 짜증을 내?"

쉰일곱 살 먹은 늙은 위백의 스물네 살 먹은 젊은 처 죽삼랑은 지난밤에 치렀던 만족스럽지 못한 방사를 떠올리고는 이빨을 뽀드득 갈아붙였다.

스물네 살이란 나이. 조혼早婚이 오히려 당연시되던 풍습으로 미루어 방중지락房中之樂을 알기에는 결코 이른 나이가 아니었다. 더구나 죽삼랑으로 말할 것 같으면 위백에게 시집오기 전부터 이미 많은 사내를 거친 몸. 타고난 색기 또한 승하여 요화妖花라 불려도 이상하지 않을 여인이었다. 그런 그녀에게 육욕을 만족시켜 주지 못하는 부실한 남편이 고와 보일 리 없었다.

"또 한 번만 짜증을 내 보라지. 쓸모도 없는 양물을 잡아 뽑아 고자로 만들어 줄 테니까."

죽삼랑은 있지도 않는 위백에게 비난을 퍼부으며 방 안을 배회했다.

바로 그때, 양광이 스며들던 창가에서 한 줄기 괴이한 몽연

夢煙이 피어오르기 시작했다. 처음엔 향 한 대를 피운 듯 가늘게 오르던 몽연은 어느 순간 빠르게 세력을 확산하며 창가를 가득 메워 버렸다.

뒤늦게 몽연을 발견한 죽삼랑이 소스라치게 놀라는데, 그 속에서 사내의 사이한 음성이 울려 나왔다.

"어리석은 계집! 암캐 같은 몸뚱이를 주체 못해 각의 대계를 망칠 셈이냐?"

죽삼랑의 몸이 부르르 떨렸다.

"처, 천비가 십비영님의 존안을 뵙사옵니다!"

죽삼랑은 방바닥에 이마를 내리찧었다. 아까의 도도함은 찾아볼 수 없는, 공포에 질린 아이와도 같은 기색이었다.

후흐으의!

음산한 소성이 몽연을 걷어 갔다. 아무도 없던 창가에는 한 사내가 서 있었다. 마치 이곳이 자신의 침실인 양 당당하고 거만한 자세로 서 있는 그 사내는 일신에 걸친 백황색 도포와 잘 어울리는 창백한 안색의 소유자였다. 비천대전에서 열린 십영 회의에서 개방에 대한 공작을 호언장담하던 십비영, 매령귀사 사생이 바로 이 사내였다.

사생은 핏기 없는 입술을 열어 죽삼랑을 질책했다.

"위백이 눈치채는 날엔 모든 것이 끝장이라는 것을 잊었느냐?"

방바닥과 하나가 된 죽삼랑의 얼굴이 하얗게 질렸다.

"천비가 어찌 잊었겠사옵니까?"

"그렇다면 방금 네 소행을 어떻게 변명할 테냐?"

"이 시간엔 위백은 물론이거니와 어떤 자도 이 방에 오지 않사옵니다. 그것을 알기에 감히, 감히 그런 방정을 떨 수 있었던 것이옵니다."

사생의 입술 위로 흐릿한 미소가 지나갔다.

"그래?"

"처, 천비는 지난 반년 동안 한시도 십비영님의 명을 잊은 적이 없으며, 오직 십비영님의 명에 좇아 움직였사옵니다. 이 말이 거짓이면 천비를 천 갈래 만 갈래로 찢어 죽이셔도 원망하지 않겠사옵니다!"

사생은 독살스럽게 뜬 눈초리를 서서히 풀며 음산하게 웃었다.

"흐흐, 네 노고를 모르는 것은 아니다. 하찮은 실수로 말미암아 대계를 그르치는 우를 경계하란 뜻으로 한 말이다."

여전히 저승사자의 그것처럼 생기를 느낄 수 없는 목소리였다. 그러나 죽삼랑은 사생의 기분이 이미 누그러졌음을 알아차릴 수 있었다. 그녀는 조심스럽게 고개를 치켜들었다. 상체는 바닥에 댄 채 고개만 치켜세우니, 위에서 내려다보던 사생의 눈엔 그녀의 뽀얀 젖무덤과 그 사이 은밀한 골짜기가 살짝 드러날 수밖에 없으리라. 과연 사생의 눈동자 속으로 기묘한 감정의 빛이 번득 지나갔고, 그 방면에 유난히 예민한 죽삼랑은 상대의 마음으로부터 일어난 작은 변화를 결코 놓치지 않았다.

"한데 어인 일로 이 더러운 거지들의 소굴에 존체를 납시셨사옵니까?"

죽삼랑이 간드러진 목소리로 사생에게 물었다.

"각으로부터 새로운 명이 내려왔다."

"천비는 십비영님의 영원한 종, 어떤 명이든 내려 주소서!"

바닥으로 바짝 붙인 죽삼랑의 뒤통수 위로 사생의 목소리가 떨어져 내렸다.

"개방의 용두방주를 잡는다. 거사 날짜는 팔월 초, 방법은 양무청을 잡을 때와 동일하다."

"목숨으로써 완수하겠사옵니다!"

죽삼랑은 절대 복종의 의미로 옥 같은 이마를 바닥에 쿵 내리찧었다. 사생은 그런 그녀를 내려다보다가 입가에 음흉한 웃음을 지었다.

"흐흐, 그나저나 위백의 양물이 그렇게나 쓸모없어졌다고? 네가 그리도 팔팔 뛰는 것을 보니 놈에게 쓴 비약秘藥이 제법 잘 듣는 모양이구나."

죽삼랑은 흠칫 몸을 떨었다.

"천비가 십비영님께서 왕림하신 줄도 모르고 감히 입방정을……."

"아니다. 널 탓하려는 게 아니야, 흐흐!"

어딘지 모르게 달라진 사생의 분위기에 죽삼랑은 조심스럽게 시선을 들어 눈치를 살폈다. 창백한 사생의 눈두덩에 떠오른 것은 오싹하리만큼 선명한 욕망의 빛이었다. 순간 그녀는 허벅지 안쪽으로 짜릿한 전율이 스쳐 가는 것을 느꼈다. 그녀로서는 몹시도 익숙한 반응일 수밖에 없는 것이, 실제로 그녀의 몸뚱이를 가장 많이 거쳐 간 사내가 바로 사생이기 때문이었다.

"약효가 정말로 괜찮은 것 같더냐?"

사생이 물었다. 죽삼랑은 처연한 표정으로 한숨을 내쉬었다.

"이번 임무는 천첩에게 너무나도 참기 힘든 임무 같사옵니다."

천비가 천첩으로 바뀌었다. 종년이 첩으로 바뀌는 데에는 동글동글한 울림이 뒤따르는 콧소리만으로 충분했다.

"참기 힘들어? 늙은 거지가 너를 치기라도 하더냐?"

사생이 짐짓 시치미를 떼며 묻자, 죽삼랑은 엎드린 채로 어깨를 묘하게 틀었다. 그러자 왼쪽 젖가슴의 희멀건 둔덕이 벌어진 옷깃 사이로 절반 이상 드러났다.

"하아! 쳐 줘야 할 때 제대로 쳐 주기만 한다면 천첩의 안색이 왜 이렇게 망가졌겠사옵니까? 천첩이 이렇게 된 것은 모두 십비영님 탓입니다."

"본좌 탓이라고?"

"십비영님께서 조제하신 비약이 그 늙은 거지의 양물을 물에 젖은 창호지처럼 흐물흐물하게 만들어 놓았으니, 십비영님 탓이 아니면 누구 탓이겠사옵니까?"

죽삼랑이 말했다. 샐쭉하게 접은 눈에선 탕기蕩氣가 잘잘 흐르고, 핼쑥하던 두 뺨엔 발그레한 홍조가 어리기 시작한다. 두려움이 사라지자 육욕에 몸부림치던 평소의 모습으로 되돌아간 것이다.

"오호! 네 말을 들어 보니 비약만 아니라면 위백과 사는 것도 나쁘지 않다 이거로구나."

사생이 눈을 게슴츠레 뜨며 물었다. 죽삼랑은 무릎걸음으로 사생에게 다가가며 대답했다.

"아무리 그래 봤자 놈은 이미 늙어 버린 노새, 저 들판을 치달리는 용마龍馬와 어찌 비교하겠사옵니까?"

남성의 우월감은 여자의 입을 통해 확인할 때 가장 고조되는 법이었다. 죽삼랑은 그런 심리를 잘 알고 있었다.

죽삼랑이 코 아래까지 다가오자 사생은 별안간 그녀의 머리채를 확 낚아챘다.

"거지에게 굴리던 몸뚱이를 가지고 감히 본좌의 앞에서 암내를 풍기겠다는 거냐?"

머리 가죽이 통째로 벗겨지는 고통이 오히려 달아오른 몸뚱이에 단비를 내려 주었다. 죽삼랑은 목을 뒤로 젖힌 채 붉은 입술을 살짝 벌려 가쁜 숨을 토해 냈다.

"이 시간에는 아무도 오지 않사옵니다. 바라옵건대 천첩을 짓밟아 주소서. 짓밟아 죽여 주소서!"

달착지근한 숨결에 섞여 나오는 은은한 냄새의 발원지는 죽삼랑의 의복 겨드랑이 안쪽에 매달린 향낭香囊. 그 안에는 동일한 무게의 금과 거래된다는 극상품의 사향麝香이 들어 있었다.

사생의 눈동자 속으로 원색의 흥분이 떠올랐다.

"더러운 계집! 소원대로 해 주마!"

사생은 죽삼랑을 번쩍 일으켜 세운 뒤 세차게 끌어안았다. 오장육부를 으스러뜨리는 듯한 사내의 힘, 그 격렬한 움직임이 그녀의 혼백을 구만리장천으로 날려 버렸다.

"아아! 그리웠사옵니다! 천첩은 그리웠사옵니다!"

죽삼랑은 미친 여자처럼 정신없이 중얼거리며 사생의 마른 몸뚱이에 죽을힘을 다해 매달렸다.

팍!

미세한 소리와 함께 아찔한 향기가 방 안을 진동했다. 죽삼랑의 겨드랑이 안감에 매단 향낭이 터진 듯. 그러나 두 남녀의 육신은 그 강렬한 향기마저도 끼어들 틈 없이 밀착되어 있었다.

(2)

녹양봉의 남쪽 기슭.

관솔가지들이 이리저리 얽혀 있는 잡목림 너머로 몇 그루 오동나무들이 서 있었다. 높이가 일 장도 안 되는 작달막한 놈부터 삼 장이 훨씬 넘는 우람한 놈까지.

오동락금정梧桐落金井이라는 시구처럼 오동의 참 멋을 느끼려면 이 계절을 넘겨야 하지만, 찌는 듯한 더위 속에서 시원한 그늘을 만들어 내는 오동잎은 그런대로 운치가 있었다.

석대문은 그 오동나무들 중 가장 커다란 놈의 가지에 앉아 있었다. 잎사귀 사이로 비쳐든 하오의 햇살이 따가운 듯, 저 아래를 내려다보는 그의 두 눈은 실처럼 가늘게 접혀 있었다.

석대문의 시선이 향한 곳은 잡목림 아래로 펼쳐진 장원 한 채. 여기저기가 허물어진 그 장원은 꽁무니를 잡목림에 먹힌 채 흉물스러운 전경을 눈부신 햇살 아래 그대로 드러내고 있었다. 마치 호랑이에게 반쯤 뜯어 먹힌 가련한 송아지처럼.

명공이 그린 그림도 반나절만 감상하면 질리는 법인데, 이 황량한 풍경을 꼬박 여드레나 바라보고 있었다면 그 기분이 과히 유쾌하진 않을 터. 지금의 석대문이 바로 그러했다.

부웅! 부웅!

파리 한 마리가 끈질기게 석대문의 앞을 어지럽히고 있었다. 아마도 그에게서 풍겨 나오는 먹음직스러운 냄새 때문일 것이다. 냄새의 근원지는 그의 왼손에 들린, 두툼하게 저민 양의 볼깃살을 꾸둑꾸둑하게 말린 육포가 분명하리라.

석대문은 손을 휘저어 파리를 쫓았다. 그러나 파리는 그의 손길을 요리조리 피하며 냄새의 근원에서 좀처럼 떠나려 하지 않았다.

석대문은 왼손의 육포를 노려보며 갈등했다.

'그냥 먹어 버릴까?'

하지만 입에 집어넣으면 길어야 반 각, 그것으로 육포의 존재는 사라진다. 그것은 장만해 온 식량이 모두 떨어지는 것을 의미했고, 그다음엔 가뜩이나 지겨운 풍경을 쫄쫄 굶어 가며 바라봐야 하는 고약한 상황이 기다리고 있다.

겨우 육포 한 장에 불과하지만 그래도 식량이 남아 있는 것과 남아 있지 않은 것 사이엔 큰 차이가 있었다. 마음만 먹으면 언제든지 먹을 수 있는 한 장의 육포는 허기를 달래 주는 희망이 될 수 있었다. 생각하기에 따라서 말이다.

"미안하네."

석대문은 손가락을 가볍게 퉁겼다. 팍, 소리와 함께 눈앞을 부산스럽게 날아다니던 파리가 작고 까만 점들로 분해되어 흩어졌다.

'그것참.'

자신의 꼴이 우습다는 생각이 들었다. 까치집처럼 헝클어진 머리카락에 때가 꼬질꼬질한 얼굴로 일신에 지닌 뛰어난 공력을 파리한테나 쓰고 앉았으니, 강동제일인 체면이 말이 아니었다.

그래도 할 수 없었다. 개방과 얼굴 붉히지 않고 사건을 조사하려면 이 방법이 가장 무난했기 때문이다.

문득 소주에서 주 노대란 신분으로 도박장을 경영하던 신안자 주두진과 나눈 대화가 떠올랐다.

─이 편지와 문서는 동일인에 의해 작성되었네. 에…… 작성 연도의 차이가 큰 탓에 필체가 약간 바뀌긴 했지만, 근간만큼은 의심할 여지없이 똑같아. 이건 둘 다 위백이 쓴 거야.

─확실합니까?

─한때는 신안으로 불린 눈일세. 내가 그렇다면 그런 거야.

─그밖에 특이한 점은 없나요?

-특이한 점이라니?

-신안을 지니셨으니 범안을 지닌 사람에 비해 무엇 하나라도 더 보셨을 것이 아닙니까.

-허, 이제 보니 강호에 이름 높은 석가장 젊은 가주는 숫제 날강도였군. 이리저리 둘러쳐서 이 늙은이 밑천까지 빨아내야 성이 풀리겠다 이건가?

-사안이 가볍지 않아 그렇습니다. 노선배님께서 이해해 주십시오.

-좋아! 그렇게 보채니 말하겠네만, 이는 나도 장담할 수 없는 부분이니 그렇게 알고 듣게.

-말씀하십시오.

-편지와 문서 사이엔 몇 군데 필체 말고도 한 가지 괴이한 차이가 있네. 말로 설명하긴 어렵지만 굳이 표현하자면 '마음'의 유무라고나 할까?

-마음의 유무라고요?

-문서에는 쓴 사람, 즉 위백의 마음이 담겨 있네. 이 부분을 보게. 손대孫大와 공손대길公孫大吉, 이 두 이름은 손孫 자와 대大 자가 공통으로 들어 있네. 한데 두 사람의 이름을 잘 살펴보게. 뭐 느끼는 게 없나?

-손대에 들어 있는 글자가 공손대길에 들어 있는 글자보다 똑바른 것 같군요.

-똑바르다……. 하기야 자네 같은 범안의 눈엔 그렇게밖에 보이지 않겠지. 이번엔 이름 옆에 기재된 글까지 함께 읽어 보게.

-음, 손대는 썩 괜찮게 평했고 공손대길은 형편없이 평했군요.

-그렇지. 그게 바로 '마음'이란 얘기야.

-무슨 말씀인지……?

-공손대길의 인적 사항을 기록하는 위백의 마음은 못마땅함으로 가득 차 있었네. 보게. 획의 줄기는 날카로운데 끝은 유난히 뭉툭하지. 이는 격앙된 상태에서 획을 그었고, 그 끝에서 잠시 붓을 멈추고 무엇인가를 떠올렸음을 의미하네.

-아!

-반면 손대에 관한 글을 살펴보게. 시종일관 줄기가 부드럽고 끝이 산뜻하지? 이는 앞선 경우와는 달리 몹시 유쾌한 마음으로 기록해 나갔음을 의미할 걸세.

-과연 듣고 보니 그럴 듯합니다. 하면 이 편지엔 그런 '마음'이 없다 이 말씀이십니까?

-재미있는 일 아닌가? 혈랑곡도니, 중차대니 따위의 심각한 내용 일색인데도 불구하고 필치는 지극히 안정되어 있으니 말일세. 아니, 이건 안정되었다고 말하기도 힘들어. 이만큼 무심한 필운筆運은 서예의 대가들도 쉽게 넘볼 수 없지. 혼이 빠진 사람이라면 모를까.

"혼이 빠졌다……. 저 장원에 여우 귀신이라도 출몰했다면 모를까, 천하의 위백이 혼이 빠졌다니."

석대문은 혼잣말을 중얼거리며 허리에 매단 물주머니를 꺼냈다. 주둥이에 입을 대고 거꾸로 기울이자 미지근한 물 몇 방울이 입술을 적셨다. 하지만 아쉽게도 그게 전부였다. 그는 물주머니를 몇 번 흔들어 그 안이 텅 비었음을 확인했다. 건량이 바닥난 상황에 식수마저 떨어졌으니 엎친 데 덮친 격이랄 수 있는데, 석대문은 조금 다른 각도로 생각했다.

'한 번에 두 가지를 채워 올 기회니, 시간을 절약한 셈이군.'

석대문은 들고 있던 육포를 입에 집어넣었다. 그러고는 앉아 있던 오동나무 가지에서 몸을 일으켰다. 가장 가까운 마을은 도보로 왕복 한 시진 거리. 경신술을 펼친다면 감시를 비우는 것은 반 각으로 충분했다.

그런데 오동나무 아래로 뛰어내리려던 석대문의 신형이 어느 순간 딱 굳어 버렸다. 멀리 폐장원을 가로지르는 기묘한 물체를 발견한 것이다.

'안개 뭉치?'

석대문은 그런 생각을 떠올렸다. 하지만 그와 동시에 안개 뭉치일 리 없다는 생각 또한 떠올랐다. 이처럼 밝은 대낮에 지표를 둥둥 떠다니는 마차 한 대만 한 크기의 안개 뭉치는 있을 리 없기 때문이다.

괴이한 점은 장원 내에 있는 거지들의 반응이었다. 그들은 바로 곁을 스쳐 가는 그 안개 뭉치 아닌 안개 뭉치의 존재를 전혀 눈치채지 못하는 것 같았다. 단체로 당달봉사라도 되어 버린 것일까.

석대문은 하늘을 올려다보았다. 한 대 올려치면 쨍 소리가 날 것 같은 새파란 하늘. 그리고 덥다. 신시申時(오후 네 시 전후)를 조금 넘긴 태양은 여전히 맹위를 떨치고 있었다.

"호리정이 좋아할 시각은 아닌데……."

석대문은 의미심장한 미소를 지었다. 다음 순간, 나뭇가지에 있던 그의 신형이 허깨비처럼 사라졌다.

매령귀사 사생은 소주 분타를 나서고도 한참을 더 간 뒤에야 양 발목에 붙들어 맨 붉은 부적을 뗐다. 삶은 돼지 껍질처럼 혈색 나쁜 그의 이마엔 작은 땀방울들이 송알송알 맺혀 있었다.

반 각가량 전개한 음부잠행술陰府潛行術에 이처럼 땀을 흘린다는 것은 각종 좌도이술左道異術에 달통한 그에게는 어울리지 않는 일이었다.

"흐흐, 정말 뜨거운 계집이었어."

얄팍한 입술 위로 웃음이 떠올랐다. 만족과 아쉬움이 뒤섞인 나른한 웃음이었다. 그러고 보니 사생의 눈 주위는 더욱 검게 물들어 있었다. 땀을 흘리는 것도, 그리고 눈 주위가 검게 변한 것도 모두 그가 말한 뜨거운 계집, 죽삼랑과 치른 정사의 여파였다.

골수까지 토해 놓은 듯한 격렬한 정사는 자그마치 한 시진 동안 이어졌다. 반년이란 시간 동안 죽삼랑의 몸에 고여 있던 정염情炎의 샘은 퍼내도 퍼내도 끝이 없이 솟구쳐 나왔다. 만일 사생의 정력이 보통 사람을 훨씬 능가하는 절륜한 것이 아니었다면, 그 또한 더위에 지친 남방의 소처럼 혀를 빼물고 허물어졌을 것이다. 그리고 죽삼랑은 완전히 진화되지 못한 뜨거운 육신을 쥐어뜯으며 다시금 방 안을 배회하고 있을 테고.

어쨌거나 사생은 죽삼랑을 만족시키는 데 성공했다. 절정의 순간 맹수가 울부짖는 듯한 죽삼랑의 울부짖음에 약간 놀라긴 했지만, 그래도 그런 요화를 나가떨어지게 만들었다는 것은 남자에게 있어서 큰 자랑거리가 될 수 있었다.

"위백 따위는 꿈도 꾸지 못할 일이지."

사생은 스스로를 칭찬한 뒤, 발목에서 떼어 낸 부적을 손가락 사이에 끼워 잡고 가볍게 비볐다. 화륵, 하는 작은 소리와 함께 부적은 조그만 불덩이로 화했고, 이내 재로 변해 흩어졌다. 깔끔함을 좋아하는 그는 영력靈力을 소진한 부적을 언제나 이렇게 처리했다.

명을 전달한 데다 한풀이까지 해 줬으니 죽삼랑은 신명을 다 바쳐 위백을 움직일 테고, 강호 제일의 호한으로 알려진 개방의 용두방주는 미끼 냄새에 끌려 보쌈에 들어가는 송사리처럼 아무 영문도 모른 채 사생의 수중으로 굴러떨어질 것이다.

'놈을 어떻게 처리할까? 죽일까? 아니면 위백처럼……?'

문득 이비영 문강의 낭랑한 음성이 떠올랐다.

─우근은 결코 십비영 혼자의 힘으로 감당할 수 있는 상대가 아니오.

'흐으. 샌님 주제에 감히 누구더러…….'

사생은 음산하게 웃었다. 우근을 잡아 언제나 고상한 체하는 문강의 낯짝을 똥색으로 만들어 줄 것을 기대하니 벌써부터 마음이 즐거워졌다.

그러나 사생의 즐거움은 그리 오래갈 수 없었다. 그가 걷고 있는 소로의 앞쪽으로 십여 장쯤 떨어진 곳, 편편한 바위에 등을 기대고 서 있는 사내 하나를 발견했기 때문이다.

소매를 둘둘 말아 걷어붙인 검은 무복에 이마를 덮고 있는 덥수룩한 앞머리가 무척 지저분한 느낌을 주는 사내.

'음? 저자가 왜 이곳에……?'

사생은 저 사내의 정체를 알고 있었다. 아니, 사생이 아닌 누구라도 이 강동 땅에서 모종의 공작을 벌이려면 반드시 저 사내의 존재를 의식해야만 했다. 왜냐하면 저 사내는 이 강동 땅에서 가장 상대하기 곤란한 인물이기 때문이었다.

묘한 시간, 묘한 장소에 나타난 사내. 과연 우연일까?

사생은 긴장의 고삐를 단단히 틀어쥔 채 소로를 따라 걸음을 옮겼다. 그 사내는 사생이 앞을 지나칠 때까지 아무런 행동도 보이지 않았다. 그저 해바라기를 하는 늙은이처럼 한가한 시선을 먼 하늘에 주고 있었을 뿐이다.

'하긴 괜한 걱정인지도 모르겠군.'

사생은 픽 웃었다. 그는 비록 중원에서 태어났지만, 서장 밀종의 본산인 아두랍찰阿斗拉刹에서 성장기를 보냈다. 그가 중원 땅을 다시 밟은 것은 불과 십사 개월 전. 그것도 태원부에서 보낸 시간이 대부분이었다. 중원 강호의 인사들 중에서 그를 알아볼 수 있는 사람은 전무하다고 해도 과언이 아니었다. 사내의 앞을 지나치는 그의 걸음이 한결 자연스러워졌다.

한데 사내의 앞을 지나 대여섯 걸음이나 내디뎠을까?

등 뒤에서 들려온 굵은 목소리가 사생의 안도감을 여지없이 무너뜨렸다.

"도사 양반, 말 좀 물읍시다."

등줄기를 따라 싸늘한 기운이 주르륵 흘러내렸다. 그러나 겉으론 짐짓 태연한 체하며 사생은 천천히 몸을 돌렸다.

"빈도 말씀이시오?"

이 또한 태연함을 가장한 목소리인데.

"이 자리에 이 몸과 도사 양반 외에 또 누가 있겠소이까?"

사내가 싱긋 웃으며 말했다. 그러나 그 눈가에 떠오른 엷은 비웃음을 발견한 순간, 사생은 더 이상 태연함을 유지할 수 없었다.

"무엇을 묻고자 하시는지?"

사내는 뒷머리를 한번 긁적거린 뒤 질문을 던졌다.

"혹시 도사로 변신하는 여우 얘기를 들어 본 적 있소?"

사생의 눈이 더욱 가늘어졌다.

"도사로 변신하는 여우라……. 빈도는 도우께서 하시는 말씀을 도통 이해할 수 없구려."

사내가 기대고 있던 바위에서 등을 떼어 내며 말했다.

"말귀가 어두운 분이구려. 요사한 안개로 몸을 숨기고 거지 소굴을 들락거리던 여우가 갑자기 점잖은 도사로 변신하는 얘기를 들은 적이 있느냐 이 말이오."

사생의 길쭉한 눈썹이 한차례 흔들렸다. 하지만 그는 심중의 동요를 드러내지 않고 천천히 고개를 저었다.

"처음 듣는 얘기외다. 만일 그것이 사실이라면 그 거지들로선 큰일이겠구려."

"그 여우가 거지 두목의 혼이라도 빼 간다면 정말 큰일이겠지요."

사내의 말은 점입가경. 마침내 사생의 두 눈에 독살스러운 기운이 떠오르기 시작했다.

"하면 도우께선 그 여우를 어찌하실 생각인지?"

사내는 어깨를 으쓱거렸다.

"나라고 신출귀몰한 여우를 무슨 재주로 당하겠소, 단지 그 여우가 사람이길 바랄 수밖에."

"사람이면 상대할 자신이 있으시오?"

사내는 물어 뭐하냐는 표정으로 고개를 끄덕였다. 사생은 가늘게 접은 눈으로 사내를 바라보았다.

"때로는 여우보다 사람이 훨씬 무섭단 얘기를 아직 듣지 못하신 모양이오."

사내가 새끼손가락으로 귓구멍을 후비며 심드렁하게 대꾸했다.

"견문이 짧은지 아직 못 들었소."

사생은 왼손을 슬쩍 들어 사내의 얼굴 오른쪽을 가리켰다.

"여우는 벌건 대낮에 이런 일을 못 할 거요."

팍!

순간 사내의 오른쪽 볼따구니 옆에서 새파란 불꽃이 피어올랐다. 사내는 반사적으로 몸을 왼쪽으로 기울였다.

"죽엇!"

사생은 양 소맷자락을 세차게 휘둘렀다. 십여 줄기의 백광白光이 일 장 남짓한 거리를 가로질러 중심이 흔들린 사내의 몸뚱이에 퍼부어졌다.

"정말 사람이 더 무섭군."

사내가 탄식하듯 말했다. 그러나 그가 보인 행동은 실제로는 전혀 무서워하지 않음을 보여 주고 있었다. 이미 기울어진 왼쪽으로 신형을 빠르게 낮추는 것은 아마도 철판교鐵板橋의 응용인 듯한데, 동체가 바닥에 닿기 전 왼손 손바닥을 버텨 몸을 팽이처럼 회전시킨 것은 대선풍大旋風이란 경신술의 변형이리라.

파파팍! 쉭!

전자는 사생이 발출한 백광이 사내가 등지고 섰던 바위에 틀어박히는 소리요, 후자는 거대한 팽이가 된 사내로부터 시커먼 벼락 줄기가 뻗쳐 나오는 소리였다.

"헉!"

사생은 혼비백산하여 허리를 뒤로 젖혔다. 시커먼 벼락 줄기가 일 장의 거리를 거짓말처럼 뛰어넘으며 그의 면문을 세차게 급습했기 때문이다.

찍!

백황색 도포의 앞섶이 아래로부터 길게 찢어졌다. 화끈거리는 통증으로 미루어 살갗도 약간 상한 듯.

사생은 황급히 공중제비를 두 차례 넘어 뒤로 물러났다. 그러고는 발바닥이 지면에 닿는 것과 동시에 몸을 확 돌려 달아나기 시작했다. 사내가 보여 준 한 수에 겁을 집어먹은 것일까? 그런 것은 결코 아니었다. 사생은 그런 겁쟁이가 아니었다.

앞서도 밝혔거니와 사생은 사내가 누군지 알고 있었다.

강동제일인 석대문!

이 이름은 사내의 진가를 설명하기에 부족함이 없었고, 그런 의미로 볼 때 사내의 실력이 비범한 것은 당연하다고도 할 수 있었다. 하지만 보다 중요한 문제는 그 비범한 실력의 소유자가 사생의 사업을 파헤치기 시작했다는 점이었다. 그것도 상당히 깊숙한 부분까지.

이는 사생이 중원에서 벌인 최초의 사업이 심각한 위협을 받고 있음을 뜻했다.

'놈의 입을 막아야 한다!'

소로를 내달리는 사생의 두 눈에 섬뜩한 살기가 번들거렸다. 살인멸구殺人滅口. 그러려면 적당한 장소가 필요했다. 이 부근은 그의 장기를 발휘하기엔 너무 밝고 넓었던 것이다.

원하는 장소를 찾아 빠르게 달리던 사생은 힐끔 뒤를 돌아보았다. 과연 사내는 따라오고 있었다, 유유해 보이지만 놀랄 만큼 쾌속한 경신술을 발휘하면서.

사생은 다시 전방을 바라보았다. 녹양봉의 푸른 봉우리가 점차 가까워지고 있었다. 저 봉우리 어딘가에 반드시 있을 것이다. 그가 바라는 장소, 밝은 태양 아래에서도 어둡고 축축하며 약간의 노력만으로도 음부의 권세를 이끌어 낼 수 있는 최적의 장소가.

사생은 어금니를 지그시 깨물었다.

죽여 주마, 석대문!

(3)

녹양봉 중턱의 이름 모를 숲.

교목들은 찾아보기 어렵지만 남부 특유의 울창한 활엽수림이 그 일대를 온통 뒤덮고 있었다. 석대문은 발길을 멈추고 뒤를 돌아보았다. 그곳엔 파란 하늘 아래 화창한 여름의 오후가 펼쳐져 있었다.

석대문은 다시 고개를 돌려 전방의 숲을 바라보았다.

발작하는 간질병자의 수족처럼 이리저리 꼬인 덩굴들, 보라색 그늘로부터 풍겨 나오는 해초의 부취 같은 퀴퀴한 냄새…….

등 뒤의 밝은 풍경과는 딴판인 음습한 세계였다. 마치 그가 서 있는 곳을 경계로 이승과 저승이 갈라져 있는 것 같았다. 이 기분 나쁜 숲이 토끼처럼 달아나던 그 젊은 도사가 숨어든 곳이었다.

'토끼라고?'

왜 하필 토끼 같다는 생각이 떠올랐을까?

석대문은 픽 웃은 뒤 저승을 연상케 하는 음습한 세계 속으로 걸음을 내디뎠다.

향 한 자루 탈 시간 정도 들어왔나 보다.

'이 근처에 있다.'

석대문은 걸음을 멈췄다. 인기척은 감지되지 않았다. 살기도 느껴지지 않았다. 단지 음습한 기운이 한층 더 짙어졌을 뿐이다. 헐떡거리는 짐승의 숨소리처럼 끈끈하게 달라붙는 숲의 정적은 하나의 심상으로 화하여 그의 본능을 불쾌하게 자극하고 있었다. 인간의 세계와는 어울리지 않는 심상. 그것은 요기였다.

스스스-.

주위의 수풀들이 움직이기 시작했다. 바람 한 점 없는데 수풀이 움직이다니? 그것은 눈의 착각이었다. 구부러진 가지들과 넓적한 잎사귀들 사이로 피어오른 뿌연 안개가 수풀이 움직이는 것 같은 착시 현상을 일으킨 것이다.

안개는 무한한 위장을 지닌 괴물처럼 주위의 경물을 삼켜 갔다. 아래에서부터 위로. 서서히.

"흐으으으- 강동제일가주우우- 석대무우우운-."

방향을 짐작할 수 없는 목소리가 안개에 실려 나왔다. 공곡향성空谷響聲이나 육합전성六合傳聲 같은 음공音功으로 여기기에는 그 여운이 너무 길고 으스스했다. 마치 유부를 떠도는 원혼들의 흐느낌처럼.

"날 알고 있었나?"

석대문이 물었다. 귀기 어린 울림이 즉시 돌아왔다.

"눈을 장식으로 달고 다니지 않는 이상 신新오대고수의 한 사람을 몰라볼 수야 있나."

신오대고수란 곤륜지회의 오대고수 이후 후발 주자들 중에서 가장 걸출한 다섯 명을 지칭하는 말이다.

"뜻하지 않은 곳에서 과분한 소리를 듣는군."

석대문이 싱긋 웃었다. 그러자 안개 속에서 다시금 흐느끼는 듯한 목소리가 들려왔다.

"그러나 그 이름도 이젠 끝이지. 나, 사생이 이 숲에서 그 이름을 거두어 갈 테니까."

휘이잉!

돌연 한 줄기 음풍이 석대문의 몸을 감싸고 지나갔다.

'음?'

석대문은 전신을 가볍게 긴장시키며 눈을 가늘게 떴다. 전방에 일렁이던 안개가 서서히 변해 가고 있었다. 여름 하늘의 먹구름이 만들어 내는 무작위적인 이합집산처럼 때로는 얽히고 때로는 풀어지면서 서서히 형성되어 가는 기묘한 덩어리. 바로 백황색 도포를 입은 도사, 사생이었다.

"석대문, 이 자리가 네 무덤이 될 것이다."

자신감에 찬 사생의 선포를 들으며 석대문은 작은 곤혹을 느꼈다.

'거리를 가늠할 수 없다.'

적과의 거리를 가늠하는 것은 싸움에 앞서 선행해야 하는 필수적인 단계였다. 그런데 어찌 된 영문인지 석대문의 예리한 안력으로도 사생과의 거리를 가늠하기가 힘들었던 것이다. 그 이유는 곧 밝혀졌다.

거리를 측정하는 데 필요한 요소는 크게 두 가지. 하나는 목표물 주변 경물의 상태요, 다른 하나는 목표물 자체의 크기였다. 두 가지 요소가 복합적으로 작용할 때 원근감이라는 구체적인 기준이 만들어지는 것이다. 한데 무슨 조화를 부렸는지는 모르지만, 사생이라는 저 도사는 괴이한 안개로 주변 경물을 가린 채 본인의 윤곽마저 아지랑이처럼 일렁거리게 만들고 있었다. 원근감에 혼란이 오는 것은 어쩔 수 없는 일이었다.

"사술이군."

석대문이 중얼거렸다. 문득, 안개 뭉치에 휩싸인 채 개방 소주 분타의 폐장원을 무인지경으로 지나치던 사생의 모습이 떠올랐다. 비슷한 계열의 사술인 것 같았다.

'혹시 이 숲을 둘러싼 요기의 근원도 그런 사술이 아닐까?'

석대문의 안색이 조금 어두워졌다. 그게 사실이라면 싸움을 시작하기도 전에 지리地利를 잃은 셈. 숲이 천연적으로 만들어 내는 그늘과 습기는 놈이 사술을 펼치기에 더할 나위 없이 좋은 소품이 되어 줄 것이기 때문이다.

"이승의 부정한 의복으로 유부에 들어갈 수는 없는 법. 먼저 수의를 한 벌 선물해 주마."

유령처럼 허공에서 흐느적거리는 사생의 오른손엔 어느새 꺼내 들었는지 붉은 수실이 달린 요령搖鈴 한 개가 들려 있었다.

딸랑, 딸랑, 딸랑, 딸랑.

요령 소리가 울릴 때마다 사생으로부터 붉은 연기가 뿜어 나오고 있었다. 수많은 털벌레 떼처럼 땅을 꾸물꾸물 기어 온 붉은 연기가 석대문의 주위를 둥글게 감싸기 시작했다. 그 형상이 치렁한 붉은 수의 같기도 했다.

석대문은 눈살을 찌푸리며 한 걸음 물러서 보았지만, 붉은 연기는 생명을 가진 것처럼 그에게로 달라붙어 왔다. 곤란한 점은 그것만이 아니었다. 시야가 순식간에 나빠졌다. 그는 자욱하게 밀려드는 안개 속에서 어떤 냄새를 맡을 수 있었다. 무인에게는 너무나도 익숙한 냄새, 바로 피비린내였다.

'파설법술破舌法術?'

파설법술이란 영매나 방술사가 요귀를 부를 때 사용하는 사술 중 하나로, 입안의 살을 깨물어 얻은 피를 허공에 뿜어냄으로써 삿된 것들을 끌어 모으는 방법이었다. 하지만 아무리 그렇기로서니 고도의 수련으로 단련된 검객의 안력마저 이처럼 무력하게 만드는 것은 평범한 재주가 아니었다.

시야는 곧 완전히 차단되었다. 흐릿하게나마 보이던 숲도, 원근감을 어지럽히던 사생의 모습도 온데간데없이 사라졌다. 사위를 뒤덮은 것은 역겨운 피비린내를 풍기는 붉은 연기뿐.

"어때, 이쯤이면 분위기는 괜찮은 편 아닌가? 아차차, 음악이 빠졌군. 이 좋은 분위기에 음악이 빠져서야 쓰나."

어디선가 사생의 목소리가 들려왔다. 비웃음, 호기 그리고 자신감이 담긴 목소리였다. 하지만 석대문이 그간 쌓아 올린 정력은 이 정도 도발에 흔들릴 만큼 가볍지 않았다.

'섣불리 움직이면 당한다.'

석대문은 정신을 똑바로 가다듬었다. 한 줄기 가벼운 전율이 척추를 타고 미골로 달려갔다. 그와 동시에 근육과 관절을 뻐근히 조여 오는 기분 좋은 긴장이 눈에 보이듯 생생하게 느껴졌다. 심장의 박동 또한 기분 좋을 정도로 빨라져 있었다. 상대할 만한 적수를 맞아 무인의 육체와 정신이 최고조의 활성 단계로 접어들고 있는 것이다.

석대문은 오른손을 움직여 허리에 두른 연검, 묵정墨晶의 손잡이를 슬며시 잡아 갔다.

'와라, 사생!'

딸랑! 딸랑! 딸랑! 딸랑!

"유부를 떠도는 원혼들이여! 마침내 유시酉時(오후 여섯 시 전후)가 되었도다! 유시관령酉時官靈의 음기가 만건곤하였으니, 관령의 명에 따라 현신하라! 이를 율령으로 받들어 급히 행하라! 급급여율령急急如律令!"

한층 날카로워진 요령 소리와 함께 붉은 연기 속으로 사생의 주문이 울려 퍼졌다.

흐ㅇㅇㅇㅇ– 우우우우우–.

무간지옥無間地獄의 뚜껑이 열린 것일까? 땅속 깊은 곳으로부터 귀기 어린 흐느낌이 시작되었다. 수천수만의 원혼들이 일제히 원한을 호소하듯, 처음에는 진동만 느낄 정도의 낮은 음역을 맴돌던 흐느낌은 곧 비단을 찢는 듯한 귀곡성으로 솟구쳤다.

끼아아아아악!

어느 순간 석대문의 주위를 맴돌던 붉은 연기가 광란하기 시작했다. 망자亡者들의 시간이 열린 것은 그 직후였다.

광란하는 붉은 연기를 배경으로 급속히 드러나는 지옥도!

석대문의 눈이 일그러졌다. 그가 서 있는 곳이 잠깐 사이에 지옥의 한 구역으로 변해 버린 것이다.

붉은 연기 속에서 나타난 귀신들은 실로 각양각색이었다. 이야기 속의 우두마면귀牛頭馬面鬼는 물론이거니와 머리가 잘린 놈, 팔다리가 끊어진 놈, 몸뚱이에 구멍이 뚫려 창자가 흘러나온 놈, 부패한 살점 사이로 구더기가 꿈틀거리는 놈…….

간담이 약한 사람이라면 보는 것만으로 거품을 물고 쓰러져 저 대열에 합류할 만큼 끔직한 광경이었다.

히이힛!

산발한 여자 귀신 한 구가 흐느적거리며 석대문의 곁으로 다가왔다. 목을 매달았는지 짙은 보라색 혓바닥이 가슴 앞에서 덜렁거리고 있었다.

"요망한!"

석대문은 욕지기를 꾹 참으며 대갈일성, 우수를 휘둘렀다. 묵정검이 그려 낸 짧고 빠른 반원은 여귀를 여지없이 갈라 버렸다.

팍.

미성과 함께 두 조각으로 잘려 나풀거리는 여귀.

'지귀紙鬼?'

여귀의 실체는 손바닥만 한 크기의 종이였다. 두 조각으로 잘린 종이에는 괴이한 도형이 주사朱砂로 그려 있었다. 이른바 강신부降神府.

'대단하군.'

석대문은 진심으로 감탄했다. 영매나 방술사가 부적을 사용해 귀신과 교통한다는 말은 들었지만, 이토록 많은 수의 지귀를 한꺼번에 만들어 낸다는 것은 어디서 들어 본 적도 없는 놀라운 재주가 아닐 수 없었다.

석대문이 감탄하고 있는 사이에도 귀신들의 수는 점점 늘어나고 있었다.

'대단하지만…… 결국 심마心魔에 불과하다.'

석대문 본인의 마음에서 비롯된 것은 아니지만, 지금의 괴이한 현상을 실제처럼 감지하고 있다는 자체가 심마였다. 인간이라면 누구나 가진 본능적인 공포가 반실반허半實半虛의 사술을 완전한 실實로 받아들이도록 만든 것이다.

인간 세상에서 귀신들이 형체를 지닐 리 없다. 모든 혼돈의 근원은 어지러워진 자신의 마음 그리고 삿된 그림이 그려진 부적 쪼가리뿐이리라.

크워어억!

우두귀 한 마리가 팔뚝만 한 뿔을 앞으로 한 채 석대문을 향해 맹렬하게 달려들었다. 그러나 석대문은 눈을 반개한 채 아무것도 보지 못한 듯 그대로 서 있기만 했다. 반석처럼 견고한 부동심에 모든 것을 내맡긴 상태로.

푹!

섬뜩한 음향과 함께 우두귀의 뿔이 틀어박힌 석대문의 가슴에서 핏물이 분수처럼 뿜어 나왔다. 그러나 그마저도 환상. 핏물은 거짓말처럼 사라지고 우두귀는 석대문의 몸을 스윽 통과했다. 옷자락에 걸려 발치로 떨어진 것은 한 장의 강신부. 만일 저항했다면 환상에 사로잡힌 시간이 길어졌을지도 모른다. 이제 석대문은 확신할 수 있었다. 거짓 귀신은 담대한 인간을 해치지 못한다는 것을.

바로 그 순간, 우측에서 날뛰던 귀신들의 무리가 퍽, 소리와 함께 흩어지며 무엇인가가 무서운 기세로 석대문에게 날아들었다. 이제까지의 모호한 요기와는 차원이 다른 분명한 살기가 석대문의 뒷덜미를 선뜩하게 만들었다.

"웃!"

석대문은 신형을 우측으로 회전시킴과 동시에 하방으로 늘어뜨린 묵정검을 재빨리 휘둘렀다. 국화의 꽃잎들처럼 안으로 감겨드는 엄밀한 검기는 석씨검법 중의 화선옹국花仙擁菊인데, 하지만 조금 늦은 감이 있었다.

끼익!

묵정검이 부러질 듯 휘어지며 오른쪽 옆구리가 화끈해졌다.

석대문은 눈살을 찌푸리며 왼쪽으로 세 걸음 이동했다. 시각과 청각이 모두 차단된 상태에서 기습적으로 날아온 살기를 막아 낸다는 것은, 그처럼 고도로 단련된 검객에게도 간단한 일이 아니었다. 제아무리 단련된 검객이라도 감지와 출수 사이엔 극미한 시간 차가 존재할 수밖에 없었다. 사생의 암습에 가까운 공격은 그 시간 차를 헤집는 데 성공한 것이다.

석대문은 날카로운 눈길로 주위를 경계하는 한편 왼손을 들어 오른쪽 옆구리를 더듬어 보았다. 미끈거리는 핏물 사이로 두 줄기 길게 파인 상처가 만져졌다. 세 치는 족히 될 듯. 그는 상처를 어루만지던 손가락을 입으로 가져갔다. 혓바닥으로 스며드는 피 맛은 신선했다. 다행히도 독이 발리지는 않은 것 같았다.

짝! 짝! 짝!

어디선가 박수 소리가 들렸다.

"훌륭해! 대혼돈귀령진大混沌鬼靈陣 속에서도 내 쌍인혈구雙刃血鉤를 막아 내다니, 강동제일인에게는 확실히 다른 구석이 있군. 그렇다면……."

이어서 알아듣기 힘든 주문이 남남하게 이어졌다. 그에 호응하듯 석대문을 둘러싼 귀신들이 그를 중심으로 빠르게 회전하기 시작했다.

스으─ 스으─ 스스스─.

석대문은 거대한 붉은 소용돌이에 갇혀 버린 듯한 기분에 빠졌다.

"……이것도 막아 내는지 지켜봐 주마."

사생은 몹시 즐거워하고 있는 것 같았다. 그럴 만도 했다. 석대문은 이제껏 사생의 근처에도 다가가 보지 못했다. 반면에 사생은 드러나지 않는 어딘가에서 자신의 장기를 발휘하여 석대문을 마음껏 희롱하고 있는 것이다.

'이 상황이 지속되도록 놔두면 안 된다.'

석대문은 붉은 소용돌이에 둘러싸인 채 생각했다. 지금 가장 필요한 것은 무엇일까? 답은 금방 나왔다. 우선 시야를 확보할 필요가 있었다.

결심과 동시에 몸이 움직였다. 석대문의 장대한 신형은 귀신들로 이루어진 소용돌이 속으로 거침없이 뛰어들었다. 어지러이 흩날리는 붉은 귀영들 틈으로 그의 두 눈이 번뜩였다. 다음 순간, 그의 우수에 들린 묵정검에서 시커먼 검기의 파편들이 폭발하듯 몰아쳐 나왔다. 석씨검법의 절초인 천작난비千雀亂飛가 바로 이것이었다.

끼이악! 쿠에엑!

소름 끼치는 비명이 사방에서 터져 나왔다. 가을 들녘에 앉아 있던 참새 떼가 일제히 날아오르는 듯 화려하게 작렬하는 시커먼 검기 앞에서 귀신들의 환상은 수많은 종잇조각으로 잘려 흩어졌다.

'음!'

석대문은 귀청을 찢을 듯한 귀곡성들 속에서도 한 줄기 매서운 살기가 후방을 급습해 오는 것을 감지했다. 지극히 위험하지만 이미 예상했던 공격, 그는 시선을 돌리지도 않은 채 전방으로 몸을 던졌다.

드드득!

땅거죽에 긴 고랑이 파였다. 어른 주먹 두 개를 합친 것만 한 시뻘건 갈고리 한 개가 조금 전까지 석대문이 서 있던 자리를 긁고 돌아간 것이다.

지표를 한 바퀴 구르며 자세를 바로 세우는 석대문. 그러나 적의 공격은 비단 갈고리에 국한된 것만이 아니었다.

후릉!

석대문은 좌측 어깨를 갑자기 후려쳐 온 적의 장력에 하마터면 비명을 토할 뻔했다. 좌반신 전체가 찌르르 울릴 정도로 음독한 장력이었다.

한쪽 무릎을 세운 상태로 몸을 휘청거리는 석대문을 향해 다시 갈고리가 날아왔다. 석대문은 상세의 경중을 살필 겨를도 없이 황급히 몸을 굴려 갈고리의 공격을 피했다.

콰지직!

석대문의 뒷전에 서 있던 몇 그루 어린 잡목들이 낫질에 잘린 수숫대들처럼 쓰러졌다.

'놈은 사술에만 능한 것이 아니다.'

갈고리와 장력 그리고 다시 갈고리.

이렇게 이어진 세 번의 연환 공격은 모두 다른 방향에서 시작되었다. 이는 공격을 이어 가는 동안 사생이 쉴 새 없이 위치를 이동했음을 의미했다. 이동 중에도 이처럼 정교하고 확실한 공격을 전개할 수 있다는 것은 요사한 술법만이 아니라 일신에 쌓은 무공 또한 녹록지 않다는 뜻. 더구나 위치를 계속 바꿈으로써 석대문의 반격을 사전에 봉쇄하고 있었으니, 이는 놈이 여우처럼 교활하기까지 하다는 점을 짐작케 해 주었다.

"으하하! 천하의 강동제일인께서 왜 이리 맥을 못 쓰시나? 첫 번째 놀이부터 이렇게 지치면 어쩌려고?"

비웃음에 가득 찬 사생의 웃음소리가 울려 퍼졌다.

석대문은 묵정검으로 전면을 단단히 방호한 채로 진기를 운용해 보았다. 사생의 장력으로 인한 충격은 결코 가볍지 않았지만 무의식중에 발동된 호신강기護身罡氣 덕분에 내상은 모면한 것 같았다. 정종 내공을 반백년 수련해도 간신히 이룰까 말까 하다는 호신강기를 장년의 나이에 불과한 그가 이루었다는 것은 놀라운 일이 아닐 수 없었다. 하지만 석대문이 가진 가장 큰 장점은 신비한 검법도, 놀라운 호신강기도 아니었다. 그 무엇에도 꺾이지 않겠다는 굴강한 의지! 그것은 그를 포함한 강동 석씨들의 가장 큰 장점이었다.

"자, 그러면 다음 놀이로 가 볼까?"

득의양양한 사생의 외침이 울리고.

푸스스-.

주위를 가득 메웠던 귀신들이 서서히 사라지기 시작했다. 그러나 붉은 연기는 오히려 기세를 더하는 듯했다. 이어진 사생의 주문은…….

"나는 풍도豊都의 지배자! 음부의 억만 영령을 다스리는 북음北陰의 권세로써 명하나니, 토지신은 땅의 결계結界를 풀고 어두운 영을 해방하라! 저주받은 지령地靈들은 내 명을 받들라! 옴唵 급급여율령!"

후으흐! 후으흐!

축축한 요기가 구름처럼 일어났다. 그러고는 잠시 후, 석대문은 비록 담대한 인물이지만, 이때만큼은 깜짝 놀라지 않을 수 없었다. 딛고 있던 땅이 늪으로 돌변한 듯, 오른쪽 발목이 갑자기 땅속으로 쑥 빠져든 것이다.

"이런!"

왼쪽 다리에 힘을 주어 오른발을 빼내려 했지만 왼쪽 다리마저도 맥없이 가라앉고 만다. 순식간에 무릎까지 빠져 버린 하체는 차꼬라도 채운 것처럼 요지부동이었다. 꾸물거리는 땅거죽을 지나 온몸으로 기어 올라오는 요기. 땅은 개미지옥처럼 석대문을 빨아들이고 있었다.

"흐흐, 검은 당나귀가 이번엔 어떻게 구르는지 감상해 볼까?"

물결치던 붉은 연기가 쫙 갈라지며 백황색 그림자가 튀어나왔다. 아까와는 달리 사생이 직접 등장한 것이다. 핏기 없는 입술에 비릿한 웃음이 언뜻 스치는가 싶더니 소리 없는 경풍이 석대문에게 날아왔다. 하체가 완전히 묶인 이상 피하는 것은 불가능했다.

석대문은 급히 허리를 꺾어 일 장을 마주 쳐 냈다.

펑!

허리가 휘청 꺾이며 탁한 기운이 목구멍으로 차올랐다. 내공의 고하를 논하자면 사생에 뒤질 리 없는 석대문이지만, 힘을 효과적으로 발휘하려면 단단한 지지대가 필요했다. 허방을 디딘 것처럼 땅속으로 빠져드는 하체로는 장력의 위력을 십분 발휘할 수 없는 것이다.

하지만 바로 그 순간, 석대문은 무엇인가를 감지할 수 있었다. 혼란에 빠진 감각기관 중 하나가 모종의 전기를 맞아 활동을 시작한 것이다.

"묻는 수고를 덜 수 있으니 이 얼마나 다행한 일인가! 으하하!"

사생은 어느새 붉은 연기 속으로 몸을 감춘 뒤였다. 그러나 석대문은 굳이 사생의 종적을 찾으려 애쓰지 않았다. 지금 그의 사고를 온통 사로잡은 것은 조금 전 접장接掌과 함께 감지한 그 '무엇'이었다.

꿈틀거리는 땅은 이제 석대문의 하체를 거의 삼킨 상태였다. 내공을 끌어 올려 몸을 가볍게 만드는 것도 한계에 이르고 있었다. 그러나 석대문은 포기하지 않았다.

"석대문, 이제 끝내자꾸나!"

쒀아악!

시뻘건 갈고리가 석대문의 정수리를 노리고 쇄도해 왔다. 이번에는 정면. 정말로 끝을 보려는 듯 이제까지 종적을 감춘 채 날리던 갈고리 공격과는 자못 격이 달랐다. 허공의 붉은 연기가 갈고리의 와류渦流에 의해 산산이 흩어지고 있었다.

석대문은 묵정검의 검신을 이빨 사이에 끼워 물었다. 다음 순간.

푹!

탱탱한 육질에 꼬챙이를 꽂아 넣었을 때 울릴 법한 탄력 넘치는 파육음破肉音이 울렸다.

'으윽!'

눈앞이 아득해졌다. 석대문은 검을 입에 문 채 상체를 뒤틂으로써 사생의 갈고리 공격을 왼쪽 어깨로 받아 낸 것이다. 호신강기로 보호한 어깨라지만 근육이 갈라지고 뼈가 부러지는 것은 막을 수 없었다. 그러나 고통에 우선하는 것은 그의 의지, 반드시 이긴다는 필승의 신념이었다.

하늘을 향해 높이 들어 올린 석대문의 우수가 꿈틀대는 지면을 힘차게 후려쳤다. 전력을 다한 석가 비전의 태을장太乙掌이었다.

꽈앙!

엄청난 폭음이 석대문의 몸뚱이를 단단히 틀어잡고 있던 지면에서 터져 나왔다. 모래바람 같은 흙먼지가 세차게 퍼져 나가며 반경 이 장을 완전히 덮어 버렸다. 장력의 반동은 석대문의 몸을 붕 뜨게 만들었다. 그 기세를 빌어 몸을 솟구친 석대문은 지체 없이 정면으로 몸을 날렸다.

사술, 그것도 사생이 수련한 밀종의 환불습幻不拾이라는 유파의 사술은 요기와 귀기로써 상대의 이목을 차단하는 것을 기본으로 삼는다. 다시 말해, 자신은 감춘 상태에서 드러난 상대를 마음껏 공격하는 것이다. 그런데 조금 전 석대문의 일 장은 그 기본을 무너뜨렸다. 사생은 이제껏 환불습의 사술을 통해 석대문의 이목으로부터 벗어날 수 있었다. 그러나 지금 이 순간만큼은 그의 이목 또한 석대문의 종적을 놓치고 만 것이다.

위기를 직감한 사생은 일 장 좌측에 서 있는 나무 뒤로 몸을 숨겼다. 그러면서도 두 눈을 교활하게 번득였다.

'놈은 더 이상 한쪽 어깨를 못 쓴다. 이 고비만 넘기면 승리는 내 것이다!'

석대문은 이빨 사이에 문 묵정검의 손잡이를 우수로 움켜잡으며 두 눈을 감았다. 오감 중에서 활짝 열어 놓은 것은 오로지 후각. 그 후각이 묵정검을 움직였다.

슉.

들릴 듯 말 듯한 미성이 흙먼지 자욱한 공간을 갈랐다. 하지만 그 미성이 사생의 뇌리에는 천둥 같은 굉음으로 울렸다.

잠시 후 흙먼지가 가라앉고 장내의 상황이 서서히 드러났다.

숲을 가득 메우던 요사한 붉은 연기는 흙먼지에 휩쓸려 사라진 뒤였고, 조금 전까지 석대문이 파묻혀 있던 장소는 반경 다섯 자가 넘는 큰 구덩이가 파여 있었다.

그리고 석대문은 한 그루 나무 앞에 우뚝 서 있었다. 왼쪽 어깨에 시뻘건 갈고리를 박은 채. 그러나 그의 오른팔은 정면을 향해 힘차게 뻗어 있었다.

"어떻게…… 어떻게 내 위치를……?"

나무 뒤에서 가래 끓는 듯한 목소리가 흘러나왔다. 석대문의 오른팔과 하나가 되어 뻗어 나간 묵정검은 한 아름이 넘는 나무를 관통하고 그 뒤에 숨은 사생의 가슴까지 함께 꿰뚫어 버린 것이다.

"사생이라고 했나? 자네의 사술은 내가 처음 겪는 대단한 것임을 인정하네. 하지만 남자가, 그것도 도사가 향낭 같은 물건을 차고 다니다니, 조금 우습다고 생각하지 않나?"

나무 뒤에 있던 사생의 두 눈이 부릅떠졌다.

'향낭? 향낭이라니?'

석대문의 말대로 남자가, 그것도 도사가 누구에게 잘 보일 일이 있다고 그따위 물건을 차고 다닌단 말인가!

하늘에 맹세컨대 사생은 평생 단 한 번도 그런 물건을 지녀 본 적이 없었다.

"멋쟁이 도사 양반, 내세엔 부디 여자로 태어나시게."

석대문이 묵정검을 뽑았다. 사생의 가슴에서 한 줄기 피 화살이 뿜어 나왔다.

피익!

핏물이 새어 나가는 소리를 아련히 들으면서 사생의 눈동자가 하얗게 뒤집혔다. 그는 거친 나무껍질에 뒤통수를 긁으며 그 자리에 천천히 주저앉았다.

'맞아…….'

혼백이 육신을 떠나기 직전, 사생은 위백의 침소에서 죽삼랑과 나눈 격렬한 정사를 기억해 낼 수 있었다. 뱀처럼 얽힌 두 사람의 몸뚱이를 맴돌던 것은 역겨울 만큼 진한 사향 냄새였던 것이다.

'그 계집…… 때문이었……어…….'

이 생각을 끝으로 사생의 고개는 옆으로 툭 떨어졌다.

석대문은 나무 둥치에 앉아 고개를 옆으로 꺾고 있는 사생의 시신을 내려다보았다. 하얗게 부릅뜬 생기 잃은 눈동자가 그를 삐딱하니 올려다보고 있었다.

그렇게 잠시 서 있던 석대문은 오른손에 들고 있던 묵정검을 허리에 감았다. 강동제일인으로 불리기 시작한 뒤로는 드물게 겪은 악전고투라고 할 수 있었다. 지리를 잃은 싸움을 자청한 스스로의 만용이 부끄러워졌다.

"적을 경시하면 반드시 패하는 법이건만, 운이 좋았군."

석대문은 스스로에게 새기듯 소리 내어 중얼거렸다.

사생의 시신에선 두 가지 흥미로운 물건이 나왔다. 영패 하나와 봉서 한 통.

흑옥黑玉을 깎아 만든 자그마한 사각 영패는 앞면에 '비秘'라는 글자가, 뒷면에 '십十'이란 글자가 각각 새겨 있었다.

'혈랑곡에서 사용하는 영패일까?'

석대문은 영패를 품에 넣은 뒤, 봉투를 열어 보았다. 유지油紙로 만든 봉투 안에서 나온 것은 크기가 어른 손바닥을 넘지 않는 작은 편지였다.

편지에 적힌 글을 읽어 내려가던 석대문의 눈에 이채가 어렸다. 그 안에서 심상치 않은 이름 하나를 발견한 것이다.

'나 혼자서 해결할 수 있는 사안이 아니구나.'

석대문은 편지를 다시 봉투에 담아 잘 갈무리했다. 불현듯 어깨가 아팠다. 그러고 보니 갈고리는 아직 그의 어깨에 박혀 있었다.

"며칠은 고생하겠군."

석대문은 갈고리를 뽑았다. 쭉 뽑아 나온 선혈이 그의 검은 옷을 더욱 검게 만들었다.

얼마 후 녹양봉 중턱의 후미진 곳에는 누군가의 무덤으로 보이는 작은 흙더미 하나가 생겼다.

소림승少林僧

(1)

섬서의 서쪽 끝에 위치한 옥계玉溪는 당나라 이후 본격적으로 발달한 비단길이 만들어 낸 많은 상업 도시 중 하나였다. 기록에 의하면 한 해 오만 마리의 말이나 낙타가 비단을 싣고 옥계를 거쳐 서역으로 들어갔다고 하니, 이로 미루어 비단길의 의미를 약간 달리 해석할 수도 있을 것이다. 단순히 비단을 수송하는 길에서 한발 더 나아가 마타馬駝에 실린 비단을 연결하면 그만한 길이의 장도를 충분히 놓을 수 있는 길. 그래서 비단길인지도 모른다.

옥계에서 동북쪽으로 삼백여 리 떨어진 곳에는 도요산陶窯山이라 불리는 그리 크지 않은 산 하나가 있다. 적백관積白關이라고도 불리는 이 도요산에서는 예부터 도자기를 굽기에 적합한

양질의 흙이 많이 생산되었다. 물과 반죽하면 은은한 백색을 띠는 고령토는 이곳 도요산에서만 찾아볼 수 있는 희귀한 토종이었다.

요업의 연원은 춘추전국시대 이전까지 거슬러 올라가야 한다. 하지만 민간에 도자기가 본격적으로 보급된 것은 후당에서 송나라 대까지. 그 이전의 요업은 전문 지식의 부재와 대량 생산 시설의 미비로 생산 비용이 매우 높아서, 생활용품이라기보다는 감상과 소장을 목적으로 한 귀족 문화의 일부로 해석하는 것이 옳다. 이후 민간과 결부된 생활자기는 명나라 대에 들어 더욱 활발히 보급되었다.

도요산 아래 형성된 도요촌陶窯村은 영청影靑(청백색 자기)을 생산하는 경덕진景德鎭이나 천목天目(술잔 또는 찻잔)을 생산하는 길주요吉州窯, 용천요龍泉窯 등처럼 국가가 직접 관리하는 관요官窯는 아니지만, 민간에 수요가 많은 질그릇이나 항아리 들을 생산해 짭짤한 재미를 보는 마을이었다. 생산된 물품들은 가까운 탕구진糖丘津으로 운반, 수로를 통해 황하 연안의 크고 작은 도시들로 공급되니 운송 비용 측면에서도 유리한 점이 많은 곳이었다.

"짐이 시장하구나. 장군, 빨리 먹을 것을 대령해라."

의젓함을 가장하려 애쓰지만 치기를 감출 수 없는 음성이었다. 열두어 살쯤 됐을까? 나이에 비하면 제법 큰 몸집을 지닌 소년이 한껏 거드름을 피우며 다시 말했다.

"어허, 이것 봐라, 빨리빨리 못 할까!"

소년은 재촉하듯 바닥을 탕탕 두드렸다. 소년의 손바닥 아래 둔탁한 소리를 내는 것은 은행나무의 심재로 짠 결 좋은 목판. 지금 그 목판은 낡은 가마의 지붕 역할을 하고 있었다. 진흙으로 만든 가마의 한쪽 벽은 풍상을 견디지 못한 듯 허물어져 있었다. 허물어진 벽면을 통해 보이는 것은 짚단이나 석탄, 장작 같은 탄재炭材들이었다. 오래되어 못 쓰는 가마에 지붕을 새로 올려 마을 공동의 탄재 창고로 활용하는 모양이었다.

"여기 대령했사옵니다."

아래에 있던 비쩍 마른 소년 하나가 가마 지붕을 향해 나무판자를 받쳐 올렸다. 얼굴에 핀 마른버짐과 덕지덕지 기운 의복이 그 소년의 모습을 더욱 초라하게 만들고 있었다. 가마 지붕을 향해 받쳐 든 나무판자에 놓인 것은 꼭지가 노랗게 익은 참외 몇 알이었다.

"어흠, 황비도 드시오."

가마 위의 몸집 큰 소년이 옆에 앉은 소녀에게 참외를 한 알 내밀었다. 벽촌의 아이답게 행색이 남루하긴 해도 큼직한 눈과 마늘쪽 같은 콧날이 제법 귀여운 느낌을 주는 소녀였다.

소녀는 참외를 받아 입으로 가져가다가 손길을 우뚝 멈췄다. 나무판자를 받친 채 벌 받는 아이처럼 서 있는 비쩍 마른 소년에게서 어떤 기색을 읽은 모양이었다.

"장군도 먹어요."

여자애가 입으로 가져가던 참외를 비쩍 마른 소년에게 내밀었다. 소년은 헤헤 웃으며 판자를 내려놓은 뒤, 소녀에게서 받은 참외를 껍질째 덥석 깨물었다.

"나쁜 자식, 황제보다 먼저 먹다니!"

가마 위 몸집 큰 소년은 역적이라도 대하는 듯한 눈길로 비쩍 마른 소년을 노려보고, 뒤질세라 급히 참외를 입으로 가져갔다. 소녀도 그제야 새 참외를 집어 옷에 슥슥 문지른 다음 한 입 베어 물었다.

먹을 것이 생긴 아이들은 하던 역할 놀이도 잊은 채 참외 먹기에 열중했다.

"참외 참 달다, 그치?"

장군은 무엄하게도 황비에게 반말을 지껄이고, 참외를 오물거리던 황비는 체통 없이 "응." 대답하며 배시시 웃는다. 그 때 묻지 않은 천진함이 여름만큼이나 푸른 듯하다.

아이들이 놀고 있는 가마에서 아래쪽으로 이십여 장 떨어진 곳에는 수령이 몇백 년은 족히 되어 보이는 커다란 정자나무가 서 있었다. 우산처럼 드리운 나무 그늘 아래에는 두 명의 사내가 앉아 있었다. 이 그늘 아래에서 여름 한낮의 폭염을 피하려는 듯. 파랗게 깎은 머리와 가슴 아래로 드리운 염주는 그들이 불제자, 그것도 승려의 신분임을 말해 주고 있었다.

"망아忘我, 무엇을 보고 있는가?"

두 명의 승려 중 너무 낡아 본래의 색을 알아보기 힘든 가사를 걸친 노승이 자애로운 목소리로 물었다. 나무껍질 같은 얼굴은 헤아릴 수 없이 많은 주름살로 뒤덮였다. 몇 올 남지 않은 눈썹과 저승꽃이 숭숭 핀 살갗은 노승의 살아온 날이 지극히 오래되었음을 보여 주었다. 두껍게 늘어진 눈꺼풀 아래 자리 잡은 심유한 눈동자는 옆에 앉아 있는 승려를 향하고 있었다.

"아이들이 노는 것을 보고 있었습니다."

노승의 옆에 앉은 승려가 가마에 고정했던 시선을 거두며 대답했다. 그 승려의 얼굴로부터 정확한 나이를 유추해 내기란 불가능해 보였다. 추하기도 한 데다 절반가량이 훼손되었기 때문이다. 불룩 튀어나온 뒤통수와 초승달처럼 휘어진 턱은 광대가 사람들을 웃기기 위해 일부러 붙인 것처럼 희극적으로 보였다.

하지만 누구도 그 면전에서는 감히 웃을 수 없는 것이, 오른 눈 두덩 아래에서 목덜미까지 길게 이어진 끔찍한 화상 자국이 그 승려의 인상을 흉신악살처럼 만들어 놓은 것이다. 근육과 신경 의 대부분이 모두 죽어 버린 듯, 입을 벌려 말을 할 때에는 온 전한 좌반면만 꿈틀거리는데, 그것이 더욱 괴기스러운 느낌을 주고 있었다.

노승은 이가 빠져 합죽해진 입가에 온화한 미소를 지으며 망 아라 불린 파면승에게 다시 물었다.

"그래, 황제 놀이가 보기에 재미있던가?"

망아는 흠칫 어깨를 떨더니 노승을 향해 머리를 조아렸다.

"제자가 잠시 망령된 생각에 빠졌습니다. 깊이 반성하겠습 니다, 사부님."

만일 누군가 이들의 대화를 엿들었다면 이들의 정체가 평범 한 탁발승이 아님을 눈치챘을 것이다. 이십여 장 떨어진 곳에 있는 아이들의 노는 소리를 낱낱이 듣는다는 것은 평범한 탁발 승이 흉내 낼 수 있는 재주가 아니기 때문이다.

빛바랜 가사의 노승은 머리를 조아리고 있는 망아를 물끄러 미 바라보다가 목에 걸린 염주를 만지작거리며 말했다.

"사바에서 누리는 부귀와 권세란 모두 저 아이들의 놀이와 같은 것이지. 부유하면 부유할수록 재물에 대한 욕심으로 마음 이 어지러워지고, 높이 되면 높이 될수록 권력에 대한 갈망으로 눈이 어두워지기 마련이라네. 망아, 내가 자네에게 한 가지 얘 기를 해 주겠네."

망아는 고개를 든 다음 참선을 하듯 자세를 정히 잡았다.

"하교해 주십시오."

이빨이 드물어 합죽해진 노승의 입술이 움직거렸다.

"어느 날 한 청년이 세존을 찾아왔네. '제게 한 가지 고민이 있습니다.' 세존께서 물으셨네. '어디 말해 보게.' 청년은 말했네. '밤에 잠을 편히 잘 수 없습니다.' 세존께서 다시 물으셨지. '몸에 병이 있는가?' '아닙니다.' '그럼 여인을 그리워하는가.' '그것도 아닙니다. 저는 이미 결혼을 했으며 아내를 누구보다도 사랑하고 있습니다.' 세존이 고개를 끄덕이며 말씀하셨네. '그럼 생활이 어려운가 보군.' 청년은 당치도 않다는 듯 큰소리로 대답했네. '소생은 이 지방에서 제일가는 부자입니다! 소생이 소유한 땅은 한 사람이 열흘을 걸어도 돌아보지 못할 만큼 광대하고, 소생이 거느린 하인은 스무 개의 큰 가마솥으로 밥을 지어도 모자랄 정도로 많습니다.' 세존께선 빙긋 웃으셨네. '건강하고 아내를 사랑하며 재산도 많은데 잠을 편히 못 이루는 이유는 어디에 있다고 생각하는가?' '저도 모르겠습니다. 잠만 들면 여섯 명의 커다란 사내들이 저를 잡아가 채찍질을 하며 돌을 나르거나 밭을 가는 일을 시킵니다. 저는 밤새도록 힘든 노동에 시달리다가 뼈가 으스러지는 고통을 느끼며 깨곤 합니다.' 청년은 울먹이며 이렇게 대답했지."

노승은 이야기를 잠시 멈추고 시선을 망아에게 주었다.

"자네는 청년이 그런 꿈을 꾸는 이유가 뭐라고 생각하는가?"

망아는 잠시 생각하다가 고개를 저었다.

"제자는 우매해서 잘 모르겠습니다."

노승은 희미하게 웃은 뒤 말을 이어 나갔다.

"세존께서 청년에게 말씀하셨네. '자네는 병이 있으며, 무엇을 그리워하고 있고, 또 생활이 어렵다네. 단지 자네가 그 사실을 모르고 있을 뿐이지.' 청년은 어리둥절한 표정을 지었지. 세존께서 다시 말씀하셨네. '자네가 가진 부귀와 권세는 한 사람이 가지기에 너무나 벅찬 것이야. 그런데도 자네는 만족하지 않고 더 큰 부귀, 더 큰 권세를 바라고 있네. 자네가 그런 욕망을 버리지 않는 이상 꿈에서 자네를 매질하는 사내들의 수는 점점 늘어날 것이고, 자네가 하는 노동도 점점 더 힘들어질 걸세. 맺힌 것이 있으니 병이 찾아들고, 만족을 모르니 더 큰 것을 그리워하며, 그러니 자연 생활이 힘들어지는 게야.' 청년이 미심쩍은 표정으로 물었네. '하면 제가 어떻게 해야 할까요?' 세존의 대답은 명쾌했네. '재산을 둘로 나눠서 절반은 하인들에게 주게나. 그리고 그들을 자유의 몸이 되게 해 주게. 그런 연후에 마음을 깨끗이 유지하고 명상을 계속한다면 자네는 원하는 대로 편안한 잠을 잘 수 있을 것이네.' 청년은 펄쩍 뛰었지. '제 재산은 가문 대대로 내려오는 것입니다. 하인들 또한 그렇고요. 제가 사업을 더욱 번창하게 만들어 후손에게 물려줘도 모자란 판국에 재산을 나누고 하인들을 내보내라고요? 정말 어이없는 말씀이군요. 그것만은 절대로 못 합니다!' 청년은 화를 내며 돌아가 버렸네."

노승은 두 눈을 지그시 감았다. 나무껍질처럼 메마른 뺨에 언뜻 홍조를 닮은 화색이 감돌았다.

"무릇 사바에서의 부귀는 내세의 채찍과 같고, 사바에서의 권세는 내세의 노동과 같네. 청년이 떠난 뒤, 세존께서는 제자들을 돌아보시며 말씀하셨네. '어쩌면 그는 더 큰 부자가 될 수 있을 것이다. 하지만 그럴수록 그의 밤은 더욱 빈곤해질 것이다.' 이 한 편의 우화가 무엇을 의미하는지 알겠는가?"

망아는 노승을 향해 다시 머리를 조아렸다.

"제자는 헛된 부귀와 그릇된 권세를 모두 떨치고 사부님을 만나 불법에 귀의할 수 있게 된 점을 평생의 홍복으로 여기고 있습니다. 사부님의 높은 가르침, 항상 명심하겠습니다."

"부디 그럴 수 있기를, 아미타불."

깊이 숙인 망아의 뒤통수 위로 노승의 나직한 독경 소리가 얹혔다.

미웅, 미웅, 미이이이잉―.

정자나무의 짙푸른 그림자 밑에서는 제철을 만난 참매미들이 신명난 노래를 부르고 있었다.

(2)

대지를 달구던 태양이 서산 한 모퉁이에 걸렸다. 보랏빛 노을이 기나긴 여름 낮의 막을 천천히 내리고 있었다.

도요산 아래 위치한 탕구진은 마지막 나룻배를 기다리는 손님들로 북적거리고 있었다. 그들 대부분은 도요촌에 사는 양민이거나 도자기를 구입하기 위해 인근에서 온 상인들이었다.

회선回船이 예정보다 늦은 탓인지 평상시보다 바글거리는 나루터. 좋은 자리를 잡으려면 남들보다 먼저 배에 올라야 하기에, 조금이라도 앞쪽으로 나가려는 사람들의 얼굴엔 짜증과 조바심이 배어났다.

그런데 길게 늘어선 줄의 선두 한쪽 귀퉁이는 이상하리만치 한산했다. 그곳엔 빛바랜 황의를 입은 청년과 허리가 구부정한 회삼 노인, 그리고 한쪽 소매가 텅 빈 외팔이 죽립인이 젖은 바닥을 피해 앉아 있었다. 마치 더러운 냄새라도 나는 양, 사람들은 그들에게 접근하기를 꺼렸다. 이유는 단 하나. 입이 쩍 벌어질 만큼 어마어마한 황의 청년의 체구 때문이었다.

그 황의 청년의 정체는 물론 석대원. 함께 있는 두 노인은,

석대원이 가는 곳이면 그림자처럼 따라다니는 한로와 화소산에서 한쪽 팔을 잃어버린 순풍이 모용풍이었다.

모용풍은 아는 것 많은 사람답게 한창 이야기보따리를 풀어 놓는 중이었다.

"……그게 바로 중추절인데…… 흠, 석 공자께선 이 나루에 사람들이 이처럼 북적거리는 것이 신기한 모양이외다."

모용풍이 하던 이야기를 멈추고 석대원에게 물었다. 자신의 이야기에 집중하지 못하고 자꾸만 고개를 돌려 뒤로 늘어선 사람들의 줄을 살피는 석대원이 조금 못마땅한 눈치였다.

그 점에 대해 미안해하는 기색은 전혀 없이, 석대원이 태연한 낯으로 대답했다.

"북적거리는 것은 그렇다 쳐도 여기만 한산한 것이 신기하군요."

모용풍이 한쪽 눈을 찌푸리며 물었다.

"그 이유를 모르시오?"

"제가 저들의 속마음을 어찌 알겠습니까?"

"허허."

모용풍은 그냥 웃고 말았다. 여기만 한산한 이유는 간단했다. 앉은키가 다른 사람 선키보다 더 큰 석대원 같은 괴물이 버티고 있는데, 어떤 간 큰 인간이 함부로 얼씬거리겠는가. 그런데도 정작 그 분위기를 조성한 장본인은 이유를 모른다고 하니 헛웃음이 나올 수밖에.

"석 공자도 이제 본격적으로 세상 물을 먹게 된 만큼 남들이 자신을 볼 때 어떤 심정이 되는지 한 번쯤 생각해 보시구려."

"그럼 소생 때문에……?"

모용풍은 석대원이 궁금해하거나 말거나 개의치 않고 한로를 돌아보았다.

"그건 그렇고, 내가 어디까지 얘기했더라?"

한로가 픽 웃으며 알려 주었다.

"그 기억력으로 황서계주 노릇은 어찌했을꼬. 중추절까지는 시간을 맞춰야 한다는 얘기까지 했지."

화소산 추오령에서 처음 만나 이곳까지 오는 동안 두 노인은 부쩍 친해져 이제는 꽤나 격의 없는 사이가 되었다. 괴팍하기라면 누구 못지않은 두 노인이 이처럼 친해질 수 있었던 것은, 부상이 심한 모용풍의 간호를 한로가 줄곧 도맡았기 때문이다. 물론 모용풍이 특별히 예뻐서 그랬을 리는 없고, 연벽제의 각별한 부탁도 있었거니와 석대원에게 도움이 될 인물이라고 판단했기 때문에 정성을 다해 살려 놓은 것이었다. 한데 얼굴을 맞대는 시간이 길어지다 보니 이 모용풍이란 위인이 보통 잡박다식한 게 아니라서, 그 화려한 언변에 끌려 하루하루 보내다가 그만 생각지도 않은 늘그막 동무 하나를 두게 된 것이다.

한로의 핀잔에 모용풍이 무릎을 쳤다.

"맞아, 중추절. 왜 우리가 중추절까지 화산에 가야만 하느냐, 바로 고검을 만나기 위해서라네."

"고검이란 사람이 그렇게 중요한가?"

한로의 반문에 모용풍이 한심하다는 듯 두 눈을 찌푸렸다.

"고검을 모르는가?"

"어디서 들어 본 이름 같긴 하네만."

"허, 이런 딱한 사람을 봤나. 고검 제갈휘를 모르면 강호에서 사람 취급받기 힘들지. 암, 힘들고말고."

한로는 별로 기분 나빠 하지 않았다. 이렇게 잘난 체하며 남을 깎아내리는 투가 모용풍이 이야기를 풀어 가는 방식임을 알기 때문이다.

모용풍은 "에헴!" 하는 헛기침으로 기세를 살린 다음, 석대원과 한로를 번갈아 보며 이야기보따리를 풀어 놓았다.

"제갈휘가 강호의 현 정세에 미치는 영향은 실로 다대하다고 할 수 있소. 왜냐, 그의 보이지 않는 노력이 없었다면 오늘날의 평화는 존재하지 않았을 것이기 때문이오."

모용풍의 이야기를 들으며 석대원은 비세록의 한 부분을 떠올렸다.

고검 제갈휘.
지금은 비록 쇠락했지만 과거엔 소림사와 무당파에 못지않은 성세를 누리던 검도 명문 화산파 출신.
검왕 연벽제와 비교해도 우열을 논하기 힘들다는 일대 검호.
현재 무양문 호교십군護敎十軍의 일군장一軍將.

모용풍의 이야기가 이어졌다.

"남패 무양문이 자랑하는 전투 부대이자 중원 강호를 통틀어도 최강으로 꼽히는 호교십군 중에서도 가장 강한 전력을 자랑하는 일군一軍의 수장이 바로 제갈휘라오. 오직 실력만을 숭상하는 무양문주 서문숭의 성품으로 미루어 제갈휘의 능력이 어느 정도인지는 쉽게 짐작 갈 일이지. 제갈휘가 신오대고수 중에서 당당히 상위에 꼽히는 이유도 바로 거기에 있소."

"신오대고수? 그들이 누구인가요?"

석대원이 물었다.

"석 공자께선 산중에서 오래 계셨으니 그런 소식엔 어두운 게 당연하오. 신오대고수란…… 흐흐, 자랑 같지만 오 년 전에 노부가 만들어 퍼뜨린 말이라오."

한로가 어처구니없다는 듯 헛웃음을 흘렸다.

"허, 쥐 죽은 듯이 숨어 살아도 모자란 판국에 말을 만들어 퍼뜨리고 다녔다고?"

모용풍은 뻐기듯이 말했다.

"아무리 숨어 사는 신세라도 내가 바로 순풍이 아니겠는가. 우매한 중생들이 곤륜지회 오대고수 이후 강호 명사들의 서열과 반열을 정하지 못해 갈팡질팡하는데, 그걸 보고 내가 어찌 참을 수 있겠는가."

석대원 또한 실소를 금할 수 없었다. 천성이 저러하니 어쩌겠는가. 그 성격에 십 년 동안 숨어 산 것이 용하달 수밖에.

"어디 들어 보기나 하세. 신오대고수란 게 대관절 누구누구 인가?"

한로가 재촉하자 모용풍은 엄지손가락을 불쑥 추켜올렸다.

"신오대고수의 첫자리는 누가 뭐래도 검왕 연벽제, 바로 은공이라네! 아마 여기에는 누구도 토를 달지 못하겠지. 그의 검법은 이미 곤륜지회 오대고수에 조금도 뒤지지 않는 절대적인 경지에 올라 있다네. 아니, 어쩌면 그들을 능가할지도 모르지. 어쨌든 검에 관해 검왕과 같은 경지를 이룬 고인은 절대로 여럿일 리 없지. 남송南宋 말엽의 대검객인 좌천량佐川亮, 좌 대공이나 무당파의 시조인 삼봉진인三峰眞人, 혹은 곤륜지회 오대고수 중 혈랑곡주 정도는 되어야 은공과 어깨를 견줄 수 있을까."

석대원은 묵묵히 고개를 끄덕였다. 비록 살부살모殺父殺母의 원수라 할지라도 검왕 연벽제가 강하다는 사실만큼은 부정할 수 없었다. 문득 부친의 호탕한 목소리가 들리는 듯했다.

─아원아, 이분이 너의 외백부이시다. 그러니까 네 엄마의 오라버니가 되시지. 네 외백부는 모든 강호인들이 검왕이라 칭송하는 굉장한 검객이란다.

─우와! 검왕이라고요? 그럼 검 쓰는 사람들 중에서 임금이란 뜻인가요?

─임금? 아무렴, 네 외백부가 바로 검 쓰는 사람들의 임금이시다. 허허허!

그리고 또 다른 목소리.

─네가 이랑의 아들이구나. 이름이 대원이라고? 하하! 크고 멀리 바라보는 것은 장부의 덕목이니, 과연 사내다운 이름이구나.

─외백부가 진짜 검왕이신가요?

─응? 그래, 내가 바로 검왕이다. 어디 이리 와 봐라. 이놈 팔뚝 좀 보게? 이제 열 살밖에 안 된 녀석이 이렇게 뼈가 굵어?

"두 번째가 바로 고검 제갈휘라오."

귓전에 날아든 모용풍의 목소리가 석대원을 과거의 한 자락에서 되돌아오게 만들었다. 이번 이야기는 한로가 아닌 석대원을 향한 듯했다.

"제갈휘는 구파일방의 하나인 화산파 출신이면서도 구파일방의 대적大敵이나 다름없는 무양문에 투신, 일인지하 만인지상인 일군장의 지위에 오른 위인이오. 물론 백도의 인사들은 한목소리로 그를 배신자라 욕하고 있소. 심지어는 정파의 의기를 세운다는 명분 아래 그를 참하거나 암살하겠다는 자들도 심심찮게 나오는 게 현실이오. 그러나 하나같이 어리석은 짓. 만일 제갈휘가 무양문과 백도 사이에서 완충의 역할을 수행하지 않았던들 서문숭의 패도는 이미 오래전 온 강호를 혼란의 소용돌이로 몰고 갔을 거요. 그런 의미로 볼 때 제갈휘는 오히려 백도의 은인이라고 할 수 있소."

모용풍의 이야기를 듣는 동안 문득 그런 생각이 들었다.

'외롭겠군.'

평화를 위해 홀로 걸어가지만 정작 그 평화의 단물을 빨아먹는 자들은 그 공을 알아주려 하지 않는다. 외로운 검객. 그래서 고검일까?

"세 번째는 개방의 용두방주인 철포결鐵布結 우근이오. 비세록을 읽었으니 아시겠지만, 개방은 당금 강호에서 소림이나 무당보다 오히려 나은 성세를 구가하고 있소. 하지만 우근이 방주가 되기 전의 개방은 그리 보잘것없었소. 전임 방주가 호인임을 부정하는 것은 아니지만 그 능력만큼은…… 흠흠, 솔직히 제자만 못했지. 서문숭의 무양문에 의해 큰 좌절을 겪은 개방을 근근이 보전하며 명맥만 유지시켰달까. 그런 개방을 천하제일 대방으로 일으켜 세운 사람이 바로 철포결 우근이오. 성격이 호방하고 의협심이 강할 뿐만 아니라, 한 쌍의 육장으로 전개하는 무명장법無名掌法은 양강 공력의 최고봉으로 꼽을 수 있으니, 요즘 강호의 준재들이 거지 되기를 마다하지 않는 데에는 다 그럴 만한 이유가 있는 거요."

한로가 손가락으로 볼을 긁으며 말했다.

"닭이나 훔쳐 먹던 거지들이 두목 하나 잘 만나 팔자가 폈군."

모용풍은 바로 그거라는 듯이 고개를 크게 끄덕이곤 석대원을 향해 계속 이야기했다.

"네 번째는 신무전의 사방대주들 중에서 백호대를 맡고 있는 이창이오. 사실 나는 그 인간을 꼽아야 하나 말아야 하나를 놓고 많이 망설였소. 왜냐하면 머리가 잘 안 돌아가는 친구거든. 하지만 뭐, 머리 좋은 걸 따지는 순서가 아니니 꼽았소. 사람 때려잡는 재주만큼은 인정하지 않을 수 없으니까. 이 인간, 성질이 더러워 그런지는 몰라도 별명이 참 많소. 외눈 호랑이란 뜻의 독안호군, 사람 빨리 죽인다고 급과만초, 다섯 걸음 안에 팔십 대를 팬다고 오보팔십타五步八十打, 무기 없이도 못 잡는 놈이 없다고 공수무적空手無敵…… 그러고도 몇 개 더 있는데 지금은 생각이 안 나는구려. 에…… 그리고 신오대고수의 다섯 번째는 바로……."

모용풍은 석대원의 눈치를 살피며 뜸을 잔뜩 들인 뒤 입을 열었다.

"강동의 젊은 영웅 석대문, 석 가주라오. 뭐, 이 인물에 대한 건 따로 설명하지 않겠소. 하지만 단 한 가지, 내가 그를 신오대고수의 일원으로 꼽은 데 대해 당시에는 이러쿵저러쿵 딴소리를 지껄이는 사람들이 많았지만, 지금은 누구도 이의를 제기하지 않는다는 점을 분명히 말해 두고 싶구려. 에헴!"

자화자찬이 섞인 모용풍의 말을 들으며 석대원은 불현듯 몇 개의 얼굴을 뇌리에 떠올렸다. 하나같이 그리운 얼굴들. 지난 십일 년 동안 어떻게 변했을까?

"그 다섯 사람 사이에 이런 건 없었는가?"

한로가 주먹 쥔 두 손을 퉁퉁 마주 부딪치며 물었다. 모용풍이 잠시 생각하다가 눈을 홉뜨며 반문했다.

"혹시 진검 승부 말인가?"

"그래, 진검 승부."

한로는 고개를 끄덕였지만 모용풍은 펄쩍 뛰며 하나뿐인 손을 홰홰 내저었다.

"큰일 날 소리! 그 다섯 사람은 일신에 쌓은 무공 못지않게 강호에서 막강한 영향력을 행세하고 있는 인물들이라네. 그들 개개를 위해 죽음도 불사할 무리가 파리 떼처럼 바글거린다, 이 얘기지. 그런 그들이 뒷골목 하류배나 뜨내기 낭인 들처럼 '어이, 누가 센지 한판 붙어 볼까?' 할 수 있을까? 진검 승부? 만일 그런 게 있었다면 강호의 어디 한 귀퉁이는 벌써 줄초상이 났을 걸세."

세도가에겐 마음대로 싸울 자유가 주어지지 않는다는 모용풍의 말은 백번 옳았다. 그것은 소철과 서문숭이 일대일로 무공의 고하를 가리는 것과 마찬가지였다. 아무리 순수한 비무임을 내세운들, 그 여파는 결코 간단할 리 없다. 만에 하나 한쪽이 크게 다치기라도 한다면 북악과 남패의 전면전이 벌어질 수도 있는 것이다.

한로가 다시 물었다.

"하면 선정 기준이 상당히 모호하지 않겠는가? 명성이 그들 못지않은 이들이 적지 않은 것으로 알고 있는데……."

모용풍은 질문 한번 잘했다는 표정으로 눈을 반짝 빛냈다.

"그렇지! 따지고 보면 신오대고수란 말 자체가 한낱 이야깃거리에 불과할지도 모르네. 한 형 말대로 천하는 넓고 인물은 모래알처럼 많으니까. 그럼 어디, 천하를 진동하는 인물들에 대해 한번 들어 보겠는가?"

잡박다식한 사람에게 그 잡박다식함을 드러낼 기회가 왔다는 것은 물고기가 물을 만난 것이나 다름없으리라. 모용풍은 누가 동의하기도 전에 벌써 이야기를 줄줄 늘어놓고 있었다.

"그 다섯을 제외한 강자라면 우선 수십 년 전부터 강호를 떨게 만든 사마 중에서 '패', '독', '철'의 삼마를 꼽을 수 있겠지. '패'의 거경巨鯨, '독'의 독중선毒中仙, '철'의 철수객鐵手客이 바로 그들인데, 강호사마의 나머지 하나인 음불양 유붕 그놈과는, 아니 그 후레자식과는, 아니 그 개도 안 먹을 더러운 잡종 새끼와는 차원이 다른 진짜배기들이라네."

석대원은 음불양 유붕이란 자에 대한 모용풍의 평가가 저렇게 과격한 이유를 알고 있었다. 텅 비어 지금도 강바람에 흔들리고 있는 모용풍의 왼팔 소매가 그 이유였다.

그러는 동안에도 모용풍의 장광설은 이어지고 있었다.

"또한 신무전의 차기 전주로 내정된 철인협 도정도 무시할 수 없는 인물이라네. 소철이란 큰 그늘에 가려 아직까지는 그 진가가 드러나지 않았지만, 무공 성취로 말하자면 강동제일인 석 가주와 비견될 수 있을 걸세. 어디 그뿐인가? 무양문 호교십군 중에서 분광검分光劍, 마경도인魔境道人, 쾌찬快燦 같은 인물들에게는 각기 독보적인 장점이 있어, 앞서 언급한 누구와 싸워도 쉽게 패하지 않겠지. 게다가 소림이나 무당 같은 명문까지 따진다면……."

묵묵히 듣기만 하던 석대원이 불쑥 질문을 던졌다.

"새외 쪽은 어떻습니까?"

기다렸다는 듯이 튀어나온 대답.

"천산철마방天山鐵魔幇의 삼불귀三不鬼, 금부도錦浮島의 동해뇌왕東海雷王 등은 오랜 세월에 걸쳐 힘을 길러 온 효웅梟雄들이라오. 천산철마방의 철마병鐵魔兵은 도검을 두려워하지 않고, 금부도의 화기는 성城 하나쯤 단번에 무너뜨릴 만한 파괴력이 있다고 하오. 만일 그들이 중원에 들어온다면 강호의 판도는 크게 바뀌겠지요. 그러나 가장 무서운 세력을 꼽으라면 뭐니 뭐니 해도 서장의 밀종일 거요. 아두랍찰을 주축으로 한 밀종 팔십일 문파들의 연맹은 서북방 몽고족의 힘을 등에 업고 중원 진출을 호시탐탐 노리고 있소. 그들을 이끄는 팔부중八部衆의 여덟 종 사들은 각각의 능력이 화경에 이르렀다고 하니, 작금의 강호인 들이 누리고 있는 이 평화가 얼마나 얄팍한 것인지 짐작 가시리 라 믿소."

석대원이 한숨을 쉬었다.

"과연 난세로군요. 새내외塞內外 가릴 것 없이 군웅들이 할거 하니 천하가 어지러워지는 것은 당연한 일입니다."

모용풍이 석대원에게로 얼굴을 바짝 들이대며 말했다.

"석 공자께서 제갈휘를 반드시 만나야 하는 것도 바로 그런 이유 때문이오. 열강이 준동하는 이런 때에 한 사람이 이룰 수 있는 일이란, 그 사람의 개인적인 능력과는 별개로 한계가 있을 수밖에 없소. 잊지 마시오. 정세의 판도를 파악하여 맥을 적절 히 짚어야 하오. 바로 그 일을 도와주기 위해 이 모용풍이 궁벽 한 관제묘에서 세월을 썩히며 살아온 것이오."

판도를 파악하여 맥을 짚는다.

그 말에 석대원은 고개를 끄덕일 수밖에 없었다. 그러나 한 로는, 자존심 강한 그 꼬장꼬장한 노복은 '도와준다'는 대목에 유난히 힘을 준 모용풍이 못마땅한 모양이었다.

"흥! 그러니까 지금 우리 소주에게 생색을 내겠다, 이거로 군."

한로가 삐딱하게 나오자 모용풍이 눈을 부릅떴다.

"기껏 입품 팔아 가며 알려 줬더니만……. 누가 누구에게 생 색을 냈다는 겐가?"

"생색이 아니면?"

"어허! 이 사람이 정말……."

두 노인의 입씨름을 한 귀로 흘려들으며 석대원은 제갈휘의 별호를 다시 한 번 곱씹어 보았다.

'고검.'

외로운 검객.

묘하게 끌리는 점이 있었다. 어린 나이에 가문에서 추방되어 심산유곡에서 처절한 고독과 싸워야만 했던 석대원이었다. 일면식도 없는 제갈휘에게 느끼는 이런 끌림은 외로움이라는 같은 병을 앓는 자들의 상련相憐일지도 모른다.

"내 분명히 말해 두겠는데 우리는 도와 달란 적 없네. 괜히 선생 흉내 내다간 큰코다칠 테니 그리 알게나."

한로가 못을 박았다. 말꼬리 하나 잡은 것 가지고 공갈까지 쳐 대는 것을 보면 참 대단한 성질이었다.

"어이구! 관두세! 한 자라도 더 배운 내가 참고 말지."

모용풍은 상종 못 하겠다는 표정으로 고개를 돌려 버렸다. 그런데 그 순간, 그의 눈이 휘둥그레졌다.

"어? 저 사람이 여기 웬일이지?"

석대원과 한로는 모용풍이 바라보는 쪽으로 시선을 돌렸다. 그들은 곧 길게 늘어선 사람들을 헤치며 씩씩하게 앞쪽으로 걸어 나오는 사람 하나를 발견할 수 있었다. 그는 돌덩이처럼 다부진 체구에 다소 작아 보이는 황색 가사를 걸친 승려인데, 부릅뜬 고리눈과 밤송이 가시처럼 사방으로 뻗친 수염이 마치 양산박의 호걸 노지심이 환생한 듯했다.

"어어, 조심 좀 하시오."

"밀지 마요, 밀지 마!"

입추의 여지도 없는 선착장을 저처럼 활보하고 있으니 주변 사람들의 눈길이 고울 리 없건만, 승려의 풍모가 워낙 용맹스러운 탓에 별 탓을 못 하고 길을 터 줄 따름이었다.

줄 중간쯤에 이른 노지심이 걸음을 멈추더니 뒤를 돌아보며 외쳤다.

"이봐, 소사제少師弟, 꾸물거리지 말고 빨리 따라오라고!"

쇠북을 두드리는 듯한 우렁찬 목소리였다. 그러자 노지심의 뒤로 다시 다물린 사람들의 장벽 뒤에서 청아한 목소리가 들려왔다.

"아미타불, 불편을 끼쳐 드려 죄송합니다. 소승의 사형께서 성정이 약간 급하셔서…… 죄송합니다, 죄송합니다. 아미타불."

아마도 앞서가는 노지심의 방약무인한 행동을 뒤따라오는 소사제란 사람이 수습하는 모양이었다.

"어허! 거기서 내 성정 급한 얘기는 왜 꺼내는가? 내가 남의 자리 뺏으러 가는 건가? 빈자리가 있는데도 사람들이 가려 하지를 않으니 이러는 거지."

노지심의 항변을 들은 석대원은 실소가 나왔다. 그가 왜 저렇게 기를 쓰고 앞으로 나오려는지 이유를 알아차린 것이다.

그때 모용풍이 노지심을 향해 하나뿐인 손을 흔들었다.

"지금 오시는 분께서는 혹시 숭산嵩山에서 내려오신 스님이 아니시오?"

노지심은 어리둥절한 얼굴로 이쪽을 바라보다가 갑자기 눈을 퉁방울처럼 부릅떴다.

"모용 선생! 모용 선생이셨구려! 이게 대체 몇 년 만이오?"

"허허, 못 잡아도 십 년은 훨씬 넘었을 거요."

"잠깐만 기다리시오. 내 그리 가리다."

노지심은 선착장 바닥을 박차며 몸을 솟구치더니, 자신과 모용풍 사이 이십여 명의 머리를 단번에 뛰어넘어 모용풍의 앞에 내려섰다. 마치 한 덩이 누른 구름이 날아오듯 웅장한 경신술임에는 분명하지만, 졸지에 정수리 위를 내준 사람들로서는 기절초풍하며 허리를 낮출 고약한 행사에 지나지 않았다.

그런 심정들을 아는지 모르는지, 노지심은 험상궂은 얼굴 가득 웃음을 지으며 모용풍의 두 손을 덥석 잡아 갔다.

"반갑소! 정말 반갑소!"

하지만 그게 뜻대로 될 리가 없었다.

"음? 어?"

자신의 손과 모용풍의 손을 번갈아 살핀 노지심이 모용풍의 얼굴을 올려다보며 물었다.

"이게 무슨 변고요? 이 팔은 대체……?"

모용풍은 자신의 헐렁한 왼쪽 소매를 힐끔 내려다본 뒤 짐짓 밝게 웃었다.

"무덤에 들어갈 때가 가까워진 줄 알았는지 팔이란 놈이 얌체같이 먼저 떠나더이다."

"어허, 그렇게 돌리지 마시고 어떤 놈이 한 짓인지 말씀만 하시오. 내가 당장……."

"이 모용풍, 밑지는 장사는 하지 않는 거 아시잖소. 그놈은 팔 대신 모가지가 날아갔으니 대사께서는 걱정하지 마시구려."

노지심은 원수 갚아 줄 기회를 놓친 게 억울하다는 듯 콧김을 풍풍 뿜어냈다. 불법을 닦고 중생을 계도하는 승려로선 물론 어울리지 않는 모습이었다.

"아! 대사께 소개해 드릴 분들이 있소."

모용풍은 노지심에게 석대원과 한로를 인사시켰다. 석대원은 빙긋 웃으며 정중히 포권을 올렸지만, 한로는 계획에 없는 만남이 내키지 않는 듯 못마땅한 표정으로 고개를 까딱해 보였을 뿐이다.

그러거나 말거나 노지심은 껄껄 웃으며 자신을 소개했다.

"이렇게 큰 사람은 생전 처음 보는군. 반갑소! 모용 선생의 친구면 내 친구나 다름없지. 이 냄새나는 껍데기는 소림사에서 일없이 밥이나 축내는 적오라고 하오."

석대원은 비세록의 소림사 편을 떠올렸다.

화염불火焰佛 적오寂悟

적寂 자 항렬이면 소림사에서도 일대 제자, 즉 방장方丈 대사와 같은 항렬임을 뜻한다. 그중에서도 적오는 나한당羅漢堂을 주관하는 실세이자, 소림사를 수호하는 사대무보四大武寶 중 한 사람으로 꼽혔다. 승려답지 않은 과격하고 호방한 성격으로 인해 젊은 시절에는 말썽깨나 몰고 다녔다는데, 이렇게 만나 보니 나이를 먹은 지금도 그 성격은 별반 달라지지 않은 것 같았다.

적오의 인사말이 막 끝났을 무렵, 뒤쪽의 인파 속에서 승려 하나가 모습을 드러냈다.

"젊은 사람이 왜 이리 행동이 굼뜬가? 빨리 이리로 오라고. 내가 강호의 고인들을 소개해 줄 테니까."

적오의 재촉에 그 승려가 다가왔다. 석대원과 비슷한 연배로 보이는 청년승이었다. 적오와 모양새가 같은 황색 가사를 입고 있는데, 단아한 외모에서 풍기는 청정한 분위기는 영 딴판이었다. 찬찬히 들여다보면 참으로 잘생긴 얼굴이어서, 파랗게 깎은 머리가 안타깝게 여겨질 정도였다.

미목의 청년승이 적오의 앞에 늘어선 세 사람을 향해 정중히 인사를 올렸다. 여느 불제자의 합장과는 다른, 소림사 특유의 독장례獨掌禮였다.

"처음 뵙겠습니다. 소승의 법명은 적송寂悚이라고 합니다."

적오가 적송이라고 스스로를 소개한 청년승의 등을 텅텅 두드리며 세 사람을 향해 씩 웃어 보였다.

"내 막내 사제라오. 고리타분해서 나와는 궁합이 잘 맞지 않지만, 그래도 어쩌겠소? 데리고 다니며 가르쳐 볼 수밖에."

세 사람의 안색이 가볍게 변했다. 소림처럼 전통 있는 문파는 아주 특별한 경우가 아니면 장유長幼의 서열에 매우 엄격했다. 그런 의미로 볼 때, 서른 전으로 보이는 청년승이 일대 제자가 되었다는 것은 예사로운 일이 아니었다.

모용풍이 적송에게 넌지시 물었다.

"실례가 아니라면 사부님의 법명을 여쭙고 싶소만?"

적송은 겸손한 얼굴로 대답했다.

"선사께선 피진암避塵庵에 거하셨습니다."

모용풍의 눈이 휘둥그레졌다.

"하면 범도신승凡途神僧의 문하란 말씀이오?"

"그렇습니다."

적송이 인정하자 모용풍이 혀를 내두르며 경탄했다.

"참으로 놀라운 일이오! 십 년 전까지만 해도 일절 문하를 거느리지 않으시던 신승께서 이렇게 제자를 키우시다니! 강호를 위해선 정말 홍복이라 할 것이오!"

적송의 단아한 얼굴이 조금 붉어졌다.

"선사의 기대에 십분의 일도 못 미치고 있는 것이 부끄러울 따름입니다."

적오가 그런 적송의 어깨를 툭 밀쳤다.

"바로 그런 입 발린 말들이 고리타분하다는 걸세. 겸손과 예의도 지나치면 구업口業이 된다는 걸 왜 모르는가?"

적송은 화내지 않고 온화하게 웃었다.

"반성하겠습니다. 아미타불."

이 몇 마디 대화에서 석대원은 두 소림승의 성격을 충분히 파악할 수 있었다.

모용풍의 말마따나 저 적송이 범도신승의 문하라는 것은 놀라운 일이었다. 범도신승으로 말하자면 굳이 비세록을 인용하지 않더라도 석대원이 코흘리개이던 시절부터 불문제일인佛門第一人으로 이름을 떨치던 소림의 큰 어른이었다.

'그 범도신승이 낳은 당금의 불문제일인이라……'

석대원은 적송이라는 청년승의 경지가 어느 정도인지 호기심을 느꼈다. 출중한 동년배를 만나, 그로서는 드물게 호승심이 일어난 것이다.

때마침 좋은 기회가 찾아왔다.

"배다!"

"배가 들어온다!"

선착장이 갑자기 부산해졌다. 멀리 노을이 비낀 청량하清凉河에 한 척의 판선板船이 나타난 것이다.

사람들은 저마다 짐을 챙기기 시작했고, 모용풍 또한 발치에 내려 둔 길쭉한 서궤를 집어 들려 했다. 비세록을 비롯해 지난 십 년 동안 그가 집필한 여러 권의 책들이 들어 있는 서궤였다. 하나뿐인 팔로 서궤를 수습하려는 모습이 안쓰러워 보였는지 적오가 혀를 차며 서궤를 뺏어 들었다.

"몸도 불편하신 양반이…… 이리 주시오."

외양만 봐도 예도에 밝은 것을 알 수 있는 청년승 적송이 아 버지뻘 되는 사형이 무거운 짐을 드는 것을 그냥 방관할 턱이 없다.

"사형, 제가 들겠습니다. 이리 주시지요."

적송은 적오를 대신해 서궤를 양손으로 받쳐 들었다. 때마침 찾아온 좋은 기회가 바로 이때였다.

"자랑할 거라고는 힘밖에 없는 놈입니다. 제게 주십시오."

석대원은 성큼 다가가 적송이 받쳐 든 서궤의 옆면을 잡 았다.

"아닙니다, 소승이 들겠……."

온화한 미소로서 석대원의 배려를 사양하려던 적송. 그 순간 적송이 딛고 있던 선착장의 송판 바닥에서 듣기 거북한 소리가 터져 나왔다.

삐이익!

적송의 안색이 약간 변했다. 사오십 근 남짓하던 서궤의 무 게가 갑자기 같은 부피의 쇳덩어리처럼 무거워졌으니 그럴 수 밖에 없었던 것이다. 원인을 짐작하기란 어렵지 않았다. 서궤 옆면을 붙잡은 석대원의 오른손. 그 오른손이 이런 조화를 부린 것이 분명했다.

"시주의 뜻이 정히 그러시다면……."

사실 적송에겐 이런 종류의 경험이 처음이 아니었다. 사부의 찬란한 명성으로 인해, 그리고 나이를 뛰어넘는 높은 배분으로 인해, 그의 실력을 시험해 보고자 덤벼드는 사람들이 종종 있었 던 것이다.

적송은 한 걸음 물러서며 서궤를 받친 두 손을 석대원 쪽으로 슬쩍 밀어붙였다. 그와 함께 쌍장을 통해 은밀하게 내보낸 것은 소림이 자랑하는 구양공九陽功이었다. 그가 입은 승복의 넓은 소맷자락이 물결치듯 너울거렸다.

화라락!

서궤 안에서 요란한 소리가 울려 나왔다. 두 종류의 서로 다른 힘이 서궤 표면을 따라 충돌하며 그 내부를 향해 발생한 경풍이 서궤에 들어 있던 책자들을 한바탕 뒤집어 놓은 것이다. 하지만 책장이 상할 정도로 난폭하지는 않았다. 석대원과 적송, 두 사람 모두 타인이 애지중지하는 물건을 함부로 상하게 하는 무뢰한은 아니기 때문이었다.

찰나처럼 짧은 대치.

이어 석대원은 적송이 밀어붙인 서궤를 오른팔 겨드랑이 아래에 슬쩍 끼우며 빙긋 웃었다.

"양보해 주셔서 감사합니다."

그 모습이 너무도 유유해, 마치 적송이 석대원의 겨드랑이 아래에다가 서궤를 직접 끼워 준 것 같았다.

적송의 단정한 눈썹이 살짝 흔들렸다. 방금 그가 발출한 구양공은, 비록 일신 공력의 절반도 사용하지 않은 것이지만, 건장한 사람이 백 근 철퇴를 힘껏 휘두른 것과 맞먹는 강맹함이 담겨 있었다. 그것에 대항하는 방법은 피하거나 맞받아치는 것 두 가지인데, 피하려면 물러나야 할 테고 맞받아치면 의당 반탄력이 돌아올 터였다.

그런데 석대원이 보인 대응은 실로 괴이했다. 마치 모든 것을 감싸 안는 큰 바다처럼 적송이 발출한 구양공의 역도를 흔적도 없이 집어삼킨 것이다. 아니, 어쩌면 솜씨 좋은 백정이 가축을 해체하듯 갈가리 풀어 버렸을지도.

'이 남자…… 강하다.'

예상을 깨뜨린 석대원의 대응에 적송은 직감적으로 상대가 만만치 않음을 깨달았다. 그와 더불어 석대원에게 찾아든 것과 유사한 감정이 적송의 마음속에서도 뭉클뭉클 일어났다. 그것은 무인으로서의 호승심. 여태껏 자신의 성취를 능가하는 동년배를 본 적이 없기에 더욱 그러했다.

그러나 적송의 수양은 깊었다.

"모쪼록 수고해 주시기 바랍니다."

적송은 서궤에서 완전히 떨어지며 석대원을 향해 정중히 독장례를 올렸다. 속된 호승심을 깊은 수양으로 잠재운 것이다.

적송이 이처럼 담백하게 물러설 줄 짐작하지 못한 석대원은 괜한 짓을 했다는 후회가 일었다. 굳이 승패를 가린다면 그의 승리라고 볼 수 있을 터인데, 그편이 오히려 개운치 않았다. 입맛이 씁쓸해진 것은 바로 그 때문인데, 곁에서 두 사람을 지켜보던 적오가 속도 모르고 탄성을 내질렀다.

"으하하! 좋은 나이로군, 좋은 나이!"

나한당주羅漢堂主면 대대로 소림사 내에서 다섯 손가락 안에 꼽히는 고수였다. 적오는 석대원과 막내 사제 사이에 보이지 않는 공방이 한 차례씩 오갔음을 이미 눈치채고 있었다. 막내 사제를 향해 난데없이 시비를 건 석대원의 행동이 경박해 보이긴 했지만, 젊은이 특유의 호기로 이해하고 그냥 넘어가기로 마음먹었다. 다만 한 가지 그가 간과한 사실은, 막내 사제의 포기가 본인의 깊은 수양에서 비롯된 것만은 아니라는 점이었다. 석대원의 무공이 그 덩치 이상으로 놀라운 것임을 소림사 나한당주가 어찌 짐작할 수 있었겠는가.

"흐흐, 소주가 굳이 뺏어 든 것이니 이 늙은이에게 넘기려 하지는 마시오."

모용풍의 서궤를 겨드랑이에 낀 채로 고소를 짓고 있는 석대
원을 향해 한로가 이죽거렸다.

(3)

탕구진으로 들어온 배는 이런 벽지를 오가는 나룻배치고는
제법 큰 편이었다. 두 개의 삼각돛과 양쪽으로 각각 여섯 개의
큰 노를 갖춘 판선이어서 백 명은 너끈히 태울 수 있을 것 같
았다.

맨 앞줄에 있었던 탓에 선실에 자리 잡을 수도 있었지만, 석
대원 일행은 강바람도 쐴 겸 노을이 비끼는 경치도 구경할 겸
갑판 고물 쪽에 자리를 잡았다. 갑판을 선호한 것은 비단 그들
만이 아니었다. 하기야 이런 후텁지근한 날씨에 답답하고 퀴퀴
한 선실에 들어간다는 것은 누구에게든 썩 유쾌한 일이 아닐 것
이다.

"웨에이! 출선이오!"

선장의 출선호出船號가 우렁차게 울렸다. 시간이 지체된 탓인
지 승객과 짐의 탑승이 끝나기 무섭게 배는 탕구진을 출발했다.

석대원은 고물 난간에 기대 선 채 그사이 부쩍 짙어진 노을을
바라보았다. 무더웠던 여름도 한풀 꺾이려는지 이제는 해 질 무
렵이 되면 제법 서늘한 기운을 느낄 수 있었다. 그는 강물을 따
라 펼쳐진 경치로 눈길을 돌렸다. 붉은 노을과 아직은 누른 기
가 오르지 않은 푸른 갈대밭은 좋은 대비를 이루었고, 활기차게
날아가는 물새들과 장중하게 내려앉는 산 그림자 역시 마찬가
지였다. 모든 경물들이 잔잔한 강물 위로 부드럽게, 그리고 조
화롭게 흘러가고 있었다.

목적지인 불평佛坪까지는 뱃길로 다섯 시진. 이 밤은 별수 없이 배에서 보내야겠지만 석대원은 그 점을 조금도 불만스럽게 여기지 않았다. 한산해진 갑판에서 새벽을 맞는 것도 나름대로 운치 있는 일이리라.

난간에서 얼마 떨어지지 않은 곳에서는 모용풍과 적오의 정담이 쉼 없이 이어지고 있었다. 간만에 만나 그런가 여겼는데, 원래 격의 없는 사이였던 모양이었다.

석대원은 그리로 다가갔다. 때마침 한 대목이 끝나고, 새로운 이야기가 시작되고 있었다.

"그건 그렇고, 무슨 바람이 불어 산문을 내려오셨소? 그것도 사제 되는 분까지 거느리시고……."

모용풍이 묻자 적오는 조금 머뭇거리다가 한숨을 푹 내쉬었다.

"사찰을 나온 것은 작년 이맘때라오."

모용풍의 눈이 조금 커졌다.

"하면 일 년이나 사찰을 떠나 계셨다 이 말씀이오? 나한당은 어떻게 하시고?"

"해海 자 배에 똘똘한 놈들이 제법 있으니 알아서 꾸려 나가겠지요."

곁에서 짐짓 무심한 체 엿듣던 석대원은 적 자 항렬의 아래가 해 자임을 짐작할 수 있었다.

모용풍이 적오에게 다시 물었다.

"한데 왜 일 년씩이나?"

"으음."

적오는 선뜻 대답하지 않고 무거운 신음을 흘렸다. 모용풍이 웃으며 말했다.

"나도 참! 이리 꼬치꼬치 캐묻는 버릇은 죽은 다음에야 고쳐질 모양이오. 곤란하시면 대답하지 않으셔도 되오, 대사."

적오가 고개를 흔들었다.

"아니, 아니오. 특별히 감출 일도 아니니 말씀드리리다. 나와 사제는 사문의 존장 한 분을 찾기 위해 산문을 내려왔소. 여기저기 찾아다녀도 허탕만 치던 중에, 그 어른과 비슷한 분을 이 부근에서 보았다는 소식을 듣고 이렇게 부랴부랴 달려온 거요."

모용풍이 고개를 갸웃거렸다.

"대사께 존장 되는 분이면 범 자 항렬이 아니오? 장로원長老院에 계신 노스님들 한두 분을 제외하면 모두 열반에 드신 것으로 알았는데……."

"외부에 알려지지 않아서 그렇지, 몇 분 더 계시긴 하오. 하지만 우리가 찾는 분은 범 자 항렬의 어른이 아니라오."

적오의 대답에 모용풍의 눈이 더욱 커졌다.

"하면 광廣 자……?"

적오가 고개를 끄덕였다.

"어허! 이거야 정말……."

모용풍은 혀를 내둘렀다. 적오가 그답지 않게 공근한 표정으로 말했다.

"우리들에게 사조가 되시는 그 어른의 세수는 올해로 아흔여섯이라오. 하지만 그런 노구로도 낮고 그늘진 사바를 다니며 고통에 신음하는 중생들을 계도하기 위해 노심초사하시니, 아랫사람 된 몸으로 오직 부끄러울 뿐이오."

"아미타불, 아미타불……."

곁에 앉은 적송이 나직이 불호를 읊조렸다.

이제껏 듣기만 하던 석대원이 모용풍에게 물었다.

"광 자 항렬이라면 '낙일평落日坪의 치恥'로 인해 세상을 뜨신 광문廣聞 대사와 같은 항렬의……."

"참으로 대단하신 어른이오! 듣는 것만으로도 흠모의 마음이 뭉클뭉클 일어나는구려!"

모용풍은 두 소림승이 언급한 어른을 큰 소리로 칭송하며 석대원의 말허리를 잘랐다.

석대원은 영문을 몰라 하다가 두 소림승들의 안색을 살피곤 이내 자신의 실책을 깨달았다. 그들의 얼굴에 떠오른 참괴한 기색을 발견한 것이다. 누구에게든, 설령 종교에 일생을 바친 수행자들에게까지도 해서는 안 될 말이 있다. 방금 석대원이 입에 담은 말이 바로 그런 종류의 것이었다.

———— ❧ ————

영락永樂 초엽의 강호를 광풍처럼 휩쓸고 지나간 낙일평의 치.

그것은 강남 강호에 등장한 한 청년으로부터 비롯되었다.

각진 얼굴과 부리부리한 눈, 다섯 척 아홉 치의 당당한 체구에 허리엔 삼 척 장도를 맨 그 청년의 이름은 서문숭, 약관 이십 세였다.

당시 서문숭이란 이름 석 자에 신경을 쓴 사람은 아무도 없었다. 식은 밥과 흙내 나는 물 먹기를 각오하며 강호로 나온 청년들은 어느 시대 어느 하늘 아래에도 부지기수였기 때문이다.

서문숭의 처음 행적 또한 그다지 눈에 띄는 것은 아니었다. 그는 강호에 막 출도한 모든 청년들이 그러하듯 중원 이곳저곳을 유랑하며 여러 사람들과 만나고, 사귀고, 싸우면서 자신의 존재를 조금씩 강호에 알려 갔다.

그렇게 삼 년이 지났다. 몇 번의 협행과 그에 준하는 수의 살인으로 인해 사람들의 머릿속에 서문숭의 존재가 꽤나 기개 있는 청년 무인으로 서서히 각인될 무렵, 한 가지 웃지 못할 사건이 벌어졌다. 영락 삼 년의 끄트머리를 화려하게 장식한, 북경성 대로에 나붙은 '공개 도전장 사건'이었다.

소림 방장 광문 대사 전前.

강호의 태두인 귀사를 오래전부터 앙모해 왔소. 천하 만종의 으뜸이라는 소림 공부의 높은 경지를 한 수 배우고자 하오. 시간과 장소는 귀하의 뜻에 따르겠소.

악연자惡緣者 서문숭 씀.

서문숭의 글에서도 나타나듯 소림사는 당나라 시대 이후 줄곧 강호의 태두 자리를 지켜 왔다. 달마가 전한 삼덕三德과 역근易筋의 묘리는 후세 고승들에 의해 거듭 발전, 내공과 외공을 가리지 않는 독보적인 경지에 올라 있었다. 더구나 광문 대사로 말하자면 반 갑자가 넘는 세월 동안 소림사의 방장 직을 훌륭히 수행해 온 불문의 거목. 고희가 넘는 고령에도 청년 못지않은 근력을 자랑한다고 하니, 그 공력의 심후함은 추측할 길이 없었다.

그런 소림사, 그런 광문 대사를 향해 강호행 삼 년의 햇병아리가 '악연자' 운운하며 도전장을 던졌으니, 사람들이 비웃음을 금치 못한 것은 당연한 일이었다.

그것은 소림도 마찬가지였다. 소식을 전해들은 광문 대사는

"근래에 보기 드문 호기로다!"라며 웃고는 제자들에게 서문숭에 대한 어떠한 제재도 삼가라는 지시를 내렸다고 하니, 실로 천하의 거목다운 넓은 도량이라 아니할 수 없을 것이다.

그러나 사건은 거기서 끝나지 않았다. 도전을 받아들이지 않은 소림에 대한 서문숭의 보복이 곧바로 시작된 것이다.

소림의 속가俗家로 절강에서 일파를 연 다비수多臂手 모운毛運이 첫 번째 제물이 되었다. 단 일 초. 서문숭은 모운의 제자들이 전부 지켜보는 앞에서 자신의 장도 끝에 맺힌 핏물을 가볍게 털어 내며, 이 사건이 단지 시작에 불과함을 드러냈다.

다음 희생자는 다비수 모운과는 비교도 되지 않는 거물이었다. 광문 대사의 기명제자로 소림 속가 중 맏형 격으로 알려진 시은협市隱俠 포대진包大珍이 바로 그 사람이었다. 포대진은 가족들이 보는 앞에서 목이 날아갔다. 포대진의 목을 날리는 데 소요된 칼질의 수도 모운의 경우와 마찬가지로 단 한 번. 서문숭의 칼은 무거웠고 포대진의 몸놀림은 무력했다. 머리통을 잃은 포대진의 동체가 서서히 쓰러질 때, 서문숭은 한 번의 냉랭한 코웃음으로써 소림 공부의 보잘것없음을 비웃었다고 한다.

비록 서문숭이 제법 명성을 얻은 후진이라곤 하나, 혁혁한 무명을 드날리던 시은협 포대진에 비하면 명월 앞의 반딧불에 불과했다. 이 결과를 놓고 강호는 경악했고, 소림은 발칵 뒤집어졌다. 하지만 그들은 모르고 있었다, 정작 놀라운 일은 아직 시작되지도 않았음을.

며칠 뒤, 광문 대사의 사제이자 소림사의 장경각주藏經閣主라는 막중한 직위에 있던 광조廣照 대사가 두 명의 제자와 함께 소림사가 위치한 숭산 바로 아래에서 시체로 발견되었다. 가슴이 길게 갈라진 채 싸늘히 식은 광조의 가사에는 핏물로 섬뜩한 글씨가 쓰여 있었다.

어떻소? 근래에 보기 드문 호기 아니오?

광문 대사는 마침내 서문승을 문적門敵으로 규정하고 소림사가 자랑하는 십팔나한을 전원 동원하기로 결정했다. 소림십팔방少林十八房이라 알려진 나한당의 열여덟 개 관문을 모두 통과한 일당백의 무승들로 구성된 십팔나한은 호랑이처럼 등등한 기세로 산문을 내려갔다. 누구도 혼자선 십팔나한을 당해 낼 수 없다. 그것은 강호의 오랜 경구이자 정설이었다. 소림사는 안심했다, 저 십팔나한이 패악 무도한 문적을 포박해 올 것을 믿어 의심치 않으며.

그러나 서문승은 혼자가 아니었다. 그의 휘하엔 그를 군왕처럼 떠받드는 무리가 있었다. 그 무리엔 어둠처럼 은밀하게 움직이고 어둠처럼 모든 것을 덮어 버리는 막강한 힘이 있었다. 십팔나한은 결국 서문승의 얼굴도 보지 못한 채 그 어둠에 의해 소리 없이 덮여 버렸다. 십팔나한 전원 실종!

북경성 대로에 또다시 서문승의 글이 걸렸다.

광문 대사께서는 소림사의 대가 모두 끊긴 뒤에야 소생의 도전을 받아들일 셈이시오?

그것이 더 이상 청년의 호기만이 아니라는 사실은 누구보다도 광문 대사 본인이 뼈저리게 알고 있었다. 장기로 말하자면 외통수에 몰린 셈이 된 그는 결국 서문승의 도전을 받아들이게 되었다.

풍운을 몰고 온 청년 서문숭과 소림 방장 광문 대사의 공개 비무!

이 소식은 곧 강호 전역을 뒤흔들었다.

영락 사 년 중양절重陽節(음력 9월 9일).

비무 장소로 공지된 숭산 남쪽 낙일평은 구파일방의 영수급 인물로부터 이름 모를 떠돌이 낭인까지, 일천에 달하는 강호인들로 인산인해를 이루었다. 인간들로 이루어진 거대한 성곽 안에서 광문 대사는 악연자를 자청하는 청년 서문숭의 얼굴을 처음으로 대하게 되었다.

─본사가 시주께 무슨 죄를 범했는지 말씀해 주시겠소?

─나와 싸워 보면 그 해답을 자연 알게 될 것이오.

─내 비록 이렇게 늙었지만 평생 수련을 게을리하지 않았소. 시주가 아무리 범 같은 혈기를 자랑한다 한들 노납을 꺾긴 어려울 것이오.

─하하! 과연 그럴까요?

낙일평에 모인 군웅들 중 이십 대 초반의 청년이 소림사 방장 대사를 감당하리라 여긴 사람은 아무도 없었다. 그 청년의 진정한 신분을 알고 있는 무리를 제외하면. 어둠처럼 은밀하게 움직이고 어둠처럼 모든 것을 덮어 버리는 그 무리는 사람들이 알지 못하는 새 낙일평을 멀리서부터 포위해 오고 있었다.

그러는 가운데 서문숭과 광문 대사의 비무가 시작되었다.

정통 중의 정통이라고 할 수 있는 소림사의 정순하고 심후한 공부가 광문 대사의 육신을 통해 재현되었다. 군더더기 없는 깔끔한 동작과 심오한 묘리가 담긴 진퇴, 부드럽게 휘돌아 내뻗는 일 장에 구름이 일렁이고 딛는 듯 마는 듯 미끄러지는 일 퇴에 낙일평이 진동했다. 광문 대사는 구경꾼들의 탄성 속에서 한 갑자 이상 갈고닦은 소림 공부의 정수를 선보였다.

―과연!

비웃음인지 칭찬인지 분간하기 힘든 기이한 일성과 함께 서문숭의 장도가 움직였다. 비무를 지켜보던 천여 쌍의 눈들이 경악으로 부릅뜬 것은 바로 그 순간이었다.

하늘이 갈라졌다.

땅이 뒤집어졌다.

한 자루 장도에서 뿜어 나온 미증유의 거력은 천지만물을 한순간에 바꿔 놓았다. 찰나 같기도 하고 억겁 같기도 한 시간 속에서 광문 대사의 가슴에서 피분수가 솟구쳤다. 그것은 믿을 수 없는 결과였다. 소림사 방장 대사가 불과 한 해 전만 해도 무명에 가깝던 새파란 애송이에게 삼십 초를 견디지 못하고 쓰러지다니!

그러나 정작 군웅들을 경악하게 만든 것은 가슴이 갈라져 쓰러지던 광문 대사의 입에서 흘러나온 말이었다.

―그것은 천중도법天重刀法. 시주는 여산廬山의 후예였구려…….

여산의 후예!

이 한마디는 군웅의 귓전을 천둥처럼 후려쳤다.

-마귀다!
-백련교의 전인이 나타났다!

군웅 중 일부, 특히 백도의 명숙을 자처하던 자들이 하얗게 질린 얼굴로 병기를 뽑아 들었다. 이것이 정당한 비무였다는 사실은 이미 그들의 뇌리에 존재하지 않았다. 그들의 뇌리를 온통 사로잡은 명제는 오직 하나.

-여산의 후예를 죽여야 한다!

서문숭은 자신을 향해 달려오는 수백 명의 백도 명숙을 바라보며 싸늘하게 웃었다. 그러고는 용음龍吟과도 같은 우렁찬 외침을 터뜨렸다.

-선조들의 혈채를 받을 시간이 왔다!

서문숭의 외침이 끝난 순간, 낙일평을 둘러싼 사방에서 우렁찬 함성이 터져 나왔다. 낙일평은 이미 서문숭을 군왕으로 떠받드는 무리, 보다 정확히 말하면 과거 여산에서 죽어 간 백련교도들의 후손에 의해 철통같이 포위되어 있었던 것이다.
거듭되는 충격에 손발이 얼어붙은 군웅을 향해 서문숭이 다시 외쳤다.

-이 자리를 빌려 나, 서문숭은 백련교의 십칠 대 교주로서 여산백련교의 적통을 계승한 무양문의 개파를 선포한다! 또한 과거 여산의 혈사에 관여한 모든 문파에 대해 십년봉문十年封門

을 명한다!

봉문, 다시 말해 한 문파가 외압에 의해 문호를 폐하는 일은 강호인들에게 있어서 죽음보다 더한 치욕이었다. 그러나 그보다 더 무서운 것은 문파의 맥이 완전히 끊기는 일. 서문숭으로부터 떨어진 십년봉문의 패도에 저항하던 형산검문衡山劍門과 화씨세가華氏世家의 협골들이 차례차례 시체로 변하는 것을 지켜보면서, 군웅은 피눈물을 삼키며 봉문의 굴욕을 받아들여야만 했다.

후세 사람들은 영락 초엽을 붉게 물들인 이 비극적인 사건을 가리켜 '낙일평의 치'라고 칭했다.

"미안합니다. 소생이 쓸데없는 말을 꺼내는 바람에⋯⋯."

석대원은 두 소림승에게 사과했다. 적오가 고개를 흔들었다.

"사실을 말한 것은 사과할 이유가 되지 않소."

그러나 적오의 각진 얼굴에 떠오른 참괴한 기색은 좀처럼 가시지 않았다. 낙일평의 치는 소림을 비롯한 많은 명문들에게 그렇게나 쓰라린 상처로 남겨진 것이다.

어색한 분위기를 바꿔 보려는 듯, 모용풍이 활짝 웃으며 적송에게 말을 걸었다.

"범도신승을 사사하셨으니 의당 무상금강공無上金剛功을 전수받으셨을 터, 대사께서는 몇 단계나 수련하셨소이까?"

무상금강공은 소림이 자랑하는 일흔두 가지 공부 중에서도 세 손가락 안에 꼽히는 절학이었다. 극성에 이르면 법신法身처

럼 견고한 심신을 지니는 동시에 분신分身 혹은 화신化身에 가까
운 묘용도 펼칠 수 있다고 하는데, 그 경지에 도달한 고승은 천
년이란 장구한 역사를 통틀어도 얼마 되지 않는다고 한다.

적송은 담담히 웃으며 말했다.

"아직 사 단계에 머물고 있는 형편입니다."

모용풍은 깜짝 놀라는 표정이 되었다.

"사 단계라면 거의 대공大功에 접근한 게 아니오?"

"육 단계가 대공이니 흔히들 그렇게 말씀하시지요. 하지만
사 단계와 오 단계 그리고 오 단계와 육 단계 사이에는 수미산
처럼 커다란 장애가 도사리고 있습니다. 그 장애를 뛰어넘기에
는 소승의 자질이 너무 천박한 것 같군요."

"무슨 그런 겸양의 말씀을……. 신승께서 어떤 어른인데 조
롱박에 큰물을 담으려 하셨겠소. 적송 대사라면 능히 대공을 성
취하시리라 믿소이다."

적송은 가타부타 대답하지 않고 빙긋 웃기만 했다.

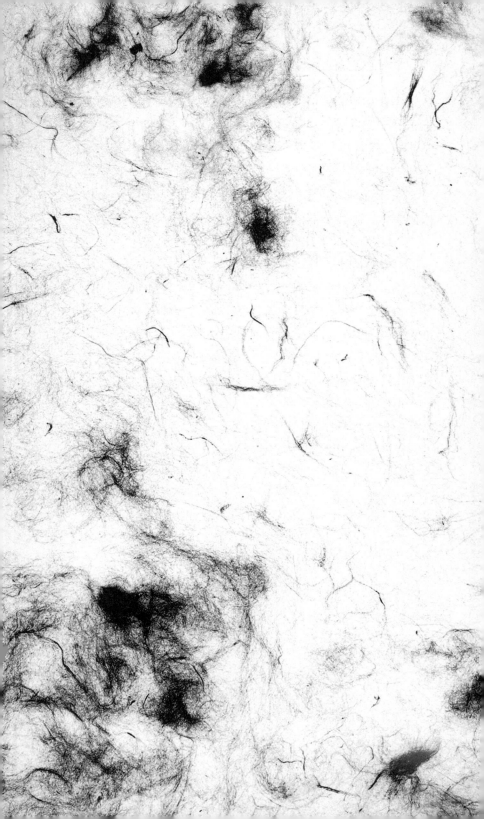

수상전 水上戰

(1)

문득, 석대원은 고물 쪽이 시끄러워졌음을 깨달았다.

"저거…… 군선 아닌가?"

"수영水營 하나 없는 이런 외진 강에 군선은 무슨."

"저 속도를 보라고. 군선이 아니고서야 저렇게 빠를 수 있겠는가?"

승객들이 고물 난간 너머를 보며 저마다 한마디씩 떠들어 대고 있었다.

호기심을 느낀 석대원은 난간 쪽으로 다가갔다. 그의 일행이 탄 판선의 후방으로 멀리 떨어진 강물 위, 세 척의 선박들이 물살을 가르며 따라오고 있었다. 뱃전으로 허연 물보라가 연기처럼 피어오르는 것으로 미루어 여러 채의 억센 노로 움직이는 듯했다.

수부 차림의 중늙은이 하나가 석대원 옆쪽 난간으로 다가 왔다. 손차양을 만들어 따라오는 세 척의 선박들을 살핀 중늙은 이가 이내 고개를 갸웃거리며 중얼거렸다.

"그것참 괴이하다. 사천에 있어야 할 배들이 이 청량하엔 어 쩐 일일까?"

석대원은 그 중늙은이에게 물었다.

"사천에 있어야 할 배라니, 그게 무슨 뜻입니까?"

생전 처음 보는 거한이 자신을 내려다보며 묻자 중늙은이는 찔끔 어깨를 움츠렸다.

"그, 그게 말이오, 저 배들은 사천의 소금장수들이 타고 다니 는 염선鹽船이라오."

"염선?"

"염선은 암거래에 자주 동원되기 때문에 무척 날래다오. 그 러니 이런 판선을 따라잡는 것은 시간문제일 게요."

석대원의 안색이 조금 변했다. 그는 급히 모용풍을 불렀다.

"모용 선생, 이리로 와 보십시오!"

모용풍이 다가오자 석대원은 강물 위에 나타난 세 척의 선박 들을 가리키며 말했다.

"저것들이 혹시 염련의 배가 아닌지 확인해 주십시오."

모용풍은 눈을 가늘게 만들어 염선들을 바라보았다. 그의 표 정은 곧 딱딱하게 굳어졌다.

"검은 바탕에 은빛 상어! 저 깃발은 염련의 육지은교기陸地銀 鮫旗가 분명하오. 깃발의 크기로 보아 연주가 직접 행차한 모양 이오."

석대원의 미간에 자잘한 주름이 잡혔다. 그는 어떤 상황에서

든 스스로를 지킬 능력이 있었고, 그 점은 소림승들을 포함한 그의 일행도 마찬가지였다. 그러나 이 판선에는 그의 일행만 타고 있는 것이 아니었다. 일백 명이 훨씬 넘는 무고한 승객들은 어떻게 한단 말인가!

모용풍을 따라온 적오가 물었다.

"염련의 연주인 철탑마왕鐵塔魔王은 여간해서는 사천을 떠나지 않는다고 들었는데……. 혹시 염련과 무슨 시비라도 있었소?"

"죄송합니다. 지금은 전후 사정을 설명 드릴 시간이 없군요."

석대원은 곁에서 잔뜩 위축된 얼굴로 서 있던 수부 차림의 중늙은이에게 말했다.

"배를 빨리 뭍으로 대시오."

"아니, 갑자기 왜……?"

"설명할 시간이 없소, 어서!"

다급해진 석대원이 재촉했지만 중늙은이는 난색을 띠며 고개를 흔들었다.

"보다시피 난 일꾼에 불과하다오. 선장의 허락이 있기 전에는 배를 뭍으로 댈 수 없소."

"이런 답답한!"

석대원이 안타까워하는데 한로가 그에게 말했다.

"소주, 뭍으로 대기엔 이미 늦은 것 같소."

석대원은 고개를 돌렸다. 세 척의 염선들은 이미 판선의 고물로부터 이십여 장 되는 거리까지 따라붙은 상태였다. 지금 뱃머리를 돌린다 한들 뭍에 오를 여유는 없을 것 같았다.

석대원은 한로에게 말했다.

"갑판 아래 선실에 있는 사람들을 모두 위로 올리시오!"

한로가 재빨리 움직였다. 이어 석대원은 소림승들을 돌아보며 말했다.

"한바탕 싸움을 피할 수 없을 것 같습니다. 두 분께서도 준비해 두십시오."

소림승들은 의아한 표정을 감추지 못했다. 하지만 석대원의 얼굴에 떠오른 굳은 기색을 읽은 듯, 더 이상 캐묻지 않고 고개를 끄덕였다.

그 무렵 세 척의 염선들은 진형을 바꾸고 있었다. 일자진一字陣을 이루고 있던 좌우의 두 척이 속도를 더욱 빨리하여 판선의 좌우로 나온 것이다. 육지은교기를 올린 중앙의 대장선은 그 속도 그대로 거리를 좁혀 오니, 이는 곧 판선의 좌우와 후방을 동시에 봉쇄하려는 의도였다. 그제야 심상치 않은 기미를 눈치챈 듯, 앞쪽의 승객들까지 웅성거리기 시작했다.

대장선과의 거리가 십 장까지 줄어들었을 때, 대장선으로부터 천둥처럼 우렁찬 목소리가 울려 나왔다.

"앞선 배는 돛을 내려라!"

석대원은 대장선 갑판에 우뚝 서서 고함을 내지른 사내를 바라보았다. 육 척이 넘는 후리후리한 키, 구릿빛으로 번들거리는 근육질의 상체에 소매 없는 호피 조끼를 걸친 사나운 인상의 장년 거한이었다. 오른손에 움켜쥔 길쭉한 철곤鐵棍은 아무리 적게 잡아도 오십 근은 넘어 보였다.

"저자가 바로 염련의 연주, 철탑마왕 여문통이오."

모용풍이 낮게 속삭였다.

"그런 것 같군요."

석대원은 고개를 끄덕였다. 아닌 게 아니라 철탑처럼 단단하고 마왕처럼 난폭해 보였던 것이다.

"소, 손님, 돛을 내리라는데 어떻게 할까요?"

중늙은이 수부가 벌벌 떨며 석대원에게 물었다. 이번에는 선장을 찾지 않는 것으로 보아 그 또한 사태의 심각성을 깨달은 모양이다.

석대원은 고개를 좌우로 돌려 양쪽 하안을 살펴보았다. 더 나가 봤자 강폭이 좁아질 기미는 보이지 않았다. 뭍 쪽으로 다가가는 게 어차피 글렀다면 섣불리 달아나느니 여기서 선실의 승객들이 올라올 시간을 버는 편이 나았다.

"돛을 내리시오."

"알겠습니다."

수부가 돛을 내리기 위해 달려갔다.

그때 대장선의 여문통이 철곤을 번쩍 들어 석대원의 얼굴을 똑바로 가리켰다.

"네놈이 바로 석대원이냐?"

석대원은 한 걸음 나서며 여문통을 향해 대답했다.

"소생이 석대원이오. 염련의 주인께서 직접 왕림한 것을 보니 사천의 소금 경기가 그리 신통치 않은 모양이오."

여문통의 눈에서 번갯불 같은 흉광이 뻗쳐 나왔다.

"주둥이가 여문 놈이란 것은 곡요에게 들어 알고 있었지. 하지만 그 주둥이를 놀리는 것도 오늘이 마지막일 게다."

그러고 보니 여문통의 뒷전으로 안면이 있는 얼굴이 있었다. 바로 곡요의 오종종한 얼굴이었다. 석대원은 손을 흔들어 알은체를 했다.

"여어, 곡 선생, 일전에 보태 주신 술값은 잘 썼소이다."

여문통의 험상궂은 얼굴이 등 뒤의 곡요를 향했다.

"저놈이 지금 뭐라고 한 거냐? 미행에 실패하고 딸려 준 애들을 병신으로 만들어 온 것도 모자라, 뭐? 술값까지 보태

줬다고?"

"그, 그게 아니라 저놈이 강제로……."

"이 병신 같은 새끼!"

여문통의 손바닥이 곡요의 볼따구니를 철썩 후려쳤다. 곡요의 작은 체구가 붕 떠오르더니 갑판을 우당탕 굴렀다.

"너 같은 머저리를 옛날부터 데리고 있었다는 이유 하나만으로 총집사 자리에 앉히다니, 내가 눈이 삐었지! 죽어라, 죽어!"

여문통은 굴러가는 곡요를 쫓아가 발로 밟기 시작했다.

"애고! 애고, 나 죽네!"

곡요는 새우처럼 몸을 웅크리고 여문통의 발바닥 밑에서 고래고래 비명을 질렀다. 하지만 저렇게 밟히는 데에도 제법 이력이 붙은 모양이어서 비명처럼 위험해 보이지는 않았다.

석대원이 모용풍을 돌아보며 물었다.

"여문통이란 자의 성질이 원래 저렇습니까?"

모용풍은 눈살을 찌푸리며 대답했다.

"출신이 암상이니 오죽하겠소. 속되고, 난폭하고, 약삭빠르고……. 풍채가 봐줄 만하고 외문 무공에 제법 성취가 있어 사천 강호에서 철탑마왕이라는 별호를 얻긴 했지만, 고인高人 소리를 듣기에는 많이 부족한 위인일 게요."

여문통이 곡요를 상대로 성질을 부리는 동안 다른 사람이 그의 일을 대신했다. 챙이 넓은 붉은 방갓으로 얼굴을 가린 호리호리한 체구의 경장인輕裝人이었다.

"체구가 육비영에 못지않다더니 정말이었군."

붉은 방갓 밑으로 무미건조한 목소리가 흘러나왔다. 그 목소리를 들었을 때, 석대원의 두 가지 이유에서 놀라움을 느꼈다. 첫째는 그리 크지 않은 목소리가 십 장의 거리를 뛰어넘어 그의 귓전에 또렷이 울렸다는 점이고, 둘째는 모든 감정이 결여된 듯한 그 목소리가 여인의 것이라는 점이었다.

적오가 석대원에게 물었다.

"여인인 듯한데, 아는 사람이오?"

석대원은 고개를 저었다. 하지만 짐작 가는 바가 아주 없지는 않았다. 화소산 추오령에서 연벽제가 남긴 말 덕분이었다.

―초혼귀매라는 여인이 육사를 이끌고 네 주위를 노리니, 부디 조심해라.

적오가 난간 쪽으로 나아가 대장선을 향해 말했다.

"아미타불, 이 몸은 소림에서 나온 적오라 하오."

불호에 실린 웅장한 내공이 수면을 한차례 흔들어 놓았다. 그에 놀란 듯 붉은 방갓이 살짝 움찔거렸고, 곡요를 자근자근 밟아 가던 여문통의 발길도 우뚝 멎었다.

이윽고 붉은 방갓 아래로 하얀 금 하나가 살짝 생겨났다. 단순호치丹脣皓齒라고, 옥처럼 하얀 이를 드러낸 주사빛 입술이 웃고 있었다. 하지만 왠지 모르게 오싹함을 느끼게 하는 웃음이었다.

"소림에서 나온 중이 그 배엔 웬일이지?"

목소리로 보아 젊은 여인이 분명한데도 대뜸 하대로 나오고 있었다. 적오의 눈썹이 한차례 실룩거렸다.

"먼지처럼 하찮은 껍데기가 어디 있다 한들 무에 대수일까. 이 배를 멈춘 이유나 말해 주시오."

붉은 방갓의 여인은 적오의 요구에 응하지 않았다. 그녀는 왼손을 어깨 위로 들어 까딱거렸다. 그 신호를 본 여문통이 갑판에 널브러진 곡요를 놔둔 채 냉큼 달려왔다.

"작전을 변경하겠소. 석대원을 포함, 저 배에 탄 모든 자들을 죽이시오."

믿어지지 않을 만큼 살벌한 명령이 붉은 방갓 아래에서 흘러나왔다. 여문통의 두 눈이 휘둥그레졌다.

"모두?"

"모두."

여인은 단호했다. 여문통의 얼굴에 난색이 떠올랐다.

"하지만 소림을 건드리면서까지……."

이견을 제시하던 여문통의 입술이 제풀에 다물렸다. 그를 향해 슬쩍 돌려진 붉은 방갓, 그 그늘 아래 자리 잡은 무엇인가가 그의 말문을 틀어막은 듯했다.

붉은 방갓은 곧 본래대로 돌아왔다. 뱀을 만난 개구리처럼 얼어붙었던 여문통의 눈동자도 본래대로 돌아왔다.

"그 물건을 사용하시오."

붉은 방갓 아래로 예의 무미건조한 목소리가 흘러나왔다. 여문통은 영혼에 덧씌워진 무엇인가를 떨쳐 버리려는 듯 한차례 어깨를 떨더니 주위를 둘러보며 우렁차게 외쳤다.

"작전을 바꾼다! 천지구분진天地俱焚陣을 준비하라!"

여문통의 외침이 끝나기가 무섭게 판선의 좌우 현에 바짝 다가와 있던 두 척의 염선이 판선과의 거리를 조금씩 벌리기 시작했다. 그와 함께 염선들의 갑판에 모습을 드러내는 자들이 있었다. 그 모습을 보던 모용풍이 무겁게 중얼거렸다.

"궁수들이군."

그런데 그 궁수들이 가슴 위로 들어 올리는 활이 여느 활들과는 사뭇 달라 보였다. 일반적인 활의 절반밖에 되지 않는 크기를 가진 그 새까만 활의 시위에 앙증맞게 생긴 화살이 걸렸다.

한데 화살 머리에 장착된 것은 살촉이 아니라 길이가 두 뼘 남짓한 흑갈색 원통이었다.

그 순간 모용풍이 안색이 변해 외쳤다.

"정씨궁定氏弓!"

남송 연간, 초원의 왕 칭기즈칸은 강북을 지배하고 있던 금나라를 정벌하기 위해 몽고의 십오만 대군을 이끌고 남하했다. 당시 몽고의 기마병은 무엇으로도 막을 수 없는 강병 중 강병이어서, 국경이 무너지고 금나라의 수도가 함락되는 것은 당연한 수순처럼 보였다. 그러나 몽고의 기마병은 대수락이라는 작은 요새를 지키던 수비군 일만 오천 명에게 패하는 수모를 겪게 되는데, 이때 수비군이 사용한 무기가 바로 태화소궁太火小弓, 수비대장인 정설定薛의 성을 따 훗날 정씨궁이란 이름으로 알려지게 된 화기였다.

화살 끝에 부착된 흑갈색 원통은 태화통太火筒이라 불리며, 심지에 불을 붙여 폭발시키는 여타의 화기와 달리 통 후면에 달린 격발사擊發絲에 의해 작동된다. 궁수가 격발사에 달린 고리를 왼손 약지에 건 채 화살을 발사하면 그 힘에 의해 태화통으로부터 격발사가 뽑히고, 그로부터 다섯 호흡 뒤 태화통은 맹렬한 기세로 폭발하는 것이다.

"놈들은 우리를 물 위에서 불고기로 만들 작정이오!"

모용풍의 다급한 외침에 석대원은 당황하고 말았다. 사방이 물로 에워싸인 장소에서 화기 공격을 받는다는 것은 신공을 익힌 그조차도 난처해질 수밖에 없는 일이었다. 하물며 그의 주위에는 무공을 모르는 승객이 백여 명이나 있지 않은가! 이런 최악의 상황에서 그나마 다행인 것은 갑판 아래로 내려간 한로가 선실의 승객들을 이끌고 올라왔다는 점이었다.

좌우를 봉쇄한 두 척의 염선들과 판선의 거리가 십오 장이 넘게 벌어졌다. 적당한 거리가 되었다고 여긴 것일까. 대장선에 있던 여문통이 외쳤다.

"태화太火가 강림하니!"

"천지가 함께 불타도다!"

궁수들이 한목소리로 화답하며 정씨궁을 판선 쪽으로 겨눴다.

'머뭇거리고 있을 때가 아니다!'

석대원은 난간 위로 훌쩍 오르더니 좌현左舷을 따라 달리기 시작했다.

"사람들을 좌현으로 피신시키십시오!"

적오와 적송은 어리둥절한 눈으로 난간을 달려가는 석대원의 뒷모습을 좇았다. 그들의 눈은 곧 휘둥그레졌다. 어느 순간, 석대원이 난간을 찍으며 강물 위로 몸을 날렸기 때문이다.

두 팔을 활짝 펼친 채 무려 칠 장이 넘는 거리를 비조처럼 날아가는 거인의 모습은 그야말로 장관이었다. 그러나 그 장관을 끝까지 감상할 여유는 없었다.

"발사!"

여문통의 명령과 함께 양쪽 염선의 궁수들은 일제히 정씨궁의 시위를 놓았다. 완만한 포물선을 그리며 노을이 물든 허공으로 날아오른 화살들!

"모두 좌현으로 피하시오!"

대경한 소림승들은 급히 승객들에게 외쳤다. 강물로 몸을 날린 석대원이 날아오는 화살들을 어떻게 처리할지는 몹시 의아했지만, 지금으로서는 그의 말을 따를 도리밖에 없었다.

추진력을 잃은 석대원이 좌측의 염선과 판선의 중간 지점이 되는 강물로 떨어질 때, 태화통을 매단 화살들은 그의 머리 위 삼 장 높이에서 포물선의 정점을 이루려 하고 있었다. 석대원은 등에 메고 있던 붉은 검, 혈랑검의 손잡이를 힘껏 움켜잡았다. 그의 두 눈이 불똥 같은 광채를 뿜고, 일자로 꾹 다물린 입술이 벌어지며 우레와 같은 기합이 터져 나왔다.

"하앗!"

가슴을 아래로 향한 채 수면으로 떨어지던 석대원은 약동하는 잉어처럼 허리를 힘차게 뒤틀었다. 엎드린 자세에서 누운 자세로 회전한 것인데, 회전의 초입에 뽑아 든 혈랑검은 거대한 반원을 그리며 강물을 깊이 가른 뒤 수면 위로 빠져나왔다. 그 순간 엄청난 폭음이 울렸다.

쿠앙!

폭포수가 거꾸로 솟구쳐 오르듯, 폭이 수 장에 달하는 시퍼런 물의 장막이 하늘을 향해 무서운 기세로 솟구쳤다. 그 거대한 물의 장막은 궤도의 정점을 지나 막 낙하를 시작하던 화살들을 휩쓸어 버렸다.

꽝! 콰콰쾅! 콰앙!

요란한 폭음과 함께 색색의 불꽃들이 하늘을 물들였다. 거대한 물의 장막에 휩쓸린 태화통들이 허공에서 폭발한 것이다.

그러나 석대원이 방어해 낸 것은 좌현 한쪽에 불과했다.

콰콰쾅!

거의 같은 시각, 비슷한 강도의 폭음이 판선의 우현右舷에 작렬했다. 그 파괴력은 나무로 만든 판선 한 척을 불덩어리로 만들기에 부족함이 없었다.

화마지옥火魔地獄, 아비규환阿鼻叫喚…….

검기를 수면으로 쏘아 낸 반력으로 말미암아 강물 속으로 가라앉던 석대원은 똑똑히 볼 수 있었다. 판선의 옆으로 분분히 떨어지는 검은 덩어리들을. 물론 일부는 판선의 파편이겠지만 그중에는 미처 좌현으로 피하지 못한 승객들의 시체도 포함되어 있었다. 그렇다고 소림승들을 탓할 수도 없는 일이었다. 그가 몸을 날린 것과 정씨궁이 발사된 것은 거의 동시의 일이었고, 짧은 시간 동안 그 많은 승객들을 모두 이동시킨다는 것은 어차피 불가능했던 것이다.

분노의 초점은 자연 한곳에 맞춰졌다. 석대원의 두 눈에 붉은 기운이 어렸다.

···

"구겸조鉤鎌組, 앞으로!"

판선의 좌측을 공격한 염선에서 한 사내가 소리쳤다. 중키에 움푹 꺼진 볼이 매서운 분위기를 풍기는 사십 대 사내였다.

사내의 명에 따라 궁수들이 난간에서 물러나고, 일 장이 넘는 장대를 든 장한들이 앞으로 나섰다. 장대의 끝에는 끝부분이 낫처럼 구부러진 갈고리가 달려 있었다. 호랑이 사냥에 쓰인다는 구겸창鉤鎌槍이 바로 이 물건이었다.

그러나 구겸조를 전방에 배치시킨 사십 대 사내는 결코 안심할 수 없었다.

"궁수들은 언제라도 활을 발사할 수 있도록 준비해라!"

궁수들이 정씨궁을 내리고 평상시에 사용하는 활을 준비하는 것을 지켜보며, 사내는 이마에 맺힌 땀방울을 훔쳤다. 비록 소금 장수들의 조직에 들어와 총당주總堂主라는 요직까지 오른 몸이지만, 그는 한순간도 자신이 검객임을 잊지 않았다.

촉산귀검蜀山鬼劍 이절李節.

검의 속도로 논한다면 사천에서 다섯 손가락 안에 꼽힌다는 쾌검수快劍手가 바로 그였다. 여문통, 곡요 같은 암상 출신과는 씨알머리부터가 다른 것이다. 그러나 그런 그조차도 조금 전 황의 거한이 강물 위에서 펼친 일 검 앞에선 경악을 금할 수 없었다.

검기로 수막을 만들어 화살들을 막아 내다니!

그 광경은 이절의 눈에 마치 천외천天外天의 비술처럼 비쳤다.

"방심하지 마라! 범상한 놈이 아니다!"

이절은 수하들에게 경고하는 한편, 본인도 허리에 차고 있던 장검을 뽑아 들었다.

이절이 탄 염선은 화염에 휩싸인 판선을 향해 조금씩 거리를 좁혀 가는 중이었다. 그에 따라 강물을 들락거리며 헤집어 대는 구겸창들의 기세가 더욱 흉흉해지고 있었다. 흡사 가을 벌판에서 도리깨질이라도 하듯. 그러나 강물 속으로 가라앉은 석대원의 종적은 좀처럼 발견되지 않았다.

"혹시 그대로 가라앉은 건 아닐까요?"

구겸조를 지휘하던 변제량卞堤良이란 자가 물었다. 이절은 그를 향해 노성을 터뜨렸다.

"멍청한 놈, 아까의 한 수를 보고도 그런 한가한 소리가 나오느냐! 놈은 반드시 물 밖으로 나올 것이다!"

과연 잠시 후 석대원은 물 밖으로 나왔다. 그런데 그 방법은 이절도 미처 예상하지 못한 과격하기 짝이 없는 것이었다.

과웅!

둔중한 울림이, 잔뜩 물먹은 가죽 북을 쇠망치로 후려친 것 같은 그런 울림이 염선의 우현 밑창을 흔들었다. 그와 함께 우현이 암초에라도 걸린 양 번쩍 들렸다.

"으헛!"

"뭐, 뭐냐?"

구겸창을 휘젓던 염련의 문도들이 중심을 잃고 휘청거렸다. 들린 우현이 다시 아래로 떨어질 무렵, 아까의 것보다 훨씬 크고 뚜렷해진 울림이 염선을 다시 한 번 춤추게 만들었다.

꽈둥!

그와 동시에 난간 부근의 갑판이 종잇장처럼 터지며 시커먼 그림자 하나가 허공으로 솟구쳐 올랐다. 바로 석대원이었다.

"천인공노할 악도들!"

우렁찬 외침과 함께 갑판 위 일곱 자 높이까지 솟구친 석대원으로부터 한 줄기 시뻘건 광채가 뻗어 나왔다. 그 광채의 본체는 한 자루 검, 피를 머금은 듯 붉은 검이었다.

촤촤촤!

잘린 구겸창들이 사방으로 비산했다. 이야말로 옛 시인이 말한 여진언도어고량如振偃刀於高粱이라, 언월도를 들고 수수밭을 누비는 형국이었다. 피해는 단지 구겸창에 국한된 것만이 아니었다. 시뻘건 광채를 뒤따라온 강맹한 진력이 구겸창을 쥐고 있던 사람들의 손목과 팔꿈치, 나아가 어깨의 관절까지 탈구시킨 것이다.

비명과 신음이 난무하는 가운데 다급한 명령이 터져 나왔다.

"화살! 화살을 쏴라!"

장검을 갑판에 박아 넣음으로써 가까스로 균형을 회복한 이절이 아직 허공에 떠 있는 석대원을 가리키며 목이 터져라 외친 것이다.

궁수들의 절반은 이미 중심을 잃고 넘어진 상태지만, 넘어지지 않은 나머지 절반이 이절의 명에 따라 시위를 당겼다.

그러나 석대원은 궁수들의 겨냥에 그리 협조적으로 나오지 않았다. 갑판 위 일곱 자 높이에 떠 있던 그의 신형이 믿을 수 없을 만큼 빠른 속도로 낙하했다. 내공으로써 스스로의 신체를 아래로 떨어뜨리는 천근추千斤墜의 공부가 바로 이것이었다.

목표를 잃어버린 화살들이 석대원의 머리 위를 헛되이 가를 무렵, 쿵 하는 소리와 함께 염선의 우현이 이번에는 아래로 푹 꺼졌다. 수십 명을 태울 수 있는 튼튼한 선박이 석대원 한 사람이 펼친 천근추에 의해 당장 전복이라도 될 듯 기울어진 것이다.

물보라에 휩싸인 수면이 아찔하게 기울어진 선측을 타고 갑판으로 넘어 들어왔다. 갑판에서 휘청거리던 염문의 문도들이 난간을 향해 주르륵 미끄러졌다.

무슨 조화인지는 알 수 없지만 석대원이란 거한은 수직에 가까운 각도로 기울어진 갑판에서도 전혀 행동의 지장을 받지 않는 것 같았다. 그는 난간 쪽으로 미끄러져 오는 사람들 속으로 뛰어들어 붉은 검을 휘두르기 시작했다.

퍽! 퍼퍼퍽!

둔탁한 격타음이 어지러이 울려 퍼졌다. 죽일 의도는 없었는지 사람들의 몸뚱이에 닿는 부위는 날이 없는 검척劍脊(검신의 넓은 부분), 그러나 당한 입장에서는 근육이 터지고 뼈가 부러지는 피해를 면할 길이 없었다.

갑판에 박아 넣은 장검에 몸을 의지한 채 수하들이 집단처럼 허물어지는 광경을 지켜보던 이절은 마침내 눈이 뒤집혔다. 그는 장검을 빼냄과 동시에 수하들 사이를 누비는 석대원에게로 몸을 날렸다.

"끼얍!"

이절의 장검이 석대원의 심장 부위를 향해 섬전처럼 쏘아

갔다. 어차피 기교로 꺾을 수 있는 상대가 아니었다. 그래서 이절이 택한 것은 독사출동毒蛇出洞의 단순한 검초. 모든 변화를 배제한 극한의 빠르기에 승부를 건 것이다.

'성공이다!'

이절은 그렇게 생각했다. 자신의 검봉이 석대원의 심장을 관통하는 것을 두 눈으로 똑똑히 확인했기 때문이다. 그러나 장검을 쥔 오른손은 그러한 생각에 착오가 있음을 경고하고 있었다. 오른손만은 알고 있었던 것이다. 검봉이 실제로 찌른 것은 텅 빈 공간에 불과하다는 사실을.

다음 순간 석대원의 거구가 그 자리에서 안개처럼 흩어졌다. 그것이 극고의 경지에 이른 이형환위의 신법임을 알아차릴 겨를도 없었다. 이절의 귓전에 낮고 단호한 목소리가 울렸다.

"당신이 이 배의 지휘인 것 같군."

그 말이 끝남과 동시에 이절의 오른팔이 몸통으로부터 잘려 나갔다. 그 수법이 얼마나 쾌속했는지, 이절은 한 가닥 기묘한 상실감 이외에는 어떠한 고통도 느낄 수 없었다. 남은 생을 외팔이로 살아가야 한다는 비통함에 앞서 탄사부터 터져 나온 것은 그 또한 진짜 검객이라는 증거이리라.

"그 팔은 죗값으로 여기고, 살고 싶다면 판자라도 잡으시오."

낮고 단호한 목소리가 다시금 이절의 귓전에 울렸다. 이절은 입을 딱 벌렸다. 오른팔을 불구덩이에 집어넣은 듯한 화끈함이 그제야 그의 뇌리에 전달된 것이다.

"어으……."

비명도 제대로 내뱉지 못한 채 갑판에 털썩 주저앉는 이절의 시선에, 물보라가 넘실거리는 강물을 향해 재차 몸을 날리는 석대원의 장대한 뒷모습이 들어왔다.

그 뒤에 남겨진 것이라곤 고통을 견디지 못하고 데굴데굴 굴러다니는 수하들과 밑창이 뚫려 강물 속으로 서서히 가라앉기 시작한 염선이 전부였다.

한 박자 뒤늦게 찾아온 고통은 정신을 잃지 않는 것이 신통할 만큼 지독했지만, 이절은 이를 악물고 몸을 일으켜야만 했다. 목숨이라도 건지려면 정말 판자라도 찾아야 할 판이었다.

(2)

여문통은 눈을 끔뻑거렸다.

일류라고 부르기엔 좀 무리가 있지만 그래도 싸움엔 이력이 붙은 수하 삼십여 명과 검에 관한 한 염련 내에서 당할 자가 없다는 총당주 이절, 거기에다가 금년 초에 새로 건조해 장붓구멍에 바른 송진도 채 마르지 않은 염선 한 척까지.

그 모든 것들이 무용지물로 변하는 데엔 그리 오랜 시간이 필요치 않았다. 그러나 정작 여문통을 아연하게 만든 것은 이 엄청난 파괴가 오직 한 사람에 의해 행해졌다는 점이었다.

'저게 사람이냐, 귀신이냐?'

그러나 놀라고만 있을 때가 아니었다. 염선의 밑창을 뚫고 뛰어올라 어린아이 팔 비틀듯 일련의 파괴 행위를 끝낸 석대원이, 정말 귀신은 아닐까 의심스러울 만큼 놀라운 경신술을 발휘하며 자신이 탄 대장선 쪽으로 날아왔기 때문이다.

십사오 장은 족히 되는 거리를 날아오는 동안 석대원이 무언가를 디딘 횟수는 고작 두 번. 수면에 떠다니는 판선의 파편들을 징검다리 삼아 무서운 기세로 강물을 가로질러 오는 석대원의 모습은 여문통의 눈에 분노한 강신江神처럼 비쳤다.

석대원이 대장선의 뱃머리 난간을 넘어오기 직전.

"흥, 대단한 위세군."

여문통의 곁에 서 있던 붉은 방갓의 여인이 냉소를 터뜨리며 오른손을 흔들었다.

빵!

젖은 수건을 허공에 털 때 울릴 법한 요란한 파공성이 여문통의 고막을 먹먹하게 만들었다. 그와 함께 그녀의 오른손과 석대원의 가슴 사이에 선명한 흑선黑線 한 줄기가 생겨났다. 흑선의 출현은 너무도 순간적인 일이어서, 마치 두 사람 사이를 연결해 주던 무형의 줄이 어느 순간에 검게 변해 버린 듯한 착각을 불러일으켰다.

석대원은 허공에서 한 차례 허리를 뒤채어 가슴을 향해 무서운 속도로 쏘아 온 흑선을 피하려 했다. 그러나 흑선은 집요했다. 그것은 흡사 눈이라도 달린 양 스스로의 진로를 바꾸며 그를 따라붙었다.

짜악!

석대원의 넓은 가슴에서 경쾌한 타성打聲이 울렸다. 황의 앞자락이 칼로 베인 듯 갈라지며, 대장선의 난간을 막 넘으려던 그의 거구가 강물 쪽으로 쭉 밀려났다.

여문통은 내심 안도했다. 물론 석대원이란 자가 저 정도의 한 수에 맥없이 쓰러지리라 기대하지는 않았지만, 최소한 무소불위의 귀신은 아니라는 사실을 확인한 것이다.

하지만 여문통의 안도감은 곧 무너지고 말았다. 놈은 정말로 귀신이었다! 귀신이 아니고서야 어찌 저럴 수 있단 말인가!

"이야압!"

석대원이 허공에서 팽이처럼 회전하기 시작했다. 그 탄력으로 몸을 튕겨 이삼 장을 재차 전진하는 경신술은 비연혹군飛燕惑君이라는 이름의 재주였다. 옛날 조비연曹飛燕이 허리를 돌려 우매한 군주를 미혹시켰다는 의미의 저 재주는 본디 매우 교태 넘치는 동작이었다. 그러나 석대원의 거구를 통해 구현되니 마치 똬리를 튼 이무기가 먹이를 향해 몸을 튕기듯 흉맹하기 짝이 없어 보였다.

"악녀, 용서하지 않겠다!"

석대원의 입에서 천둥 같은 고함이 터져 나왔다. 동시에 그의 좌반신이 섬뜩한 홍광을 뿜어냈다.

꽈자작!

좋은 소나무의 심재로 만든 두꺼운 갑판목이 화포에 맞은 것처럼 뻥 뚫렸다. 여문통은 모래폭풍처럼 밀어닥친 파편들로 인해 앞을 제대로 살필 수 없었다.

'그녀는 어떻게 되었을까?'

얼굴을 가린 양 팔뚝으로 자잘한 파편들이 부딪쳐 튕겨 나가는 것을 느끼며, 여문통은 각에서 파견 나온 붉은 방갓의 여인을 걱정했다. 뼈와 살을 지닌 인간이 저 무시무시한 파괴력 아래에서 살아난다는 것은 불가능한 일 같았다.

그러나 붉은 방갓의 여인 또한 범인의 범주에 속한 인물은 아니었다. 석대원의 왼손이 홍광을 내뿜은 것과 거의 같은 시각, 그녀는 갑판을 발끝으로 찍으며 새처럼 몸을 솟구친 것이다. 그러면서도 난간에 내려서는 석대원을 향해 예의 흑선을 쏘아 보내는 것을 보면, 그녀의 실전 감각이 얼마나 뛰어난지 짐작할 수 있었다.

"흥!"

석대원의 거구가 난간으로부터 분리되었다. 이번에는 자신을 향해 날아오는 흑선을 피하려 하지 않고 정면으로 부딪쳐 간 것이다.

무릎 아래로 늘어뜨린 붉은 검이 날아오는 흑선을 향해 기이한 호선을 그렸다. 둥글게 휘어 나가는 붉은빛과 곧게 뻗어 오는 검은빛이 허공의 한 점에서 교차했다.

쨍!

날카로운 소리가 붉고 검은 두 빛의 충돌을 알려 주었다. 피잉, 하는 매서운 파공성과 함께 뾰족한 무엇인가가 무서운 속도로 날아와 여문통의 발치에 박혔다.

여문통은 눈을 크게 뜨고 자신의 발치에 박힌 물건을 바라보았다. 크기가 어린아이 손바닥보다 조금 큰 세모꼴의 검은 쇳조각. 그것은 채찍의 끝에 달린 쇠붙이의 일부, 보다 정확히는 붉은 방갓의 여인이 쏘아 낸 검은 채찍의 끝에 달려 있던 마름모꼴 철추鐵錐의 반쪽이었다.

'검귀劍鬼다!'

여문통은 등골이 오싹해지는 것을 느꼈다. 그는 붉은 방갓의 여인이 채찍을 병기로 사용한다는 것도, 그리고 그 채찍의 끝에 저런 모양의 철추가 달려 있다는 것도 지금에야 알았다. 그런데 저 석대원이란 자는 채찍 끝에 달려 눈에 보이지도 않는 속도로 날아다니는 철추를 오직 한 번의 칼질만으로 정확히 반 토막을 내 버린 것이다.

하지만 여문통이 놀랄 일은 지금부터였다.

석대원은 날아가는 기세를 그대로 유지한 채 허공에서 한 바퀴 몸을 돌렸다.

부우웃!

벌 떼가 몰려드는 듯한 소리가 울리며 석대원의 붉은 검이 배가 넘는 길이로 쭉 늘어났다. 아무리 신통방통하다 한들 쇠를 두드려 만든 강체剛體가 어찌 늘어날 수 있으랴. 검봉에서 갑자기 뻗어 나온 석 자 길이의 검기가 눈의 착각을 유발한 것이다.

검신처럼 붉은빛으로 이루어진 유형의 검기!

여문통의 안목이 잘못되지 않았다면, 그것은 신화경神化境에 이른 검객이 아니면 꿈도 꿀 수 없다는 검강지기劍罡之氣가 분명했다.

"엇!"

붉은 방갓의 여인으로부터 최초의 경호성이 터져 나왔다. 뱀처럼 냉정한 그녀조차도 눈앞에 드러난 검강지기 앞에서는 흔들릴 수밖에 없었던 모양이다. 그녀는 오른손을 뒤채어 철추가 잘린 채찍을 급히 회수하는 한편, 그 탄력을 이용해 신형을 일 장가량 뒤로 물렸다.

추아악!

커다란 수레바퀴처럼 둥글게 쓸어 간 석대원의 공세는 그녀의 봉긋한 가슴으로부터 세 치가량 떨어진 허공을 아슬아슬하게 지나갔다. 그러나 그녀가 피한 것은 유형의 검기에 불과했다. 뒤따라 밀려든 무형의 경파勁波가, 해안을 향해 탕탕히 밀려오는 노도처럼 거세기 짝이 없는 그 힘이 그녀의 가냘픈 교구를 여지없이 휩쓸어 버렸다.

여인은 파도에 쓸린 어린아이처럼 허공에 내동댕이쳐졌다. 붉은 방갓이 휙 벗겨지며 그 안에 갇혀 있던 긴 머리카락이 울부짖듯 펄럭였다.

"용서하지 않겠다고 했다!"

끝장을 보기 전에는 지옥까지라도 따라가려는 듯, 석대원은 난간 너머로 날아가는 그녀를 향해 재차 몸을 날렸다. 천왕상天

王像처럼 무섭게 변한 그의 얼굴은 무엇으로도 희석시키지 못할 단호한 살기로 가득 차 있었다.

"후우!"

석대원의 거구가 난간 너머로 사라진 뒤에야 여문통은 숨을 길게 내쉴 수 있었다. 석대원이 대장선에 오른 이후 단 한 차례도 숨을 제대로 내쉬지 못한 것 같다는 생각이 문득 들었다. 철탑마왕이라는 별호에 부끄러운 일이지만, 숨을 내쉬어 기척을 드러내면 그 무서운 붉은 손과 붉은 검이 자신에게 돌려질까 두려웠던 것이다. 이는 산길을 가다 호랑이를 발견한 사람이 숨을 멈추는 것과 유사한, 본능적인 두려움의 발로라고 할 터였다.

그런 의미로 볼 때, 석대원의 얼굴에 떠오른 단호한 살기가 오직 각에서 파견 나온 여인에게만 집중된 것은 여문통에게 있어서 매우 다행스러운 일이었다.

'누구라도 그럴 수밖에 없어. 내가 겁쟁이라서 그런 게 아니야.'

여문통은 이렇게 스스로를 다독이며 뒤를 돌아보았다. 그의 생각에 동의하기라도 하듯, 갑판에 서 있는 수하들의 얼굴엔 공통된 기색이 떠올라 있었다. 호랑이를 본 두려움 그리고 그 호랑이로부터 무사히 벗어났다는 안도감.

"도, 돌아가자!"

여문통이 떨리는 목소리로 명했다. 하지만 수하들은 혼백을 잃어버린 사람처럼 멍청히 서 있기만 했다.

여문통은 몇 발짝 떨어진 곳에 서 있는 곡요에게 달려가 멱살을 잡고 흔들었다.

"내 말이 안 들려? 돌아가잔 말이다!"

"예? 예! 알겠습니다!"

퍼뜩 정신을 차린 곡요는 수하들을 향해 고래고래 악을 썼다.

"퇴각! 전속력으로 퇴각이다!"

여문통의 얼굴이 화끈 달아올랐다. 본디 말이란 것은 아주 미세한 부분에 의해서도 의미가 달라지는 법인데, 곡요란 놈은 눈치 없게도 그가 애써 뒤집어쓰고 있던 최후의 자존심마저 벗겨 버린 것이다.

"빙충맞은 새끼!"

여문통은 곡요를 번쩍 들어 난간에다가 패대기쳤다. 아이쿠, 하는 비명과 함께 곡요의 두 눈이 하얗게 뒤집혔지만, 여문통은 개의치 않고 난간 쪽으로 성큼성큼 다가갔다. 무사히 돌아가는 일도 물론 중요했다. 그러나 어디 한 군데도 쓸모없는 밥벌레를 밟아 죽이는 일도 그 못지않게 중요할 것 같았다.

아쉽게도 여문통에겐 돌아가는 것도, 그리고 곡요를 밟아 죽이는 것도 허용되지 않았다.

"아미타불, 누구 맘대로 돌아간다는 거냐?"

한없이 자비로워야 할 불호가 맹수의 포효처럼 사납게 들렸다. 그와 함께 뱃머리 난간 앞에 나타난 우락부락한 중년 승려는 여문통으로 하여금 두 가지 모두를 포기하도록 강요하고 있었다.

'화염불 적오!'

실력이야 어떨지 모르지만, 강호를 진동하는 명성만큼은 여문통이 감히 견줄 수 없는 막강한 상대가 등장한 것이다.

여문통의 얼굴이 노랗게 변했다.

━━━●◆●━━━

검강지기의 여파에 휩쓸린 채 강물로 떨어지던 여인은 어느 순간 흐트러진 균형 감각을 되찾을 수 있었다. 그녀는 비룡번신飛龍飜身의 재주로 머리부터 떨어지던 몸을 반전시킨 뒤, 발끝으로 수면을 세 차례 걷어차며 몸을 솟구쳤다. 잠자리가 수면을 세 번 스친다는 청정삼점수蜻蜓三占水. 보는 이로 하여금 절로 감탄을 자아내게 만드는 상승의 경신술이었다.

그러나 한 줄기 칼날같이 예리한 경력이 자신의 등판을 향해 날아드는 것을 느꼈을 때, 여인은 석대원이란 사내가 경신술 따위에 감탄하여 살기를 누그러뜨릴 만큼 감성적인 위인이 아님을 깨달을 수 있었다. 여자를 상대하면서도 이토록 단호히 후방을 공격하다니! 혈관 속을 흐르는 피가 어지간히 차갑지 않고서는 취하기 힘든 행동이었다.

푸앙!

물기둥이 쐐기 모양으로 솟아오르며, 수면이 칼에 찍힌 수박처럼 쩍 갈라졌다. 그러나 여인은 이미 갈라진 수면에서 좌측으로 넉 자쯤 떨어진 곳으로 몸을 피한 뒤였다. 허공에서 제 발등을 찍으며 방향을 바꾸는 교연번운巧燕飜雲의 재주가 조금이라도 굼떴던들, 수박처럼 갈라진 것은 수면이 아니라 그녀의 등판이었을 것이다.

'이렇게 대단한 자였던가?'

여인은 석대원이란 자에 관한 자신의 평가에 심각한 오류가 있음을 여실히 느꼈다.

본디 여인이 각을 떠나 사천을 방문한 이유는 그녀의 삶에 지워지지 않는 화인火印을 남긴 한 가지 해묵은 원한을 청산하기 위함이었다. 비록 만족하다고는 할 수 없지만, 그 일을 끝낸 그녀에게는 이제 각으로 귀환하는 일만 남아 있었다. 그런 그녀에게 각으로부터 새로운 명령 하나가 내려왔다. 사천에서 북동 방향으로 이동 중인 석대원이란 자를 찾아 제거하라는 명령이 었다. 명령서에 동봉된 것은 석대원의 용모파기와 강호육사江湖 六社 중 한 곳인 염련을 동원할 수 있는 위임장이었다.

명령서를 다 읽은 여인은 아주 잠깐에 불과하지만 석대원이 란 자에 대해 호기심을 느꼈다.

─혈랑검법을 익혔을 가능성이 있는 강호 초출의 거한.
─무공 경지는 미지수.

이런 점들은 그냥 넘길 수 있는 항목이었다. 혈랑검법을 폄 하하는 것은 아니지만, 설령 그 석대원이란 자가 혈랑곡주의 적 통 제자라 할지라도 상관없다고 생각했다. 실력의 고하란 수련 한 무공의 명성만으로 결정되지는 않는다고 믿었기 때문이다. 정작 그녀의 호기심을 불러일으킨 것은 명령서 말미에 붙은 이 비영의 추신이었다.

─금용화기禁用火器의 사용을 허락함.

금용화기란 말 그대로 강호에서 사용이 금지된 화기를 가리 켰다.

각이 오랜 세월에 걸쳐 강호에 일궈 놓은 여섯 개의 친위 세 력, 이른바 강호육사는 평범한 문파라면 감히 꿈도 꿀 수 없는 무서운 화기들을 보유하고 있었다. 동해의 한 섬에서 제작된 그 화기들은 각을 통해 강호육사로 보급되었는데, 각은 그것들의 사용을 엄격히 통제했다. 존재 여부만으로도 강호를 경동시킬 뿐만 아니라, 한발 더 나아가 대내의 정세에도 영향을 끼칠 만큼 위험한 물건이었기 때문이다.

한데 석대원 한 사람을 상대하기 위해 그 금기를 깬다고?

여인은 강했다. 주관적으로도 그렇거니와 객관적으로도 그랬다. 그녀가 쌓은 공력은 나이를 초월하고 있었고, 그녀가 휘두르는 채찍은 철판을 걸레처럼 찢어 버릴 만큼 혹독했다. 그래서 그녀는 이비영의 추신이 마음에 들지 않았다. 일대일로 상대해도 자신이 있는 상대에게 금용화기까지 동원한다는 것이 괜한 낭비로 여겨졌기 때문이다.

하지만 마음에 들고 들지 않고는 그녀 개인의 사정에 불과했다. 그리고 복수가 가져온 허탈감에 흠뻑 젖어 있던 그녀는 이즈음 극심한 자기 환멸에 빠져 있었다. 그녀 자신의 목숨마저 하찮게 여겨지는 마당에 타인의 목숨이 무슨 대수겠는가. 직접 죽이든 태워 죽이든 어차피 한 번 죽는 것, 사용하라면 사용해 주지. 어쩌면 그쪽이 조금 더 자극적일지도 모르리라. 그런데…….

'그게 아니었어!'

지금 이 순간, 여인은 자신의 판단이 섣부른 것이었음을 뼈저리게 실감했다. 석대원에 대한 이비영의 조치는 결코 과한 것이 아니었다. 석대원이란 인물은 모든 금기를 배제하고 달려들어도 상대할까 말까 한 강적 중의 강적이었던 것이다.

"달아나기만 할 텐가!"

석대원의 노갈이 여인의 뒤통수를 때렸다. 동시에 그녀는 후방의 공기가 바뀐 것을 느꼈다. 높은 산에 오른 때처럼 밀도가 부쩍 엷어진 느낌. 마치 한 마리 거대한 괴물이 그녀 주변의 공기를 빨아 마시고 있는 것 같았다.

'뭐지?'

여인은 뒤를 돌아보았다. 그러고는 눈을 부릅떴다. 석대원과 자신 사이의 공간이 마치 용광로에 떨어진 얇은 동판처럼 구불구불 이지러지는 것을 발견한 것이다.

화—아—아—악!

그 공간에 존재하던 모든 것들, 강 냄새 섞인 바람이며 노을에 물든 빛이며 먼지 섞인 공기가 기묘한 곡선을 그리며 한 점으로 응집되고 있었다. 그 점은 다름 아닌 석대원이 곧게 뻗어 낸 붉은 검의 검봉이었다.

'이, 이게 대체……?'

공간이 어찌 한 사람의 힘, 한 자루 검으로 인해 이지러질 수 있겠는가!

분명히 환각이었다. 반드시 허상이어야 했다. 그런데, 그렇다면 등골이 오싹할 만큼 선명하게 파고드는 이 위기감은 대체 무엇에서 비롯되었단 말인가!

파— 파— 파— 파— 파—.

그 순간 검봉에 응축된 공간이 여인을 향해 무서운 속도로 팽창하기 시작했다. 폭죽처럼 비산하는 홍광의 파편들. 그것은 마치 검봉이 수없이 많은 분신들을 토해 내는 듯한 광경이었다.

"검탄강劍彈罡!"

여인의 입에서 경악에 가까운 외침이 터져 나왔다.

검강지기를 화살처럼 쏘아 내는 검탄강은 호사가들의 이야기 속에서나 등장하는, 마치 검선劍仙이 한 자루 검에 몸을 실어 장천을 비행한다는 것과 별반 다를 게 없는 세상 밖의 무공이었다. 혹자는 조심스럽게 얘기했다. 검왕 연벽제나 고검 제갈휘라면 혹시 검탄강의 경지에 올랐을지도 모른다고. 그러나 그들이 실제 검탄강을 시전하는 것을 목격한 사람은 아무도 없다고 하니, 그 경지의 지고함이야 일러 무엇할까.

그런데 그런 검탄강이 강호에 처음 나온 무명 청년의 검 끝에서 발현될 줄이야!

여인의 경악은 그 강도에 비해 너무 짧았다. 경악이 목숨을 구하는 데 아무런 도움도 되지 않는다는 것을 그녀는 이미 터득하고 있었다.

여인은 입술을 질끈 깨물었다. 그런 다음 전신을 휩쓸어 버릴 듯 밀려오는 검탄강을 향해 오른손을 미친 듯이 휘돌렸다. 그녀의 오른 손목 어림에서 튀어나온 검은 채찍이 소용돌이처럼 맴돌기 시작했다. 그녀와 검탄강 사이에는 채찍의 회전이 만들어 낸 반경 다섯 자의 둥근 방패가 생겨났다. 그녀로선 최선을 다한 대응인데, 하지만 검탄강의 가공할 위세를 막아 내기엔 턱없이 미약해 보이는 대응이기도 했다.

아니나 다를까.

콰콰콰콰콱!

검탄강을 구성하는 강편罡片 하나하나가 여인이 만들어 낸 채찍의 방패를 여지없이 꿰뚫고 들어왔다. 채찍이 마치 숯불에 올라간 실처럼 토막토막 끊어져 사방으로 뿌려졌다.

강편의 폭우가 휩쓸고 지나간 자리에는 아무것도 남아 있지 않았다. 채찍도, 그 파편들도, 심지어는 여인의 모습마저도.

그렇다면 여인은 자신의 병기와 더불어 검탄강의 거력 아래 산산조각 난 것일까? 흔적조차 없이?

———◈———

"에구구구!"

향구享具는 비명을 지르며 복사뼈를 부여잡고 갑판에 주저앉았다. 그의 직위, 서른 명에 가까운 수하들을 휘하에 거느린 당주堂土라는 직위를 생각하면 참으로 부끄러운 일이지만 휴지처럼 구겨진 그의 눈가엔 눈물마저 그렁그렁 맺혀 있었다. 그의 병기, 은 한 관이라는 거금을 투자해 지난가을에 맞춘 삭골삼조구削骨三爪鉤는 어디로 날아갔는지 알고 싶지도 않았다. 왼발 복사뼈에서 치밀어 오르는 고통은 그만큼이나 지독한 것이었다.

그러나 살다 보면 알고 싶지 않아도 알게 되는 것들이 왕왕 있다.

"아미타불, 참으로 흉악한 물건입니다."

정강精鋼을 수십 차례 단련해 만든 삭골삼조구가 채석장에서 돌이나 깨면 딱 좋을 쇠뭉치로 바뀌는 데 사용된 도구는 한 쌍의 손이 전부였다. 그 손의 주인은 책상물림처럼 생겨 먹은 새파란 중놈, 아니 이제는 큰스님이었다.

"아이고, 큰스님, 소인이 잘못했습니다! 앞으로는 선하게 살 테니 이번 한 번만 용서해 주십시오!"

향구는 갑판에 머리를 쾅쾅 찧으며 자신을 향해 다가오는 새파란 큰스님의 용서를 구했다. 복사뼈가 아프지 않은 것은 아니지만, 삭골삼조구가 아깝지 않은 것도 아니지만, 복사뼈의 아픔이 다른 부위로 확대되길 원치 않는 마음이, 몸뚱이 다른 부위가 저 삭골삼조구처럼 우그러지길 원치 않는 마음이 더욱 간절했다.

뜻밖에도 새파란 큰스님은 규방의 처녀처럼 순진했다. 얇은 판자 하나에 몸을 싣고 강물을 건너와 향구가 지휘하던 염선을 불과 반 각 만에 환자들만 그득한 병동으로 만들어 버린 무시무시한 무위에 어울리지 않게.

"진정 시주의 죄과를 뉘우치시는 겁니까?"

향구로서는 '이게 웬 떡이냐!'가 아닐 수 없었다.

"천지신명, 아니 부처님께 맹세하오니, 만일 소인이 진정으로 뉘우치지 않았다면 이 밤이 가기 전에 천참만륙의 죽임을 당할 것입니다! 부디 이 미천한 중생에게 부처님의 자비를 베풀어 주십시오!"

향구는 기회를 놓칠세라 입에서 흘러나오는 대로 마구 주절거렸다.

"죄과를 짓는 것은 나쁜 일이나, 자신이 지은 죄과를 곧바로 뉘우치는 것은 좋은 일입니다. 어둠을 버리고 광명으로 돌아온 시주께 축원의 인사를 올리고 싶습니다."

그러면서 합장을…… 아니, 특이하게도 왼손 하나만을 가슴 앞에 들어 올려 독장례를 올리니, 향구로서는 일이 너무 쉽게 풀려 오히려 어리둥절해질 정도였다.

독장례를 푼 새파란 큰스님이 부드러운 목소리로 말했다.

"바라건대 시주께서 해 주셨으면 하는 일이 있습니다."

향구는 벌떡 일어나며 외쳤다.

"뭐든 시켜만 주십시오! 타오르는 불구덩이 속으로 뛰어들라 하셔도 그리하겠습니다!"

발을 딛기 힘들 만큼 복사뼈가 시큰거렸지만 이 위기를 벗어날 수 있다면 그깟 고통이 대수겠는가.

새파란 큰스님은 판선 쪽을 돌아보았다.

"배를 저쪽으로 대십시오. 사람들을 이리로 옮겨야겠습니다."

"큰스님의 말씀, 즉시 봉행토록 하겠습니다!"

시원스럽게 대답한 향구는 멀쩡한 오른발로 깡충깡충 갑판을 뛰어다녔다. 그러면서 갑판 여기저기 빨래처럼 널려 있는 수하들을 무섭게 다그쳤다.

"큰스님의 말씀을 듣지 못하였느냐! 사람 하나를 구하는 것은 높은 탑을 쌓는 것보다 더욱 값진 일이다! 후딱 일어나 배를 저쪽으로 대지 못할까!"

향구의 외침을 들으며 새파란 큰스님, 적송은 안도의 한숨을 쉬었다. 우현에 정씨궁의 화공을 받은 판선은 이젠 전후좌우 가릴 것 없이 불길에 휩싸인 채 강물 속으로 선체의 반 이상을 들이밀고 있었다. 그나마 석대원이 기경할 검법으로 좌현 쪽 방어를 맡아 준 덕에 지금까지 버틴 것이었다.

모용풍과 한로는 판선의 현장舷墻(배의 측벽)에서 뜯어낸 두 장의 판자를 나눠 탄 채 물에 빠진 사람들을 건져 올리고 있었다. 하지만 서너 평밖에 안 되는 판자에 수용할 수 있는 인원이 많을 리 없었다. 수면에는 서른 명이 넘는 승객들이 물에 뜨는 물건이라면 닥치는 대로 붙잡고서 살려 달라 애절히 외치니, 저들의 운명은 말 그대로 풍전등화였다.

"아미타불!"

적송은 더 이상 기다리지 못하고 염선의 난간 너머로 몸을 날렸다. 수면 위를 삼 장 가까이 날아간 그는 막 수면 밑으로 가라앉으려는 여자아이의 뒷덜미를 왼손으로 낚아챈 뒤, 이어 머리카락과 얼굴이 온통 그슬린 노인의 겨드랑이에 오른팔을 끼웠다.

화라락!

양손에 각각 한 사람씩을 붙잡은 채 승포 소리 요란하게 허공을 선회, 염선의 갑판으로 다시 오르는 적송의 웅자는 마치 인세에 하강한 아라한을 보는 듯했다.

"사람들이 붙잡고 올라올 수 있는 물건이면 아무것이나 내려 보내십시오!"

두 사람을 내려놓기 무섭게 향구를 향해 외친 적송이 내공을 끌어 올려 강물을 향해 외쳤다.

"이 배로 오르십시오!"

십여 가닥의 밧줄들이 경쟁하듯 난간 아래로 내려갔다. 물에 빠진 승객들 중 조금이라도 여력이 있는 이들은 필사적으로 팔다리를 버둥거려 밧줄을 잡았다. 하지만 떠 있는 것만으로도 힘에 부친 이들을 위해 적송은 쉴 새 없이 강물 위를 오가야만 했다.

잠시 후 모용풍과 한로도 판자를 저어 다가와 적송의 일을 거들기 시작하니, 구조 작업은 눈에 띄게 빠른 속도로 진척되었다.

대체 몇 명이나 나른 것일까?

적송이 펼치는 답파수상비踏波水上飛의 신법은 내력의 소모가 작지 않은 상승 공부였다. 그런 상승 공부를 숨 돌릴 새 없이 연속하여 전개했으니 그 대가가 어찌 가벼울 수 있겠는가.

단전이 바늘로 쑤시는 듯 따끔거리고 목구멍은 살구 씨라도 걸린 양 답답했다. 단아한 이마엔 이미 구슬 같은 땀방울이 송알송알 맺혀 있었다. 그러나 염선으로부터 조금 떨어진 강물 위에서 판자 하나를 붙잡고 떠 있는 중늙은이를 발견한 적송은 추호의 망설임도 없이 몸을 날렸다. 그는 자비로운 불제자. 설사 진원에 무리가 가는 한이 있더라도 눈앞에서 사람이 죽어 가는 것을 지켜볼 수는 없었다.

"스, 스님, 살려…… 살려 주시오!"

중늙은이는 더러운 강물을 연신 들이키면서도 자신을 향해 날아오는 적송에게 필사적으로 구조를 요청했다.

'세존이시여, 소승에게 힘을 주소서!'

적송은 마음속으로 이렇게 기원하며 이를 악물고 진기를 끌어 올렸다. 좌장으로 수면을 미는 공부는 부드럽기가 바람에 날리는 솜털 같다는 비서장飛絮掌인데, 우수를 아래로 저어 중늙은이의 뒷덜미를 건져 올리는 공부는 강호에도 널리 알려진 소림오금권少林五禽拳 중 박룡조搏龍爪였다.

그런데 뜻밖의 일이 벌어졌다. 적송의 오른손이 중늙은이의 뒷덜미에 막 닿으려는 순간, 중늙은이의 몸이 갑자기 누가 잡아당기기라도 한 것처럼 물속으로 쑥 빨려들어 간 것이다.

"엇?"

적송은 그 자리에서 한 바퀴 공중제비를 넘은 뒤, 오른손을 급히 물속으로 집어넣었다. 그러나 그의 오른손은 아무것도 붙잡지 못했다. 대신 누군가에게 붙잡혔다.

오른손을 끌어당기는 힘은 적송을 깜짝 놀라게 만들 만큼 우악스러운 것이었다. 적송은 반사적으로 내공을 끌어 올려 그 힘에 저항하려 했지만, 가까스로 유지해 온 진기의 흐름은 이미 끊어진 뒤였다.

'이런!'

적송은 변변한 저항 한 번 못 하고 머리를 아래로 한 채 물속으로 첨벙 빠져 버릴 수밖에 없었다.

찰나에 불과했지만, 적송은 수면 바로 밑에서 한 쌍의 눈과 정면으로 마주쳤다. 악에 받친 듯 흰자에 핏발만 서 있지 않았다면 필시 아름답게 보였을 눈이었으리라.

다음 순간 그 눈의 주인이 적송의 바로 옆을 스치며 물 밖으로 솟구쳐 올라갔다. 해초처럼 길고 비단처럼 부드러운 물체가 적송의 귓바퀴를 부드럽게 쓸고 지나갔다. 그 물체의 정체가 머리카락, 그것도 여인의 머리카락이라는 사실을 적송이 알아차렸을 때, 여인은 하얀 포말을 뒤로 남긴 채 수면으로 솟구쳐 오르고 있었다. 적송이 구하려던 중늙은이를 옆구리에 낀 채로.

시선이 자연히 여인을 좇아 수면 너머로 향했다. 그 순간 적송은 어디선가 날아온 그림자 하나가 수면을 스치며 여인을 추격하는 광경을 목격할 수 있었다. 수면에서 굴절된 빛으로 인해 더욱 거대해 보이는 그 그림자의 정체는 바로…….

'석대원!'

적송은 눈을 부릅떴다.

초혼편招魂鞭은 보검으로 내리쳐도 쉽게 끊어지지 않을 만큼 질긴 병기였다.

선전금강旋轉金剛은 억수 같은 빗줄기도 전부 막아 낼 만큼 견고한 방어 수법이었다.

그러나 여인은 초혼편으로 전개한 선전금강이 검탄강의 절대 거력을 막아 낼 수 있으리라 기대하지 않았다. 초혼편이 인간이 만든 병기라면, 선전금강이 인간이 사용하는 수법이라면, 검탄강에 실린 역도는 인간의 영역을 벗어난 것임을 알고 있기 때문이었다. 그래서 그녀는 초혼편으로 선전금강을 전개함과 동시에 천근추의 재주를 발휘해 강물 속으로 몸을 떨어뜨렸다. 이러한 판단은 그녀의 목숨을 연장시키는 데 결정적인 역할을 했다.

강물은 더럽고 차가웠다. 그러나 지금 이 순간만큼은 장미꽃을 띄운 목욕물보다 안락하게 느껴졌다.

여인은 그 안락함에 둘러싸인 채 물살이 움직이는 대로 몸을 맡겼다. 팔다리를 놀릴 생각은 감히 할 수도 없었다. 그랬다가는 당장 그 붉은 검이 수면을 뚫고 내려와 몸뚱이를 난자해 버릴 것 같았다.

어둠침침한 해거름에 두 길이 넘는 물속—그것도 온갖 파편과 그에 따른 포말로 어지러워진—을 환하게 투시한다는 것은 불가능한 일이었다. 하지만 석대원이라는 자는 반드시 그럴 수 있을 것 같았다. 여인의 심상 속에서 그는 이미 인간의 범주를 초월하는 존재로 자리 잡은 뒤였다.

그 순간 여인은 깨달았다. 자신이 공포의 수렁에 빠져 버렸다는 사실을. 마치 십여 년 전 그 밤처럼!

—흐흐! 나는 벌써 돈을 치렀단 말이다. 자, 착하지? 이리 오렴. 자꾸 귀찮게 굴면 이 자리에서 죽여 버릴 거야!

여인은 피가 맺히도록 입술을 깨물었다. 두 번 다시 떠올리고 싶지 않은 밤이었다. 저주받은 과거였다. 그 과거를 씻어 내기 위해 사천까지 갔던 것인데, 씻어 내기는커녕 이처럼 선명하게 기억해 내다니!

모든 죄과는 붉은 검에게 있었다!

붉은 검을 휘두르는 석대원에게 있었다!

당연히 분노해야 하건만, 그 분노를 살라 투지를 일으켜야 하건만…… 분노 대신 찾아온 것은 죄과의 시비 따위론 극복할 수 없는 절대적인 공포였다.

'정말로 죽을지도 몰라.'

구체화된 공포는 젖은 가죽 보자기처럼 여인을 덮쳤다. 내식의 조화가 일순간에 흐트러지며 한 모금 더러운 물이 그녀의 목구멍을 타고 넘어왔다.

꾸르륵!

벌어진 입에서 튀어나온 한 덩이 물거품이 수면 쪽으로 올라갔다. 여인은 무의식중에 양 손바닥을 들어 입을 틀어막았다.

그러나 한번 흩어진 내식을 회복하기란, 적어도 지금으로서는 어려운 일이었다.

호흡이 점차 가빠졌다. 물귀신이 되고 싶지 않다면 아가미를 만들어 달든지, 아니면 물 밖으로 나가야 하는데, 만일 석대원이 멀지 않은 곳에 있다면 그녀가 바깥 공기를 마실 수 있는 시간은 그리 길지 못할 것이 분명했다. 물을 벗어나는 부담을 안고 전개하는 경신술로는 그의 추격을 뿌리칠 수 없기 때문이다. 좀 더 오래 살고 싶다면 물을 벗어나는 데 도움을 줄 만한 무엇인가를 찾아야 했다.

여인은 핏발 선 눈으로 머리 위를 살피기 시작했다. 그러던 어느 순간 그녀의 두 눈에 기광이 번뜩였다. 그리 멀리 떨어지지 않은 수면에서 뭔가에 매달린 채 버둥거리고 있는 한 쌍의 다리를 발견한 것이다. 누군지는 알지 못하나 필시 물에 빠진 사람이리라.

여인은 생각했다. 아무 준비 없이 물을 벗어나는 것은 위험하기 짝이 없는 일이었다. 그러나 만일 누군가가 저 다리의 주인을 구출하기 위해 다가온다면, 그 상황을 이용해 보다 빠르게 물을 벗어날 수도 있지 않을까?

여인은 조심스럽게 팔다리를 움직여 버둥거리는 다리 밑으로 접근했다. 그러고는 가빠지는 호흡을 필사적으로 억누르며 그 누군가가 와 주기를 기다렸다.

여인의 기다림은 헛되지 않았다. 잠시 후 적송이 와 준 것이다.

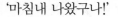

'마침내 나왔구나!'

석대원은 수면 밖으로 모습을 드러낸 여인을 재차 추격하기 시작했다.

여인은 무고한 승객들을 대상으로 무차별적인 학살을 명령할 만큼 잔인할 뿐만 아니라, 그가 전개한 검탄강을 천근추의 재주로 피해 낼 만큼 임기응변에 뛰어났고, 게다가 인명 구조에 정신이 팔린 적송을 이용해 신법에 필요한 탄력을 끌어 낼 만큼 영악하기까지 했다. 여인의 몸으로 이 세 가지를 동시에 갖춘다는 것은 참으로 힘든 일이었다.

그런데 한 가지 의문이 일었다. 그녀는 왜 혼자 나오지 않고 한 사람을 끌고 나온 것일까?

땅이 아닌 곳에서 경신술을 전개하는 데엔 분명히 한계가 있었다. 화수분처럼 마르지 않는 내공을 자랑하던 석대원조차 이제는 강물 위의 부유물을 딛기 전에는 답파수상비의 경신술을 전개하기 힘든 상태였다. 여인의 경신술이 아무리 뛰어나다 한들 백 근이 넘는 사람을 안고 달아날 여유는 없는 것이다. 그것을 증명이라도 하듯 석대원과 여인의 거리는 시시각각 좁아지고 있었다.

그녀는 왜 저런 어리석은 짓을 벌이는 것일까?

이 의문에 대한 해답은 두 사람 사이의 거리가 삼 장 안쪽으로 좁혀졌을 무렵, 다시 말해 석대원이 검을 쳐 내겠다고 결심할 무렵에야 밝혀졌다.

쐐액!

점분윤회點分輪廻.

삼생의 윤회를 한 점으로 끊어 버린다는 다소 불교적인 이름을 지닌 혈랑검법의 절초가 여인의 등판을 향해 쏘아 갔다. 검법의 권역 안에 들어온 여인이 점분윤회의 신랄하고도 명쾌한 살기를 피해 내기란 도저히 불가능해 보였다.

그런데 여인이 준비한 대응은 피하는 것이 아니었다. 대신 옆구리에 끼고 있던 중늙은이를 석대원 쪽으로 집어 던지는 것이었다.

"엇!"

석대원은 소스라치게 놀랐다. 설마하니 살아 있는 사람을 방패로 사용할 줄이야!

공포로 부릅떠진 중늙은이의 두 눈이 빠르게 확대되어 오는 것을 바라보면서, 석대원은 오른 손목을 급히 틀어 올림과 동시에 전신 구석구석까지 팽배해 있던 진기를 일순간에 풀어 버렸다.

중늙은이가 입고 있는 의복이 명치부터 왼쪽 어깨까지 길게 갈라졌다. 피하려고 했건만 검봉에 걸리고 만 것이다.

"끄악!"

찢어지는 비명과 붉은 혈화가 중늙은이로부터 터져 나왔다. 검초를 다급히 바꾼 덕에 꼬치에 꿰인 산적 신세는 면했지만, 좌반신에 한 자 가까이 베이는 횡액만큼은 피하지 못한 것이다. 다행스러운 일이라면 좌반신이 베인 직후, 이백 근이 넘는 거구와의 정면충돌이 그 중늙은이를 기다리고 있었다는 점. 비록 진기를 풀었다고는 하나 철벽처럼 단단한 석대원의 가슴팍이 중늙은이로 하여금 지독한 고통으로부터 벗어나도록 도와주었으니까.

풍덩!

혼절한 중늙은이를 가슴에 끌어안은 채 강물에 떨어진 석대원은 여인의 독심에 다시 한 번 이를 갈 수밖에 없었다. 목숨을 보전하기 위해 노력할 권리는 누구에게나 있었다. 그러나 목숨을 보전하기 위해 타인의 목숨을 도구로 전락시킬 권리는 누구에게도 없었다. 만일 그런 만행을 서슴없이 행하는 자가 있다면…….

석대원은 그자를 죽이는 데 주저하지 않을 것이다!

석대원은 의식을 잃고 축 늘어진 중늙은이를 단단히 끌어안은 채 수면으로 올라왔다. 때마침 적송이 석대원을 향해 헤엄쳐왔다.

"석 시주, 괜찮으십…….."

적송의 말은 도중에 쑥 들어가고 말았다. 짙은 살기로 번들거리는 석대원의 두 눈과 마주쳤기 때문이다.

석대원은 고개를 돌려 사방을 살피기 시작했다. 하늘을 붉게 물들이던 노을도 어느덧 자취를 감춰 버린 밤의 초입. 제비처럼 강물을 찍으며 뭍을 향해 정신없이 달아나고 있는 여인의 뒷모습이 그의 분노한 시선에 잡혔다.

"제 검에 다쳤습니다. 검기는 거뒀지만 상처가 제법 깊을 겁니다. 치료를 부탁드립니다."

석대원은 끌어안고 있던 중늙은이를 적송 쪽으로 밀어 보냈다. 그러고는 오른손을 번쩍 치켜 올리더니 혈랑검의 넓은 면으로 수면을 맹렬히 내리쳤다.

팡!

고막을 먹먹하게 만드는 폭음과 함께 혈랑검에 얻어맞은 강물이 움푹 함몰되었다.

"엇?"

적송은 자신에게 밀려온 중늙은이의 몸뚱이를 단단히 끌어안았다. 그렇게 하지 않으면 갑자기 일어난 거센 물결에 중늙은이를 빼앗길 것 같았기 때문이다.

인간에 의해 수모를 당한 것이 못내 분한 듯 강물은 무서운 기세로 몸에 뚫린 구멍을 메워 나갔다. 석대원은 그 탄력을 이용해 수면 위 일 장 높이까지 몸을 솟구쳤다. 그의 내공은 이미 곤륜지회의 오대고수에 필적하고 있었다. 물속에 머문 촌각의 틈을 이용해 소진된 진기를 추스른 그의 육신은 이제 막 싸움을 시작한 사람처럼 싱싱한 활력으로 충만해 있었다.

휘이익!

용음을 방불케 하는 웅장한 장소長嘯가 강물 위에 울려 퍼졌다. 그와 동시에 석대원은 한 줄기 바람에 몸을 싣고 여인이 오른 뭍을 향해 날아갔다. 〈열자列子〉에서 말하는 어풍비행御風飛行이 실재한다면 아마도 저런 경지가 아니었을까?

포효하듯 울부짖는 거센 물살에 이리저리 떠밀리면서도 적송은 벌린 입을 다물지 못했다. 석대원이라는 청년의 몸을 통해 세상에 드러나는 한 수 한 수는 소림 제일의 기재라 알려진 그마저도 압도하는 호쾌한 것이었다.

───✦───

적오가 소림의 사대무보란 말이 괜히 나온 게 아니란 것을 염련의 문도들 앞에서 증명하는 데에는 차 한 잔 마실 시간도 필요하지 않았다.

"여문통, 언제까지 졸개들만 내보낼 셈이냐?"

적오는 한 자루 거치도鋸齒刀를 휘두르며 자신을 향해 달려든 염련의 문도 하나를 쌍뢰관이雙雷貫耳의 수법으로 가볍게 거꾸러뜨린 뒤, 이제는 몇 남지 않은 수하들 뒤에서 안절부절못하고 있는 여문통을 향해 소리쳤다. 화염불이란 별호대로 그의 권법엔 사정이란 게 없었다. 그저 살계殺戒만 간신히 피하는 정도랄까. 갑판에 즐비하게 널린 여문통의 수하들은 하나같이 뼈가 부러지고 근맥이 절단된 상태라서, 목숨이야 어떻게 건지겠지만 향후 젓가락질이나 제대로 할 수 있다면 다행인 불쌍한 신세가 되어 버렸다. 모두 그의 강맹한 소림권이 만든 작품이었다.

"무, 무엇들 하느냐! 나가! 나가서 놈을 죽이란 말이다!"

여문통은 악에 받친 목소리로 수하들을 독촉했다. 그러나 이제는 수하들도 적오에게 덤비려 하지 않았다.

"이놈들이!"

여문통은 두 눈에 쌍심지를 켜고 수하들을 향해 철곤을 휘둘렀다. 그것에 허리를 맞은 수하 하나가 비명을 지르며 날아가자, 남은 수하 중 하나가 들고 있던 단창을 집어 던지곤 난간 너머 강물로 뛰어들었다. 따지고 보면 그것이 적오의 주먹과 여문통의 철곤을 동시에 피할 수 있는 유일한 길이었다.

군중의 심리란 들쥐 떼 같은 면이 있어서, 처음 한 사람이 난간을 넘기까지는 제법 시간이 걸렸지만 남은 사람들이 난간을 넘는 데엔 눈 몇 번 깜빡거릴 시간도 소요되지 않았다.

"죄고자추罪苦自追요, 복락자추福樂自追라. 본디 죄고와 복락은 평소 행실을 좇는 법! 졸개들에게도 버림받는 것을 보면 평소 네놈의 행실이 얼마나 무도하고 난폭한지 알 수 있구나!"

적오가 법구法句를 섞어 가며 여문통을 꾸짖었다.

여문통은 비칠비칠 뒷걸음질을 치면서 적오와 난간을 번갈아 바라보았다. 그 속셈을 어렵지 않게 짐작한 적오는 코웃음을 치며 여문통과 난간 사이의 공간을 차단했다.

"졸개들이야 보내 주었지만 네놈만큼은 보내 줄 수 없지. 무공을 전폐하고 관아에 넘겨 죗값을 치르게 할 테다."

가뜩이나 노랗던 여문통의 얼굴이 더욱 노래졌다.

'무공을 전폐하고 관아에 넘겨?'

차라리 두개골을 쪼개 뇌수를 꺼내 먹겠다는 말이 살갑게 들릴 것 같았다.

잠시 어쩔 줄 몰라 하던 여문통은 어느 순간 표정을 부드럽게 고쳐 적오를 향해 말했다.

"대사, 궁지에 몰린 쥐는 고양이도 문다는 말도 있지 않소이까? 패군지장敗軍之將을 이렇게 심하게 몰아붙이다가 자칫 대사의 높은 명성에 누가 될까 걱정되오이다."

적오가 껄껄 웃었다.

"스스로 쥐 새끼라 하니 달리 할 말이 없구나. 자, 어디 한번 물어 보려무나."

여문통은 황송한 표정을 지으며 다시 말했다.

"덕 높으신 대사께서 어찌 고양이를 자처하려 하시오? 가당치 않은 말씀이오."

그러자 적오가 웃음을 뚝 그치며 두 눈을 통방울처럼 부릅떴다.

"교활한 놈! 죄를 뉘우치기는커녕 간사한 주둥이를 놀려 빠져나갈 궁리나 하다니! 내가 그리 만만해 보이더냐?"

물론 화염불 적오는 조금도 만만해 보이지 않을뿐더러, 지금의 상황 또한 교언 몇 마디로 모면할 만큼 가볍지 않다는 것을 여문통은 잘 알고 있었다. 그럼에도 불구하고 구차하게 말을 이어 가는 이유는 오직 하나, 적오의 뒷전 난간 가에서 꿈틀꿈틀 몸을 일으키는 곡요를 발견했기 때문이다.

비록 곡요의 무능함에 살의까지 느끼던 여문통이지만 한 가지 방면에서만큼은 인정하지 않을 수 없었다. 독 바른 쇠못, 독정毒釘을 날리는 재주에 관한 한 곡요를 능가하는 사람을 여태 만나 보지 못한 것이다.

지금 적오의 신경은 온통 여문통에게 쏠려 있었다. 이럴 때 곡요가 독정을 날려 적오의 배후를 급습한다면, 설령 그것으로 목숨을 빼앗지는 못하더라도 최소한 내 한 몸 빼낼 기회는 얻을 수 있지 않겠는가. 이것이 여문통의 복안이었다.

　"수하들을 저 꼴로 만들었으면 됐지, 정녕 이 여문통에게까지 손을 쓰시겠다 이 말씀이오? 허허, 불제자가 되신 몸으로 너무 심한 처사인 것 같소이다."

　여문통은 이렇게 투덜거리면서도 곡요의 운신에 주의를 떼지 않았다. 상체를 일으킨 곡요는 바야흐로 난간을 붙잡고 몸을 세우려 하고 있었다.

　'옳지! 힘내라, 곡요!'

　여문통은 그런 곡요를 향해 소리 없는 응원을 보냈다.

　"이제 다 지껄였느냐? 그러면 각오해라!"

　묵직한 목소리로 공격 의사를 표한 적오는 스무 명의 장정을 잠깐 사이에 스무 명의 폐인으로 바꿔 놓은 무시무시한 주먹 두 개를 스윽 치켜들더니 여문통 쪽으로 겨눴다.

　거의 비슷한 시각, 곡요가 몸을 완전히 세웠다. 권법의 자세를 취하느라 약간 낮춘 적오의 어깨 너머로 여문통과 곡요의 시선이 마주쳤다. 상관의 내심을 읽은 것일까? 부어터진 곡요의 입가에 희미한 미소가 떠올랐다. 여문통의 눈에는 세존을 향한 가섭존자迦葉尊者의 그것처럼 오묘해 보이는 미소였다.

　"간다!"

　적오의 몸이 앞으로 움직였다.

　'지금이다, 곡요! 때를 놓치면 안 돼!'

　여문통은 마음속으로 외치며 철곤을 움켜쥔 양손에 불끈 힘을 주었다. 바로 그 순간 곡요가 외쳤다.

"대사, 저 못된 놈을 제 몫까지 때려 주십시오!"

여문통의 입이 헤벌어지는데, 곡요란 놈은 뒤도 안 돌아보고 난간 너머로 몸을 던지는 것이었다.

풍덩!

강물이 곡요의 몸뚱이를 삼키는 소리가 아까 적오가 언급한 '죄고자추'란 법구처럼 들린 까닭은 무엇일까?

여문통은 설사병을 사나흘 앓은 것처럼 전신의 맥이 쫙 풀리는 것을 느꼈다. 그때 주먹이 날아왔다. 폐인 만들어 내기를 늙은 거지가 빈대 잡아내듯 하는 화염불의 주먹이었다.

(3)

두 고랑 수레바퀴 자국이 깊이 파인 관도는 괴괴한 어둠에 잠겨 있었다. 한낮의 열기가 채 식지 않은 여름밤. 희미한 달빛에 의지하여 관도를 걸어가는 사람들이 있었으니, 도요촌 정자나무 아래에서 아이들의 역할 놀이를 바라보며 선담禪談을 나누던 두 승려였다.

"후우, 벌써 숨이 가빠 오는 것을 보니 나도 이젠 늙었나 보네. 나루까지는 아직 멀었는가?"

한 승려가 다른 승려에게 물었다. 금방이라도 삭아 부서질 것 같은 오동나무 지팡이에 몸을 의지하고 있는 그 승려는 쥐고 있는 지팡이만큼이나 늙고 초라해 보이는 노승이었다.

"저 고개만 넘으면 강입니다. 그 강을 조금만 거슬러 올라가면 탕구진 나루가 나오지요."

얼굴 반쪽이 화상으로 일그러진 파면승 망아가 노승의 물음에 공손히 대답했다. 노승과 달리 그는 승혜를 신지 않은 맨발로 걷고 있었다. 뒤꿈치는 물론 발등까지 굳은살이 오른 것으로 미루어 꽤나 긴 세월을 그렇게 돌아다닌 것 같았다.

망아는 숨을 헐떡이는 노승을 바라보다가 덧붙였다.

"사부님, 고단하시면 제자의 등에 업히십시오."

노승은 빙긋 웃었다.

"난 괜찮네."

"저래 보여도 제법 높은 고개입니다. 사양하지 마시고……."

"사양하는 게 아니라 자넬 믿지 못해서 그러네."

"예?"

노승은 올 성근 눈썹을 슬쩍 찌푸리며 물었다.

"자네, 누구를 업어 본 적이나 있는가?"

"그야……."

"없지?"

망아는 얼굴을 붉히며 고개를 끄덕였다. 노승이 웃으며 말했다.

"나 같은 늙은이는 말을 타도 순한 놈으로 골라 타야 하는데, 어찌 자네 같은 야생마를 타겠는가?"

"사부님도 참……."

망아의 입가가 실룩거렸다. 사부의 짓궂은 농에 실소가 나온 것이다. 하지만 그의 입가는 금방 굳어졌다. 관도 전방으로부터 누군가 달려오는 소리를 들은 것이다.

망아가 들은 소리를 노승이라고 못 들을 리 없다.

"이 밤중에 누가 저리도 바쁠꼬?"

망아는 앞으로 두어 걸음 나아가 노승의 앞을 가로막았다. 이는 사부에 대한 극진한 공경에서 나온 행동이었으니, 만에 하나라도 달려오는 사람에게 불순한 의도가 있을 경우를 대비하기 위함이었다.

눈을 가늘게 뜨고 전방을 살피던 노승이 어느 순간 탄식을 터뜨렸다.

"허! 저건 여인이 아닌가?"

한 갑자 반이란 긴 세월을 선禪에 매진한 노승은 이미 법체法體에 가까운 청정한 육신을 이루고 있었다. 그에게 있어서 어둠이나 거리는 큰 장애가 되지 못했다.

"음!"

돌연 노승의 입에서 무거운 신음이 흘러나왔다. 정신없이 달려오는 여인의 후방으로 먹장구름처럼 위압적으로 떠오른 검은 그림자를 발견한 것이다. 노승은 눈살을 찌푸렸다. 검은 그림자로부터 뻗어 나온 무엇인가가 노승의 부동심을 자극했기 때문이다. 그것이 다름 아닌 살기, 차라리 마기라고 불러야 어울릴 지독한 살기임을 알아차렸을 때 노승은 자신도 모르게 불호를 읊조리고 말았다.

"아미타불, 아미타불……."

망아가 눈을 빛내며 노승을 돌아보았다.

"사부님, 여시주가 도적에게 쫓기고 있는 모양입니다."

노승은 아무 대답 없이 목에 걸린 염주를 만지작거렸다. 그러나 그는 망아의 말이 피상의 한 단면만을 설명한 것에 불과하다고 생각하고 있었다. 여염의 처자라면 저토록 날랜 경신술을 전개할 수 없었고, 평범한 도적이라면 저토록 지독한 살기를 뿜어낼 수 없었다. 저 일에는 뭔가 다른 사연이 숨어 있을 터.

노승이 이렇게 생각할 무렵, 여인의 신형은 어느새 망아의 목전까지 이르러 있었다.

희미한 달빛 아래 드러난 여인의 외모는 소년 시절 수많은 미녀를 대해 본 망아의 마음마저 흔들 만큼 빼어난 것이었다.

편편한 이마와 그린 듯한 눈썹. 추수처럼 서늘한 눈매와 마늘쪽처럼 오똑한 콧날. 그리고 소나기라도 만난 양 찰싹 달라붙은 경장 밑으로 드러난 여체의 아찔한 굴곡. 옥의 티라면 쑥대밭처럼 흐트러진 머리카락과 너덜너덜한 옷자락인데, 그런 것들로 감쇄되기에는 너무 절륜한 미모였다.

한데 여인으로부터 날아온 첫인사는 그 미모와 어울리지 않는 난폭한 것이었다.

"이보시…… 엇?"

여인에게 말을 건네려던 망아는 깜짝 놀랐다. 갈퀴처럼 곤두선 여인의 열 손가락이 흑묘박서黑猫搏鼠의 수법으로 그의 양어깨를 매섭게 할퀴어 왔기 때문이다.

"조심하시오!"

망아는 여인의 쌍수가 양쪽 견정혈을 내리찍는 순간, 경호성을 발하며 어깨를 부르르 떨었다. 하단전에서 치솟은 한 가닥 호신지기가 그의 어깨 근육을 강철처럼 단단히 응결시켰다.

퉁!

팽팽한 가죽을 때린 듯한 둔탁한 소리와 함께 여인의 쌍수가 망아의 어깨에서 튕겨 나갔다.

"크흠."

망아는 오만상을 찡그리며 한 발짝 뒤로 물러났다. 여인의 쌍수에 찍힌 어깨가 마치 몽둥이에 얻어맞은 것처럼 시큰거렸기 때문이다. 그의 어깨를 보호한 호신지기가 달려오는 황소에 받혀도 끄떡없다는 수미신공須彌神功임을 감안한다면 놀랄 만한 일이었다. 하나 그는 미처 짐작하지 못했다. 필사적인 도주로 인해 여인이 기진맥진한 상태가 아니었다면 양어깨에 열 개의 구멍이 뚫릴 수도 있었음을.

허공을 한 바퀴 맴돌아 관도에 내려선 여인은 원독에 찬 눈으로 망아를 노려보았다.

만일 그녀가 우락부락하게 생긴 사내였다면 망아의 성격으로 미루어 화부터 냈을 것이 분명했다.

하지만 그녀는 여인이었다. 그것도 보통 여인이 아닌, 보는 이로 하여금 눈까풀이 더 이상 열리지 않는 것을 아쉬워하게 만드는 미녀였다. 어떤 상황에서도 남자의 보호 본능을 자극하는 기묘한 족속이 바로 미녀가 아니겠는가.

"여시주께서 뭔가 오해하신 듯하오. 우리는 도적이 아니니 경계하지 마시오."

망아는 부드러운 말로 여인을 달랬다. 그러자 여인의 얼굴에 이채가 떠올랐다. 그녀는 새삼스러운 눈길로 망아와 그 뒷전에 있는 노승을 번갈아 바라보더니 갑자기 맥이 풀린 듯 땅바닥에 털썩 주저앉았다.

놀란 망아가 여인에게 다가가 물었다.

"괜찮으시오?"

여인이 숙이고 있던 고개를 들었다. 가련함에 젖은 미녀의 얼굴이 달빛 아래 환히 드러났다.

"도와주십시오! 악인이 저를 해치려고 합니다!"

천부의 미색에 더해진 가련함은 환갑이 다 된 망아를 단번에 스무 살 청년으로 회춘시켜 버렸다. 그는 그녀를 부축해 일으킨 뒤, 관도 옆의 나무에 기대 앉혔다. 그러고는 제 가슴을 탕탕 두드리며 호기롭게 외쳤다.

"염려 마시오! 내가 그 악인을 물리쳐 드리리다!"

망아는 관도 한가운데로 성큼성큼 걸어간 다음 천왕상처럼 늠름하게 버티고 섰다.

'저런, 저런……'

망아의 모습을 지켜보던 노승은 내심 혀를 찼지만 딱히 만류하지는 않았다. 속내야 어떻든 간에 도움을 요청하는 중생을 저버리는 것은 불제자로서의 도리가 아니었기 때문이다.

휘이익!

잠시 후 어둠을 뒤흔드는 웅장한 장소와 함께 망아의 전면에 한 사람이 떨어져 내렸다. 흠뻑 젖은 황의에 오른손엔 붉은빛이 감도는 장검을 움켜쥔 거구의 청년이었다.

"음?"

황의 청년은 의아해하는 시선으로 망아와 노승을 바라보았다. 하지만 그것도 잠시. 그는 붉은 검을 등 뒤의 검집에 갈무리한 뒤 두 승려를 향해 정중히 포권을 올렸다.

"소생의 이름은 석대원이라고 합니다. 스님들께선 무슨 연유로 소생의 앞길을 막으시는지요?"

듣기에 나쁘지 않은 저음이었다. 거구의 황의 청년을 유심히 살피던 노승은 곤혹을 느낄 수밖에 없었다. 청년으로부터 뿜어 나오는 살기는 여전히 지독했다. 한데 그 살기의 이면에는 이 세상의 것이라곤 믿기 힘든 탈속한 선기仙氣가 어려 있었던 것이다.

'참으로 이상한 일이로고, 이토록 상반되는 기운을 한 사람에게서 느낄 수 있다니.'

마치 불타는 얼음 덩어리를 대하고 있는 듯한 기분이었다.

아쉽게도 망아에겐 노승과 같은 심안心眼이 없었다. 그의 눈에 비친 황의 청년은 아녀자를 핍박하는 덩치 큰 악인에 불과했다.

"흥! 너는 어찌하여 강호의 법도를 무시하고 연약한 아녀자를 괴롭히느냐?"

망아의 질타에 황의 청년, 석대원은 어처구니없다는 표정으로 여인 쪽으로 시선을 돌렸다. 여인은 나무에 기대앉은 채 운기행공運氣行功에 들어 있었다. 어렵사리 만난 이 기회를 최대한 활용하겠다는 속셈이리라. 석대원의 미간에 잔주름이 잡혔다.

"설명은 추후에 드리겠습니다."

스윽.

석대원의 거구가 허깨비처럼 망아의 곁을 스치며 여인에게로 다가갔다. 얼음을 지치듯 땅을 미끄러지는 보법은 가히 일품이라 할 만했다. 하지만 망아 또한 허수아비는 아니었다.

"감히!"

망아는 노성을 터뜨리며 석대원의 진로를 가로막았다. 이어 반쯤 말아 쥔 오른손을 뻗어 내는데, 그 기세가 매우 완만하여 아무런 위협도 줄 수 없을 것 같았다.

석대원은 백운유유白雲悠悠의 수법으로 좌장을 내밀어 망아의 일 권을 흘려보내려 했다. 그러나 권과 장이 마주친 순간.

쿵!

석대원은 둔중한 발소리를 내며 한 걸음 뒤로 물러났다. 그의 눈이 커졌다. 얼굴 반쪽이 망가진 늙은 중의 권법이 이토록 현묘할 줄은 미처 예상하지 못한 것이다.

"사람을 다짜고짜 해치려 하다니, 필시 선하지 못한 무리로다! 내 오늘 네게 불법이 항상 자비롭지만은 않다는 것을 가르쳐 주마!"

한 번의 접전으로 우세를 얻은 망아는 의기양양하게 외치며 석대원을 향해 재차 권력을 발출했다. 춘삼월 훈풍처럼 부드러운 기운이 다시 한 번 석대원의 전면으로 훅 밀려들었다. 앞서

와 마찬가지의 상황.

석대원은 이번에는 감히 방심하지 않고 자세를 낮추며 밀려오는 기운의 한복판에다 좌장을 내질렀다.

그 순간, 망아의 뒷전에서 두 사람의 대결을 지켜보던 노승의 입에서 "아!" 하는 탄성이 터져 나왔다. 석대원의 왼손 장심에 어린 뚜렷한 홍광을 목격한 것이다. 그 홍광은 노승으로 하여금 기억의 창고 깊숙이 묻혀 있던 어떤 무공을 떠올리게 해 주었다. 그것은 노승의 사문과는 악연으로 맺어진, 인세에서 사라져야 마땅한 사악하기 짝이 없는 마귀의 힘이기도 했다.

펑!

격렬한 폭음과 함께 석대원과 망아 사이의 공기가 미친 듯이 진동했다. 한 줄기 광풍에 안개가 날아가듯, 망아가 발출한 권력은 그 진동에 의해 산산이 흩어져 버렸다.

"어억!"

망아의 상체가 갈대처럼 휘청 꺾였다. 그러면서도 그 자리에서 악착같이 버티려 한 것은 오직 호승심 때문인데, 석대원은 좌장을 앞으로 거듭 밀어붙이며 준엄하게 경고했다.

"계속 버티다간 내상을 입으실 거요!"

악인의 경고에 겁을 집어먹을 망아는 아니지만, 상대의 장력이 어찌나 드센지 더 이상은 버틸 수 없었다.

쿵! 쿵! 쿵!

망아가 뒤로 내딛는 걸음마다 둔중한 소리가 울려 나왔다. 그가 남긴 족인足印의 수는 셋. 하나같이 칼로 새긴 듯 선명한 것들이었다. 망아의 얼굴이 확 달아올랐다.

"이, 이놈이 감히……!"

망아는 어금니를 뿌드득 갈아붙이며 내력을 극성으로 끌어

올렸다. 회색 승포가 바람을 불어넣은 포대처럼 붕 부풀어 오르기 시작했다.

석대원이 눈살을 찌푸리며 말했다.

"사정을 봐 드린 건 이번이 마지막이오."

가뜩이나 악살 같던 망아의 얼굴이 더욱 흉측하게 일그러졌다.

"아녀자나 괴롭히는 파렴치한 도적놈 주제에 너그러운 체하지 마라!"

그때 지금껏 지켜보기만 하던 노승이 망아를 향해 말했다.

"망아, 물러서게. 자네가 감당할 상대가 아니네."

망아의 기세가 눈에 띄게 주춤거렸다. 그러나 이번만큼은 불경을 저지르기로 마음먹었다. 비록 하늘처럼 떠받드는 사부지만 말씀을 그대로 따르기엔 상처 입은 자존심이 허락하지 않았다.

"이얍!"

망아는 석대원을 향해 한 걸음 내딛으며 오른 주먹을 힘차게 쳐 냈다.

쿵!

단단히 다져진 관도가 진각震脚으로 내딛은 망아의 맨발 밑에서 움푹 꺼지더니 한 줄기 맹렬한 경력이 석대원에게로 쇄도해 갔다.

"백보신권百步神拳?"

석대원의 표정이 가볍게 변했다. 망아가 전개한 무공은 너무도 유명한 것이어서 강호 경력이 짧은 그조차도 한눈에 알아볼 수 있었던 것이다.

석대원은 망아의 백보신권을 정면으로 상대하려 들지 않고,

좌수를 가슴 앞으로 올려 먼지라도 걷어 내듯 바깥쪽으로 휘감아 뿌렸다. 다음 순간, 그의 전면에 괴이한 와류가 피어올랐다.

끄드등!

망아가 전력으로 발출한 백보신권의 경력은 와류의 흐름에 휘말려 본래 의도했던 경로보다 일곱 자쯤 좌측으로 비껴 나갔다. 석대원의 좌측에 서 있던 아름드리 소나무 한 그루가 요란한 소리를 내며 뿌리째 뽑혀 쓰러졌다.

"고명한 이화접목移花接木이로다!"

노승이 감탄했다. 석대원이 방금 보여 준 이화접목의 한 수는 실로 물 흐르듯 자연스러워, 부드러움으로 강함을 제압한다는 상승의 묘리를 엿볼 수 있었던 것이다.

석대원은 자세를 풀며 한 걸음 물러났다.

"소림승이십니까?"

그러나 망아는 아무 대답 없이 석대원에게 달려들었다. 회심의 백보신권마저 나무꾼 좋은 일만 시켜 주고 끝나자 안 그래도 상처 입은 자존심이 더욱 구겨진 것이다.

"소생의 말을 잠시만 들어 보십······."

"시끄럽다!"

망아는 석대원의 말을 고함으로 자르며 재차 공격을 개시했다. 질풍처럼 교차하는 쌍권에 떠오른 은은한 금광金光은 그가 가장 장기로 삼는 금강나한권金剛羅漢拳이 전개되었음을 보여 주고 있었다.

빠박! 빠바바박!

두 사람 사이에서 폭죽 터지는 듯한 소리가 연속해서 울려 나왔다. 폭풍처럼 진행되는 육박전의 양상은 망아의 공격과 석대원의 방어로 일관되었다.

강맹하기 이를 데 없는 금강나한권으로 석대원의 전면 요혈을 쉴 새 없이 후려치는 망아와 쌍장을 짧게 끊어 돌리며 소나기 같은 망아의 주먹들을 하나하나 막아 내는 석대원!

　두 사람의 거리가 가까워질수록 망아의 주먹은 더욱 빨라져 이제는 두 줄기 금빛 줄기만 보일 지경이었다. 그러던 어느 순간 망아의 오른 주먹이 석대원의 쌍장 사이를 뚫고 들어가 오른쪽 옆구리에 깊숙이 꽂혔다.

　"음!"

　석대원은 신음을 흘리며 한 발짝 뒤로 물러섰다.

　다음 순간, 하나로 뭉친 망아의 쌍권이 그의 넓은 가슴을 강타했다. 근린상락近隣相樂. 온화한 이름과는 달리 보통 사람이라면 갈비뼈가 단번에 가루가 될 만큼 맹렬한 수법이었다.

　"욱!"

　석대원은 붉은 핏물을 울컥 토하며 뒤로 쭉 밀려 나갔다.

　'아미타불, 악근惡根이로다.'

　노승은 마음속으로 불호를 읊조렸다. 그는 망아의 처사가 마음에 들지 않았다. 망아가 금강나한권의 사십여 초를 폭풍처럼 몰아쳐 내는 동안, 석대원이란 청년은 반격다운 반격 한 번 하지 않고 일방적으로 몰리기만 했다. 그 이유가 망아의 권법에 압도당해서라고는 생각하지 않았다. 그렇게 여기기엔 석대원이 앞서 드러낸 경지가 너무 고절했다. 그렇다면 분명 망아의 권법을 알아보고 전의를 누그러뜨렸다는 뜻인데, 그런 석대원을 상대로 저처럼 우악스러운 공격을 퍼붓는 것은 불제자로서뿐만 아니라 강호인으로서도 심히 몰염치한 처사라 아니할 수 없었다.

　그러나 망아는 전혀 그렇게 생각하지 않는 것 같았다.

　"다시는 못된 짓을 하지 못하게 만들어 주마!"

망아는 석대원을 추격해 들어가며 우렁찬 목소리로 외쳤다. 그 기세가 마치 퇴각하는 적병을 향해 진격 명령을 내리는 장수처럼 득의양양했다.

순간, 피로 얼룩진 석대원의 입술 사이로 이 가는 소리가 뿌드득 울려 나왔다. 망아를 향해 부릅뜬 눈에서도 소름끼치는 광채가 뿜어졌다. 살기의 비등.

"죽인다!"

가슴을 부둥켜안았던 석대원의 좌수에서 눈부신 홍광이 피어올랐다. 홍광의 기세는 문짝처럼 널찍한 그의 상반신을 일시에 밝힐 만큼 강렬했다.

노승은 자신도 모르게 크게 외쳤다.

"망아, 조심하게!"

노승의 경고가 채 끝나기도 전, 석대원의 좌수에서 피어오른 홍광은 어둠 속으로 한 줄기 시뻘건 꼬리를 만들며 망아를 향해 돌진했다. 그 홍광에 실린 파괴력은 가위 불가항력. 금강나한권의 맹렬한 권세가 송곳에 찔린 두부처럼 허무하게 뚫렸다.

"뭐, 뭐냐?"

망아는 급히 초식을 바꿔 자신을 향해 밀려오는 홍광을 막으려 했다. 하지만 그것은 부질없는 몸짓에 불과했다.

쾅!

망아의 몸뚱이가 뒤로 훌훌 날아올랐다. 입으로 피분수를 뿜어내면서도 비명을 지르지 못한 것으로 미루어, 홍광에 적중한 것과 동시에 의식을 잃은 모양이었다. 노을 같은 홍광의 잔재 속으로 점점이 뿌려지는 붉은 핏방울들은 괴이하리만치 선명한 느낌을 주었다.

"망아!"

노승의 몸이 서 있던 자리에서 허깨비처럼 사라졌다. 다음 순간, 노승은 삼 장쯤 떨어진 관도로 떨어지는 망아의 몸뚱이를 받아 안고 있었다.

　"극! 그르르……."

　망아의 목구멍에서 듣기 거북한 기음氣音이 흘러나왔다. 그의 얼굴은 이미 잿빛으로 물들어 있었다.

　'가벼운 부상이 아니구나!'

　노승은 망아를 조심스럽게 눕힌 뒤, 명문에 손을 얹고 수미신공을 운용하기 시작했다. 망아의 것과 동일한 성질의 내공을 주입함으로써 체내의 치유 능력을 자연스럽게 상승시키려는 의도에서였다.

　이윽고 노승의 초라한 어깨 위로 한 줄기 은은한 기운이 비단 자락처럼 떠올랐다. 그것은 세상의 모든 삿된 것들을 타파하는 장엄한 법력이었다.

　그때 저만치 떨어져 서 있던 석대원으로부터 괴이한 소리가 흘러나왔다.

　"흐으…… 흐으……."

　노승은 뒷덜미에 소름이 돋는 것을 느꼈다. 지금 석대원이 내고 있는 소리는 웃음이라 할 수도 없고 울음이라 할 수도 없는, 마치 무저갱 안에 사는 마귀의 숨결처럼 비참하고 끔찍한 느낌을 주는 헐떡임이었다.

　노승은 망아에게 내공을 주입하는 한편, 석대원의 동정을 주의 깊게 살피기 시작했다. 천수천안관음千手千眼觀音은 천 개의 눈으로 중생들의 고난을 살핀다고 했다. 소림 공부 중 관음목觀音目이란 이름의 신공엔 이러한 분심分心의 묘용이 담겨 있었다.

석대원은 망아와 싸우던 자리에 우두커니 선 채 자신의 왼손을 내려다보고 있었다. 홍광에 물든 얼굴엔 인간의 것이라고는 믿어지지 않을 만큼 잔인하고 추악한 미소가 점차 선명해지고 있었다. 그것을 어떻게 설명해야 할까? 마치 홍광에 어린 사악한 기운이 한 인간을 한 마리의 마귀로 변화시키는 것 같았다.

'옛 기록이 사실이었구나!'

석대원의 영혼과 육신은 홍광으로 상징되는 모종의 마성에 의해 빠른 속도로 잠식되어 가고 있었다. 그리고 그런 현상은 과거 노승이 사문의 서고에서 읽은 어떤 기록과 일치했다. 그 기록에 의하면, 무공 중에는 경지가 높아질수록 익힌 사람의 심성을 마귀처럼 변모시키는 절대마공絕代魔功이 존재했다. 그중에서도 가장 지독한 것은 삼백 년 전 강북 일대를 피로 물들인 혈마귀血魔鬼의 장공掌功이었다. 그 장공을 익히면 무엇으로도 막을 수 없는 절대적인 마력을 지니게 되지만, 그 마력은 수련자의 심성에도 미쳐 종국에 가서는 인간은 사라지고 한 마리 피에 굶주린 마귀만 남게 되는 것이다. 그 장공의 이름은 바로……

'혈옥수!'

노승은 마음속으로 짧게 부르짖었다.

"끄으으으!"

돌연 석대원의 입에서 무엇에 짓눌린 듯한 고통스러운 신음이 흘러나왔다. 그와 함께 석대원을 둘러싼 홍광이 약간 엷어졌다.

'음?'

노승의 눈에 이채가 어렸다. 석대원의 오른손이 조금씩 가슴 쪽으로 올라가는 것을 목격했기 때문이다.

풍이라도 걸린 것처럼 덜덜 떨며 가슴 높이로 올라간 석대원의 오른손이 움켜쥔 것은, 비록 약간 엷어지긴 했지만 여전히 선명한 홍광을 뿜어내는 자신의 왼손이었다. 오른손이 떨리고, 그에 따라 왼손이 떨리고, 그래서 어둠을 요사하게 밝히던 홍광 전체가 떨렸다.

'설마……?'

노승의 표정이 기묘하게 변했다. 한 인간을 그토록 강력하게 지배하던 사악한 홍광이 빠른 속도로 사그라지고 있었다. 만일 그 홍광이 노승의 짐작대로 극성에 이른 혈옥수의 마기가 분명하다면, 인간의 자제력으로 이겨 내기란 도저히 불가능한 일이라고 할 수 있었다. 한데 어떻게 저런 일이?

순간, 노승의 시선이 석대원의 오른손으로 향했다. 마치 "그래선 안 돼!"라고 외치기라도 하듯 자신의 왼손을 단단히 움켜잡고 있는 그 오른손 위로는 봄날의 아지랑이와도 같이 은은한 기운이 어려 있었다. 그것은 노승이 처음 석대원에게서 발견한 탈속한 선기와 일맥상통하는 깊고 부드러운 영력靈力이었다.

'참으로 불가사의한 일이로다. 아미타불.'

노승은 이렇게 생각하며 내심 불호를 읊조렸다. 혈옥수의 마기와 그것을 제압할 수 있는 영력을 한 몸에 지닌 청년이라니…….

그러는 동안 홍광이 완전히 사라졌다. 여전히 고개를 약간 숙이고 있는 석대원의 얼굴은 굳이 천안통天眼通의 공부를 발휘하지 않아도 확연히 알아볼 수 있을 만큼 땀범벅이 되어 있었다. 하지만 맑았다. 홍광에 물들었을 때 그토록 강렬히 발산하던 마기는 지금 이 순간 석대원의 얼굴 어디에서도 찾아볼 수 없었다.

노승은 망아의 명문에 얹었던 손을 천천히 떼어 냈다. 천우신조라고 해야 할까. 망아는 그 무서운 혈옥수에 정통으로 당하고도 생명에는 지장이 없는 것 같았다. 어쩌면 석대원이 마지막으로 발휘한 자제력이 타격의 순간 혈옥수의 마기를 억누른 탓일지도 모른다.

"후우!"

돌연 석대원의 입에서 큰 한숨이 흘러나왔다.

그와 함께 석대원은 천천히 고개를 들었다. 고개를 든 그가 가장 먼저 살핀 곳은 여인이 앉아 있던 나무 밑이었다. 그곳엔 이미 아무도 없었다. 그사이 운기행공을 마친 여인은 어느 틈엔가 장내를 빠져나간 것이다.

여인이 사라진 것을 확인한 석대원은 실망한 표정을 떠올렸다. 하지만 그것도 잠시. 그는 표정을 바르게 고친 뒤 노승을 향해 정중히 고개를 숙였다.

"한순간의 혈기를 누르지 못하고 동행분께 상처를 입혔습니다. 용서해 주십시오."

노승은 수양이 무척 깊었다. 하지만 지금 이 순간만큼은 그 깊은 수양을 모두 저버린 채 저 석대원이란 청년에게 묻고 싶은 것이 많았다. 하지만 그럼에도 불구하고 그는 한마디도 물을 수 없었다. 여인과 석대원이 연이어 달려왔던 관도 저편에서 질풍처럼 달려오고 있는 네 사람을 발견했기 때문이었다.

눈 깜짝할 사이에 노승과 석대원 앞에 당도한 네 사람은 두 명의 노인과 두 명의 승려였다. 두 명의 승려 중 우락부락하게 생긴 중년 승려가 노승을 향해 몸을 던지듯 절을 올렸다.

"소손 적오가 문안드리옵니다!"

목멘 소리로 커다랗게 울려 퍼진 이 외침을 들으면서, 노승은 적오라는 이름을 떠올리기 위해 해묵은 기억을 한참 뒤져야 했다. 과연 기억에 있는 이름이었다. 삼십여 년 전 본사에 잠시 들렀을 때 사질 되는 사람이 자랑스레 소개하던 청년승의 법명이 저랬던 것 같았다.

"범결凡缺의 제자냐?"

"그러하옵니다!"

적오가 고개를 들고 감격에 겨운 눈길로 노승을 우러러 보았다. 적오와 함께 달려온 청년승도 황망히 고개를 숙였다.

"소손 적송이 문안드리옵니다."

적오가 청년승 적송에 대해 덧붙였다.

"범도 사백이 말년에 거둔 사람입니다."

이 말에 노승의 안색이 조금 어두워졌다.

"말년…….. 결국 범도도 떠난 건가?"

"예, 사 년 전에 그만……. 아미타불……."

적오는 사백의 죽음이 자신의 책임이라도 되는 양 송구스러운 표정을 지었다. 노승은 적송의 얼굴을 잠시 바라보다가 자애로운 미소를 지으며 고개를 끄떡였다.

"그래도 범도가 사람 보는 눈은 있구나. 전생에 무슨 선업善業을 쌓았기에 저리 도골道骨일꼬."

그 도골은 뭐라 대답도 못 하고 얼굴만 붉힐 따름인데, 허리를 편 적오가 옆에서 어리둥절한 표정을 짓고 있는 석대원을 향해 노승을 소개했다.

"이분이 바로 빈승이 뵈려 했던 본사의 큰 어른이신, 광曠 자, 비非 자, 광비 사조님이시오."

용봉단龍鳳團

(1)

한 마리 푸른 매가 노을이 시작되는 서산을 향해 날아올랐다.

"단주團主께 전해 다오. 이 조무삼曹戊三이 얼마나 장부답게 죽어 갔는지를."

매의 힘찬 비상을 바라보는 사내는 호랑이처럼 부리부리한 눈을 지닌 중년인이었다. 그러나 지금 그 호목은 복잡한 감정으로 물들어 있었다. 불가항력에 대한 절망, 뜻을 이루지 못한 비분 그리고 목전에 닥친 죽음에 대한 공포.

'청아靑兒처럼 날개라도 있다면……'

호목의 중년인 조무삼은 나약한 사내가 아니었다. 하지만 그 어떤 굳센 의지도 인간을 죽음의 공포로부터 완전히 해방시키지는 못하는 법. 조무삼도 그 범주를 벗어날 수 없었다. 그래서 그는 자신이 날린 푸른 매를 바라보며 부러워하고 있는 것이다.

그러나 무정한 현실은 조무삼의 마지막 바람마저도 온전하도록 놔두지 않았다.

씻!

고막을 긁는 듯한 뾰족한 파공성과 함께 노을 속으로 날아오르던 푸른 매가 벼락이라도 맞은 양 세차게 요동쳤다. 이어 들려오는 애달픈 울음소리.

끼이이-.

"청아!"

조무삼의 입에서 안타까운 부르짖음이 터져 나왔다. 한 대의 금빛 화살이 푸른 매의 한쪽 날개에 꽂히는 광경을 똑똑히 목격한 것이다.

백 장 창공의 날짐승을 명중시키는 궁술이라면 신기라 아니 할 수 없을 터. 그러나 천만다행히도 그 신기에 당한 청아는 예사 날짐승이 아니었다. 곤두박질치듯 떨어지던 몸을 바로잡으며 성한 날개를 퍼덕여 다시 하늘로 날아오르는 청아의 모습에 조무삼은 너무나도 기쁜 나머지 눈물마저 흘릴 뻔했다. 등 뒤에서 한 줄기 냉담한 목소리만 들려오지 않았다면 말이다.

"영물이군."

조무삼은 부르르 어깨를 떨었다. 그러고는 천천히 몸을 돌렸다.

언제 나타났을까? 조무삼의 등 뒤에는 백의인 하나가 서 있었다. 당당한 체구에 딱 벌어진 어깨가 흡사 천 년의 풍상을 이겨 낸 바위를 연상케 하는 사내였다.

사내가 입은 백의의 가슴팍에는 커다란 문양 하나가 청동빛

수실로 새겨져 있었다. 수레바퀴처럼 동그란 테두리 안에 한 덩이 불꽃이 타오르는 문양이었다.

조무삼은 그 문양을 당장 알아볼 수 있었다. 강남에서 가장 강성한 문파의 표상이기 때문이었다. 그 문파의 문도들은 저 문양 속의 불꽃을 일컬어 성화聖火라고 부르지만, 조무삼은, 그리고 그의 동지들은 전혀 다른 이름으로 불렀다. 마화魔火, 마귀의 불꽃.

마귀의 불꽃을 바라보는 조무삼의 호목 속에서 또 다른 불꽃이, 증오의 불꽃이 피어올랐다.

"무양문의 개! 청아를 쏜 게 네놈이냐?"

적개심 가득한 조무삼의 물음에 백의인은 대답 대신 왼손에 쥐고 있는 금빛 강궁을 까딱거렸다. 아마도 시인의 뜻이리라.

조무삼의 시선이 백의인이 쥔 대궁으로 옮아갔다. 시위를 거는 양 끝단에 금빛 까치가 장식된 그 강궁은 천하제일의 궁사弓師로 알려진 한 사람을 상징하는 물건이었다.

"관산귀전貫山鬼箭 대적용代籍容."

조무삼은 이를 갈 듯 그 사람의 이름을 뇌까렸다.

백의인, 관산귀전 대적용이 빙긋 웃었다.

———— ✦ ————

피를 머금은 듯한 노을도 어느덧 저물고 짙은 밤기운이 산색을 검게 물들이고 있었다.

조무삼이 관산귀전 대적용과 마주친 골짜기로부터 서쪽으로 삼백여 리 떨어진 산기슭엔 그리 크지 않은 규모의 토성이 한 채 자리 잡고 있었다. 토성의 성곽 네 귀퉁이에는 대나무로 지은 망루들이 사 장 높이로 세워져 있는데, 하나같이 불을 밝히고 있어 삼엄한 경계 중임을 짐작케 했다.

그중 가장 동쪽에 위치한 망루.

환한 관솔불 아래 두 사람이 서 있었다. 한 사람은 이마에 붉은 영웅건을 두른 이십 대 청년이요, 다른 사람은 청색 장포를 입은 삼십 대 장년인이었다.

"단주님, 십리곡十里谷에 무슨 일이 생긴 게 아닐까요? 늦어도 술시戌時(오후 여덟 시 전후) 초까지는 어김없이 당도하던 청아가 아직까지도 오지 않는 것을 보면 뭔가 이상합니다."

붉은 영웅건의 청년이 초조함이 밴 목소리로 말했다. 귀가 뾰족하고 눈빛이 초롱초롱해 얼른 보기에도 재지가 남다른 것 같았다. 그가 두른 영웅건에는 금빛 봉황 한 마리가 생생히 수놓여 있었다.

"글쎄, 그래도 별일이야 있겠는가? 다른 사람도 아닌 조曹 형님이 나가 계신 곳인데."

청의 무복의 장년인이 대답했다. 이 장년인은 만 명이 모여 있는 광장에서도 눈에 확 띌 만큼 준미한 용모의 소유자였다. 흑백이 선명한 눈동자며 매력적으로 뻗어 내린 콧날은 수많은 여성들의 마음을 설레게 하기에 충분했다. 그가 걸친 청색 장포의 가슴팍에도 청년의 영웅건처럼 무엇인가가 수놓여 있었는데, 차이가 있다면 봉황이 아니라 용이라는 점이었다.

"조 대협의 능력을 믿지 못해서 드리는 말씀이 아닙니다. 하지만 요사이 들어온 소식들이 모두 불길한 터라……."

"이 일대의 군소 산채들이 우리들과 연락을 끊은 일 말인가?"

장년인의 말에 청년은 고개를 끄덕였다.

"산적의 무리야 본디 본 단本團에 우호적이지 않았으니 그럴 수도 있겠지요. 하지만 그 많은 산채들이 달포도 안 되는 짧은 기간에 약속이나 한 듯이 연락을 끊었다는 것은 뭔가 수상하지 않습니까? 게다가 우리와 오랫동안 거래를 해 온 남안부南安府의 곽씨郭氏 들이 하루아침에 거래를 중단하겠다고 통보해 온 것도 너무 공교롭고요."

망루 밖 하늘을 올려다보던 장년인의 시선이 청년을 향했다.

"하고 싶은 말이 뭔가? 빙빙 돌리지 말고 단도직입적으로 해 보게."

청년은 잠시 주저하다가 말했다.

"혹시 무양문의 마귀들이 병력을 낸 것은 아닐까요?"

"그들이 출병을?"

"그렇습니다. 형산 일대의 군소 산채들과 남안부의 곽씨 들은 우리에게 이목 역할을 하는 존재가 아닙니까. 그들을 회유하거나 압박해서 우리에게 등을 돌리도록 만든다면 우리는 동남 쪽으로부터 비롯되는 움직임을 전혀 파악할 수 없게 됩니다."

청년의 목소리는 몹시 심각했다.

"으음!"

장년인의 눈가에 비로소 어두운 기색이 떠올랐다. 물론 청년의 말은 발생할 수 있는 여러 가지 상황 중 최악의 것이었다. 그러나 최악을 간과해서는 안 되는 것이, 아니 최악을 기준으로 삼아 대비책을 마련해야 하는 것이 장년인이 현재 처한 입장이었다. 달걀로 바위를 부수려는 자에게는 일말의 빈틈도 허용되지 않기 때문이다.

"지원을 파견할까?"

한참 만에 흘러나온 장년인의 말에 청년이 잠시 생각하다가 고개를 저었다.

"여기서 십리곡은 아무리 서둘러도 하루 반 길입니다. 차라리 전서구를 띄워 십리곡의 조 대협을 불러들이시는 편이 나을 겁니다."

청년의 해결책은 제법 명석하게 들렸다. 장년인이 조금 위안을 받은 표정으로 고개를 끄덕였다.

"그렇게 하지."

"준비하겠습니다."

청년이 잰걸음으로 망루를 내려갔다.

홀로 망루에 남은 장년인은 십리곡이 위치한 동쪽을 바라보았다. 별조차 찾아볼 수 없는 동녘 하늘은 칠흑처럼 깜깜하기만 했다. 마치 그의 마음을 대변해 주듯이.

'한순간의 방심이 천추의 한으로 남을지도 모르겠구나!'

형산의 동남부 초입에 위치한 십리곡은 장년인이 거점으로 삼는 이 토성으로 통하는 관문이나 마찬가지인데, 지세가 험준하고 길목이 좁아서 적은 인원으로 많은 수의 적을 방비하기에 유리한 전략적 요충지였다. 때문에 장년인은 가장 신임하는 수하에게 십리곡의 수비를 맡겨 두고 있었다. 그 수하의 이름은 조무삼, 사적으로는 의형이 되는 인물이기도 했다.

―하하! 강帮 단주, 염려 마시게. 이 조무삼이 버티고 있는 한 어떤 놈도 십리곡을 통과하지 못할 테니까.

지난봄 오십 명의 무사들을 이끌고 십리곡으로 나가던 조무삼이 장년인에게 남긴 말이었다. 이에 장년인은 가족처럼 아껴 온 매 한 마리를 조무삼에게 내주었다. 그 매를 통해 매일 한

차례씩 십리곡의 상황을 전해 달라고 당부하며.

조무삼으로 말하자면, 비록 구파일방처럼 이름난 문파의 제자는 아니지만, 이십여 년간 강호를 떠돌며 수많은 실전을 통해 무쇠처럼 단련된 강인한 무인이었다. 그의 별호는 서 있는 호랑이란 뜻의 입호入虎. 네 발로 기는 호랑이도 당당하거늘, 그 기는 모습이 부끄럽다 하여 두 발로 일어선 호랑이였으니 그 당당함이야 여북할까. 그에게 딸려 보낸 오십 명의 무사들 또한 언제라도 단을 위해 목숨을 던질 준비가 되어 있는 열혈남아들이었다. 지형의 유리함에 의지해 방어에 주력한다면 십 배의 병력이 닥친다 한들 능히 격퇴할 수 있을 터였다. 하지만……

'……만일 무양문이 움직였다면?'

무양문은 신무전과 더불어 강호 제일을 다투는 강적 중의 강적이었다. 타 문파와의 유대를 감안하지 않고 단독의 전력만으로 비교한다면 천하의 신무전조차 무양문의 적수가 되지 못한다는 것이 세간의 평이고 보면, 지형의 유리함이나 주둔군의 마음가짐만으로는 역부족일 공산이 컸다. 더구나 무양문의 거점인 복건에서 이곳 형산까지의 거리는 수천 리. 병력을 냈다면 결코 시시한 자를 보냈을 리 없다.

'어쩌면 호교십군을 동원했을지도…….'

한 사람 한 사람이 이미 신화가 되어 버린 강자들을 떠올리는 동안 장년인의 표정은 더욱 무거워질 수밖에 없었다.

"단주님!"

망루 아래에서 울린 외침이 장년인의 상념을 깨뜨렸다. 장년인은 아래를 내려다보았다. 거기에는 손에 전서구를 든 청년이 동녘 하늘을 가리키며 소리치고 있었다.

"저기를 보십시오!"

장년인은 반사적으로 청년이 가리키는 방향을 바라보았다. 어두운 밤하늘을 배경으로 토성을 향해 날아오는 검푸른 점 하나가 있었다. 장년인이 가족처럼 아끼는 매였다.

"청아!"

반색이 물드는 장년인의 얼굴. 그러나 그 반색은 금방 자취를 감추고 말았다. 평소와는 달리 비틀거리는 매와, 그 매의 한쪽 날개를 꿰뚫고 있는 금빛 화살을 발견한 것이다.

"아뿔싸!"

장년인은 자신도 모르게 탄식을 내뱉었다.

———

벽과 천장 모두가 대나무로 만들어진 단층 가옥.

오십 평 남짓한 널찍한 내부는 사람들로 가득 차 있었다. 사람들의 구성은 다양했다. 귓불에 솜털도 가시지 않은 소년부터 환갑 진갑 다 넘긴 노인까지. 음양陰陽 도포가 멋들어진 도사가 있는가 하면 새끼줄을 이마에 두른 거지도 찾아볼 수 있었다. 나이며 신분이 실로 각양각색인데, 한 가지 공통점이 있다면 모든 이의 얼굴에 떠오른 짙은 비장감이었다. 그 비장감은 무거운 침묵이 되어 실내의 공기를 짓누르고 있었다.

이윽고 죽옥竹屋의 문이 열리며 일남일녀가 안으로 들어왔다. 조금 전 망루에 있던 청포 장년인과 삼십 대 초반으로 보이는 유백색 경장의 여인이었다. 여인은 눈 아래 부위를 검은 면사로 가리고 있어 외모를 확인할 길이 없었다. 그러나 얇은 경장 너머로 드러나는 매혹적인 굴곡과 봉황의 그것을 닮은 서늘한 눈매로부터, 여인 또한 장년인에 못지않은 뛰어난 외모의 소유자임을 짐작할 수 있었다. 특히 인상적인 점은 여인이 입은 유백색 경장 가슴에 수놓인 커다란 봉황이었다. 그것은 장년인의 청포에 수놓인 용과 어울려 한 폭의 멋진 용봉도龍鳳圖를 펼쳐 놓은 듯했다.

청포 장년인이 한 손을 들었다.

"불초 강이환姜易煥, 야심한 시간임에도 불구하고 여러 영웅들께 알려 드릴 소식이 있어 이렇게 모이시게 했습니다."

강이환이라면 당금 강호에서 가장 주목받는 삼십 대 중 한 사람이라고 할 수 있었다. 혹자는 그의 과감함에 칭송을 보냈고, 혹자는 그의 무모함에 조소를 보냈다. 바위를 부수기 위해 날아가는 달걀. 이것이 그를 설명하는 가장 적확한 비유였다.

중인의 시선이 집중되자 청포 장년인, 강이환이 말을 이었다.

"이미 아시는 분들도 계시겠지만, 조금 전 십리곡에 나가 있는 조무삼, 조 형님으로부터 전갈 하나가 당도했습니다. 불행히도 그 전갈은 좋은 것이 아니었습니다."

말을 이어 가는 동안 강이환의 목소리는 점차 비탄으로 물들고, 얼굴 또한 강개함으로 가득 찼다.

"십리곡은 이미…… 무양문의 마귀들에게 함락되었습니다."

"으음!"

"놈들이 정말로 들이닥쳤군."

침음과 웅성거림이 고요한 연못에 일어난 파문처럼 실내로 번져 나갔다.

그것이 가라앉기를 기다려 강이환이 다시 말했다.

"조 형님의 생사는 현재로썬 파악할 수 없습니다. 다만 형님의 성품으로 미루어……."

뒷말은 이어지지 않았다. 그러나 무슨 말이 생략되었는지 모르는 사람은 없었다. 조무삼의 별호가 서 있는 호랑이, 입호임을 모르는 사람이 없듯이.

잠시 고개를 숙인 채 감정을 추스르던 강이환이 다시 고개를 들어 중인을 바라보았다. 불그죽죽하게 달아오른 눈가는 지금 그의 심정을 단적으로 보여 주고 있었다. 그 같은 장부에게 있어서 의형제를 잃는 아픔이란 수족이 잘리는 아픔과 다르지 않을 터였다. 머리를 풀어 헤치고 통곡이라도 터뜨리면 차라리 시원할 것을. 그러나 그는 애써 냉정함을 견지해야 했다. 그는 많은 사람들의 생사를 짊어진 우두머리이기 때문이었다.

강이환은 잔뜩 잠긴 목을 애써 가다듬은 뒤 입을 열었다.

"십리곡은 이곳에서 삼백 리 길입니다. 지세가 험하여 마필이 쉽사리 이동하기 힘들다는 점을 감안하면, 놈들이 이곳에 당도하는 시기는 모레쯤으로 보입니다."

강이환의 말에 누군가 토를 달았다.

"놈들이 밤을 도와 이동하면 더 빠를 수도 있지 않겠소?"

새끼줄을 이마에 두른 폐포弊袍의 중년 거지였다. 강이환은 그쪽을 바라보며 말했다.

"마귀들이 아무리 강성하다고 해도 조 형님이 지키는 십리곡을 쉽사리 함락하지는 못했을 겁니다. 놈들 또한 만만찮은 악전을 치렀을 터. 나름대로 전열을 재정비할 시간이 필요할 겁니다."

그러자 강이환과 함께 들어온 유백색 경장의 여인이 처음으로 말문을 열었다.

"십리곡의 소식을 가져온 전령조傳令鳥의 날개에는 화살이 꽂혀 있었습니다."

이 여인의 이름은 화반경華般璥. 강이환의 부인이자 남편과 더불어 조직을 함께 이끌어 나가는 공동 수반이기도 했다. 강이환이 용으로 상징된다면 그녀의 상징은 봉. 때문에 이들 부부가 이끄는 조직의 이름은 용봉단龍鳳團이었다.

화반경은 차분한 목소리로 설명을 계속했다.

"그것으로 미루어 놈들 또한 우리들이 십리곡의 상황을 파악하고 있음을 알고 있을 거예요. 자신들의 출병이 굳이 알려진 바에, 굳이 몸을 피곤하게 만들면서까지 기습을 감행할 이유는 없으리라고 봅니다."

조목조목 이치에 들어맞는 예상이 아닐 수 없었다. 질문을 던졌던 중년 거지는 수긍한 듯 고개를 끄덕였다.

이어 또 하나의 질문이 사람들 틈에서 튀어나왔다.

"그래, 마귀 대왕이 이번에는 몇 놈이나 보냈다고 하던가?"

늙수그레한 목소리였다. 시선을 돌려 질문을 던진 사람이 누군지 확인한 강이환은 고개를 살짝 숙여 예의를 표한 뒤 대답했다.

"조 형님이 보낸 서신에는 오백 명이 넘는다고 쓰여 있었습니다, 과過 노선배님."

적당의 수가 오백이 넘는다는 대답에 사람들의 안색은 납덩이처럼 무겁게 변했다. 그러나 방금 질문을 던진 사람, 사람들로부터 조금 떨어진 구석 자리에 나무 의자를 갖다 놓고 앉아 있던 노인은 안색이 변하기는커녕 손뼉을 치며 대소를 터뜨렸다.

"하하! 이 먼 곳까지 그 많은 졸개를 보내다니, 서문숭이 이번만큼은 단단히 골이 난 모양이로군."

앉은 상태에서도 확연히 드러날 만큼 후리후리한 키에 양쪽 가슴에 태극 문양이 선명한 자주색 도포를 입은 그 노인은 눈빛이 횃불처럼 형형하고 허리가 대나무처럼 곧아 잿빛 머리카락과 수염만 아니면 전혀 노인처럼 보이지 않았다.

그렇게 한동안 가가대소하던 노인이 돌연 칼로 자른 것처럼 웃음을 뚝 그치더니 이번에는 화반경에게 질문을 던졌다.

"아까 전령조의 날개에 화살이 꽂혔다고 했는데, 그 전령조가 청아, 맞는가?"

"그렇습니다."

화반경이 고개를 끄덕이자 노인이 상체를 앞으로 내밀며 말했다.

"얼마나 대단한 화살이 청아처럼 영리한 짐승을 상하게 만들었는지 어디 구경이나 해 보세."

강이환과 화반경은 이 무리의 우두머리였다. 단지 연배가 위라고 해서, 그리고 수하가 아닌 조력자라고 해서 함부로 하대를 한다면 결례가 되는 행동이 아닐 수 없었다. 하지만 노인의 하대는 너무도 자연스러웠고, 아무도 그 점에 눈살을 찌푸리지 않았다. 노인에게는 그럴 만한 자격이 충분했기 때문이다.

기棋, 화火, 취醉, 통通, 안眼으로 대변되는 강호오괴, 명문의 장문인조차 윗자리를 양보한다는 백도의 다섯 명숙 중에서도 제일로 꼽히는 기광棋狂 과추운過秋雲이 바로 이 노인이었다.

"보시지요."

화반경은 요대에 차고 있던 길쭉한 주머니로부터 화살 하나를 꺼내어 과추운에게 내보였다. 금빛으로 빛나는 대에 꽁지깃이 검게 물든 화살이었다.

"금작시金鵲矢! 그럼 그렇지. 대적용의 귀전鬼箭이 아니고서야 누가 감히 청아 같은 영물을 상하게 만들꼬."

과추운이 감탄하듯 말하자 강이환이 얼른 덧붙였다.

"관산귀전 대적용만이 아닙니다. 서문숭의 둘째 제자인 왕삼보王三寶와 별불가別不可 초당楚堂도 함께 왔다고 합니다."

천하에 무서운 것이 없다는 과추운에게도 껄끄러운 이름이 있었던 것일까? 이번만큼은 표정이 다소 심각해졌다.

"왕가 애송이야 그렇다 쳐도 초당까지 왔다? 흐음, 서문숭이 골만 단단히 난 게 아니라 작심까지 단단히 했나 보군."

강이환은 사람들을 둘러보며 말했다.

"들으신 것처럼 이번에 무양문에서는 삼군三軍과 오군五軍을 함께 동원했습니다. 여간해서는 하나 이상을 내보내지 않는다는 호교십군이 둘씩이나 나선 겁니다. 이것이 무엇을 의미하는지는 말씀드리지 않아도 잘 아시리라 믿습니다."

말할 필요 없었다. 이 용봉단의 말살을 목표로 한 무양문의 대대적인 토벌전이 시작된 것이다.

"이 토성은 벽이 연약하고 장소가 협소하여 자칫 대병력에 포위라도 되는 날에는 수성전을 펼치기에 적합하지 않습니다. 소생은 이 자리에 오기 전 그 점에 관해 내자와 의논을 해 보았습니다. 그래서 내린 결론은 이 토성에 집착하지 않겠다는 것이었습니다."

강이환의 말에 한 사람이 손을 번쩍 들고 우렁찬 목소리로 물었다.

"이 토성에 집착하지 않겠다는 말씀이 무슨 뜻입니까? 마귀들이 무서워 꽁무니를 뺄 작정이십니까?"

질문을 마친 뒤에도 성질을 이기지 못한 듯 거친 콧김을 풍풍 뿜어 대는 그 사람은 강이환에겐 사제뻘 되는 여범呂範이란 자였다. 뚝심이 곰 같다 하여 대력신웅大力神熊이란 별호로 불리는

데, 한 가지 아쉬운 사실은 머리를 쓰는 방면에서도 곰보다 그리 나을 게 없다는 점이었다.

강이환은 담담한 목소리로 그런 여범을 상대했다.

"그것도 한 가지 대비책임에는 분명하네. 형산은 산세가 깊고 지역이 넓어 숨기로 마음먹으면 누구도 쉽사리 찾아낼 수 없을 걸세. 더구나 우리에게 있어서 형산은 안방이나 다름없지 않은가."

하지만 오로지 전진밖에 모르는 곰으로선 바위에 머리를 찧고 죽을지언정 도저히 받아들일 수 없는 대비책이 아닐 수 없었다.

"천부당만부당한 말씀이오! 단주께서는 조 대협의 죽음을 개죽음으로 만드실 생각입니까? 대체 우리가 무슨 죄를 저질렀기에 그 더러운 마귀 새끼들을 피해야 합니까? 맞서서 싸우다 물리치면 그만이요, 설령 힘이 모자라 그러지 못한다면 한 놈이라도 더 죽이고 장렬히 산화하면 그만 아니겠습니까?"

부르르 진저리까지 치면서 외쳐 대는 여범의 힐난 섞인 항의에 강이환은 고소를 지었다.

"나라고 왜 조 형님의 죽음을 개죽음으로 만들고 싶겠는가. 하지만 이것은 우리들만의 문제가 아니라네. 우리를 돕기 위해 모이신 많은 영웅들을 생각하면 결코 경거망동해서는 안 될⋯⋯."

지끈!

갑자기 울린 뻑뻑한 폭음이 강이환의 말허리를 잘라 버렸다. 사람들의 시선은 폭음이 울린 곳으로 일제히 쏠렸다. 그곳에는 얼음으로 빚은 듯 냉막한 인상을 한 초로의 도사가 서 있었다. 조금 전까지만 해도 멀쩡했을 것이 분명한 그의 발치 마룻바닥은 쇠망치에 찍힌 것처럼 움푹 꺼져 있었다.

도사의 입술이 얄팍하니 벌어졌다.

"우리는 무양문의 무도함을 징계하여 강호의 도의가 살아 있음을 드러내기 위해 모인 것이지, 강 단주 한 사람을 돕겠다고 모인 것이 아니오. 강 단주께선 마음에도 없는 말씀으로 우리의 의기를 시험하려 들지 마시오."

생김새 못지않게 차가운 말투였다. 초로의 도사가 이렇게 나서자 여기저기서 동의의 외침들이 분분히 일어났다.

"도장의 말씀이 옳소!"

"우리는 이미 생사를 도외시했으니, 무양문의 마귀들에게 정의가 살아 있음을 똑똑히 가르쳐 줍시다!"

사람들의 반응을 지켜보던 강이환은 감격한 표정으로 두 팔을 벌렸다.

"감사드립니다! 여기 서 있는 이 사람은 불의를 용서치 않는 여러 영웅들의 뜨거운 협심 앞에 감사하다는 말씀밖에 드릴 말씀이 없습니다!"

주와 객이 하나가 되는 감동적인 광경이 아닐 수 없었다. 그리고 강이환이 몇 마디 화술로써 연출하고자 한 광경이기도 했다. 죽음을 불사한 결전 앞에서는 이 같은 단결의 과정이 반드시 필요하기 때문이었다.

구석 자리에 앉아 있던 태극 도포 차림의 노인, 과추운이 천천히 몸을 일으켜 앞으로 나왔다.

"자, 자, 듣기 좋은 얘기들은 한가할 때 나누기로 하고……."

강이환을 마주 보고 선 과추운이 은근한 목소리로 물었다.

"자네 부부는 우리가 산으로 숨는 것 말고 다른 대비책도 준비해 두었으리라고 보는데, 내 말이 틀렸는가?"

입가에 머문 의미심장한 미소는 마치 '네 속내쯤은 훤히 꿰뚫고 있다'라고 말하는 듯했다. 켕기는 심정이 된 강이환은 헛기침과 함께 아내와 함께 궁리한 진짜 대비책을 털어놓았다.

"험! 험! 이곳에서 서북쪽으로 이십여 리 떨어진 곳에 협곡이한 군데 있습니다. 그 협곡은 지형이 몹시 험악하여 바위와 나무를 굴리고 함정과 화기를 매설하기에 적당하리라고 봅니다. 소생은 이 토성을 버리고 그 협곡을 승부의 결전장으로 삼고 싶습니다."

"으헤헤! 그 얘기 참 마음에 드는구먼. 협곡에 화기를 매설해 마귀들을 태워 죽인다…… 역시 강 단주는 집단 전투라는 게 뭔지 아는 친구란 말이야."

카랑카랑한 목소리와 함께 강이환과 과추운의 사이에 한 사람이 뚝 떨어져 내렸다. 잔나비처럼 재주를 넘으며 두 사람 사이에 끼어든 인물은 거무튀튀하게 그을린 맨살에 조끼와 반바지만을 달랑 걸친 작달막한 대머리 노인이었다.

노인의 방정맞은 등장에 과추운은 눈살을 찌푸렸다.

"늙은이의 기벽이 또 발작했구나. 불장난 얘기가 나오니 몸이 근질근질해서 못 참겠는 모양이지?"

대머리 노인은 인상을 확 구기며 과추운에게 대들었다.

"바둑에 미쳐 마누라도 도망간 늙은이가 감히 이 형님의 고상한 취미를 가지고 입방아를 찧어? 오냐, 오괴 중에서 정말로 누가 첫째지 여기서 한번 가려 볼까? 가려 봐?"

"아서라, 아서. 누구 주둥이가 더 여물었는지 굳이 여기서 가릴 필요가 있겠느냐. 후배들 앞에서 체면만 구겨진다, 이 불귀신아."

과추운이 혀를 차며 고개를 돌리자 대머리 노인도 콧방귀를 꿰고는 과추운을 외면했다.

"흥! 나도 네놈과 입씨름할 생각 없다."

강이환이 싱긋 웃으며 대머리 노인에게 인사를 건넸다.

"이 자리에 안 보이시기에 잠자리에 먼저 드신 줄 알았습니다."

그러나 진짜로 그렇게 생각한 것은 아니었다. 강이환은 저 대머리 노인이 무양문에 대해 얼마나 큰 원한을 품고 있는지 잘 알고 있었다. 그러니 무양문을 격파하려는 회의에 대머리 노인이 불참할 리 없는 것이다.

대머리 노인은 오종종한 얼굴로 싱글벙글 웃으며 손가락을 들어 천장을 가리켰다.

"나야 일찍 왔지. 여태껏 조 지붕에서 쉬고 있었네. 이 안은 너무 덥거든."

강호에서 가장 뛰어난 화기 전문가로 알려진 저 대머리 노인이 가장 참지 못하는 게 더위라는 사실을 안다면 사람들은 웃을지도 모른다. 하지만 달리 생각해 보면 이해할 수 있는 일이었다. 만일 불에게 생명이 있다면, 그래서 그 불에게 더위가 어떠냐고 묻는다면, 아마도 '지긋지긋할 만큼 싫다.'라고 대답하지 않을까? 저 대머리 노인이 바로 살아 있는 불이었고, 그래서 별호도 '불 인간'이었다. 화인火人 이개李介. 강호오괴의 한 사람이기도 했다.

강이환은 이개를 향해 정중히 포권하며 말했다.

"이번 매복에는 노선배님의 도움이 절실히 필요합니다."

이개는 개구쟁이처럼 어깨를 으쓱거리며 턱짓으로 과추운을 가리켰다.

"아무렴, 나 아니면 못 하지. 바둑에나 미친 저런 늙은이는 절대로 못 하는 일이라고."

과추운이 혀를 찼다.

"쯧쯧, 무양문이라면 자다가도 벌떡 일어나는 늙은이에게 멍석까지 깔아 주게 생겼으니 얼마나 신이 나서 불질을 해 댈꼬. 이놈아, 이따가 요강이나 갖다 놓고 자거라. 불장난도 시작하기전에 오줌부터 쌀라."

그래도 이개를 향한 눈매가 부드러운 걸 보면 말년을 함께 보내는 친구의 주책이 그리 밉지는 않은 모양이다.

늦은 밤, 토성의 문이 활짝 열리고 수십 마리의 마소가 끄는 수레들이 서쪽을 향해 굴러가기 시작했다.

(2)

육 년 전부터 중원 남부는 소란스러워졌다. 곤륜지회 이후 오랜 세월 유지되어 온 달콤한 평화가 흔들리기 시작한 것이다. 소란의 씨앗은 한 혼례식이었다. 경사스러워야 할 혼례식이 어찌하여 평화를 무너뜨리는 발단이 되었을까? 언뜻 생각하면 이해하기 힘든 일이지만, 그 혼례식장에 마주선 신랑 신부의 출신을 듣는다면 충분히 납득할 수 있으리라.

형산검문의 장문인 강이환과 화씨세가의 유일한 적통 화반경의 결합!

예부터 이름이 알려진 문파끼리 세력을 확장하기 위해 정략적으로 혼인을 맺는 경우는 허다했지만 이건 경우가 좀 달랐다. 두 문파 모두 서문승에 의한 '낙일평의 치'를 통해 멸문의 액厄을 입은 희생자들이었다. 당시 멸절되었다고 알려진 형산검문과 화씨세가의 적전嫡傳 후예들이 어느 날 갑자기 강호에 등장, 혼인이라는 의식 아래 하나로 뭉친 것이다.

좁고 더러운 토굴 속을 헤매는 듯한 처절한 인고의 세월을 보낸 그들이 무엇을 위해 하나가 되었는지 모르는 자 있을까?

사람들은 아연 긴장했다. 그리고 용봉단이란 이름으로 새로이 현액을 내건 그들의 움직임을 주시하기 시작했다.

과연 복수의 칼날은 시퍼렇게 약동했다. 강남 일대에 광범위하게 퍼져 있던 무양문의 지부들이 끈 떨어진 구슬 목걸이처럼 하나하나 부서지기 시작했다. 어제는 호남에서, 그리고 오늘은 절강에서. 용봉단이 보여 준 치밀하면서도 전격적인 행사는 흡사 무양문이 강호에 처음 등장할 때를 방불케했다. 본거지인 복건에서 급파된 무양문의 토벌대는 언제나 헛물만 켤 뿐이고, 그러는 동안 강남 어느 곳에서는 또 다른 무양문도가 피를 뿌리며 죽어 갔다.

이렇듯 용봉단의 각개격파식 승전보가 강호를 진동하자 두 번째 파도가 일어나기 시작했다. '낙일평의 치'로 말미암아 피해를 입은 곳은 비단 형산검문과 화씨세가만이 아니었다. 당시 십년봉문에 들어갔던 여러 문파며 세가 들이 설마하니 수양이 깊어 그 큰 원한을 삭이고 살아왔겠는가. 비록 서문숭의 눈치를 보느라 전면적으로 나서지는 못했지만, 구파일방을 포함한 백도의 문파며 세가 들이 암암리에 용봉단을 지원하기 시작했다. 때로는 자금으로, 때로는 인력으로. 심지어 소림사와 무당파 같은 거물들까지도 이들을 위해 일조를 아끼지 않았으니, 현자들이 이를 강호 대란의 전조로 여기며 염려한 데에는 그럴 만한 이유가 있었던 것이다.

무양문이라는 얼음판은 두껍기 그지없었지만 저 밑에서 태동하기 시작한 암류는 그 얼음판의 일각에 균열을 만들었고, 그 암류의 시작점에는 무양문과 서문숭에 대해 바다와도 같은 원한을 품고 있는 용과 봉, 용봉단의 존재가 도사리고 있었다.

형산은 장사長沙의 악록산岳麓山에서 형양衡陽의 회안봉回雁峯까지 칠십이 봉으로 이루어진 중원 남부를 대표하는 산이다.

가는 계절을 아쉬워하는 듯 늦더위는 형산의 동쪽 관문인 십리곡의 밤공기를 후텁지근하게 달구고 있었다. 오늘따라 골짜기를 타고 부는 바람마저도 숨을 죽이고 있으니, 집 떠난 자들의 잠자리는 더욱 고달프기만 했다.

십리곡의 전경이 한눈에 들어오는 벼랑.

이십 대 후반으로 보이는 청년 하나가 키 작은 소나무에 자연스럽게 기대 선 채 발아래로 펼쳐진 불빛들을 내려다보고 있었다. 모내기를 마친 논처럼 질서 정연하게 도열한 그 불빛들의 정체는 청년의 일행들이 야영을 위해 마련한 화톳불이었다. 벌레를 쫓을 요량으로 약초라도 넣었는지 허연 연기에 실린 맵싸한 냄새가 골짜기 전체에 자욱하다.

청년은 슬쩍 시선을 들어 하늘을 올려다보았다. 별도 달도 찾아볼 수 없는 밤하늘은 두꺼운 휘장처럼 답답해 보였다. 그래서일까. 청년의 입술 사이로 한숨 섞인 혼잣말이 흘러나왔다.

"토벌대를 따라온 게 과연 잘한 일인지 모르겠구나."

문득 해 질 녘의 일이 떠올랐다. 청년의 눈동자 속으로 감탄의 빛이 떠올랐다.

'조무삼이라고 했던가? 참으로 대단한 남자였지.'

오군장의 금작시에 심장이 뚫린 채로도, 마치 내 시신을 밟기 전에는 이 계곡을 결코 내주지 않겠다는 듯이 두 다리로 굳건히 버티고 서 있던 남자. 목이 떨어지고 몸뚱이가 난자된 이후에도 무릎을 꺾으려 하지 않던 그 굴강한 기개.

대체 무엇이었을까, 조무삼이란 남자를 그렇게 세울 수 있었던 힘은?

부웅- 부웅-.

어디선가 들려온 부엉이의 울음소리가 청년을 잠시 현실로 돌아오게 만들었다. 하지만 청년은 다시금 상념의 세계로 되돌아갔다.

과연 우리 무양문은 그 남자로 하여금 그토록 선명한 적개심을 품게 만들 만큼 악한 무리일까?

청년은 고개를 완강하게 흔들었다.

아니다! 우리 무양문은 악한 무리가 아니다. 무양문엔 세상을 뒤엎을 만한 힘이 있지만, 아무리 보잘것없는 문파에도 도리에 어긋난 억지를 부리지 않았다. 우리는 공정하다. 그리고 평화를 원한다. 수많은 비난에도 불구하고 평화를 위해 묵묵히 애쓰는 제갈 숙부를 보라!

제갈 숙부를 떠올리자 청년은 어둡던 마음 한구석이 한결 환해지는 것을 느꼈다. 출정 전 청년을 따로 불러 형산검문의 검법에 관해 충고를 해 주던 제갈 숙부. 그는 청년이 무양문의 문턱을 넘어서던 십오 년 전부터 청년의 우상이요, 귀감이었다. 오명을 두려워 않고 스스로 옳다고 생각하는 바를 행함으로써 명예란 외부에서 주어지는 것이 아니라 스스로 얻는 것임을 가르쳐 준 인생의 진정한 스승이었다. 그러나, 그러나 오늘 조무삼이란 자가 보여 준 행동은……

청년의 상념은 거기에서 끊겼다. 뒤쪽에서 풀잎 밟는 소리가 들렸기 때문이다. 청년은 천천히 몸을 돌렸다.

"여기 있었구려, 왕王 공자. 한참 찾았소이다."

나타난 사람은 눈처럼 새하얀 무복에 가슴이 딱 벌어진 중년인이었다. 그 사람의 왼쪽 어깨에는 보통 사람이라면 시위조차 제대로 걸지 못할 거대한 금빛 강궁이 걸려 있었다. 오늘 토벌전에서 적당의 수괴 조무삼의 생명을 끊어 놓음으로써 주인으로 하여금 큰 공을 세우게 만든 저 금빛 강궁의 이름은 금작화세궁金鵲畵細弓. 무양문을 수호하는 열 개의 기둥, 호교십군 중 다섯 번째 서열을 차지하고 있는 관산귀전 대적용의 애병이기도 했다.

"잠이 오지 않아서 밤바람을 쐬던 중입니다."

친근한 미소로 관산귀전 대적용을 맞이하는 청년의 이름은 왕삼보라고 했다. 금년 나이 스물여덟.

왕삼보의 출신은 매우 특이했다. 중원 상권의 삼 할 가까이를 좌지우지한다는 천하제일의 거상 왕고王庫가 그의 부친이기 때문이었다.

강호인 보기를 송충이 보듯 한다던 왕고가 무슨 꿍꿍이로 보배 같은 아들을 강호 문파의 제자로 들여보냈는지에 대해 아는 사람은 거의 없었다. 혹시 왕고 또한 백련교도가 아닐까 의심하는 사람은 있었지만, 왕고 본인이 인정하지 않으니 그저 추측에 그칠 따름이었다.

어쨌거나 그 왕고의 둘째 아들인 왕삼보는 열세 살의 어린 나이에 서문숭의 제자로 발탁되었다. 발탁과 동시에 폐관에 들어가 육 년을 수련했으며, 무슨 영문인지 출관한 뒤에도 부친이 사는 북경으로 돌아가지 않고 무양문에 머물며 별다른 직책도 없이 시간을 보내는 것으로 알려져 있었다.

왕삼보에 대한 강호의 평은 한마디로 팔자 늘어진 부잣집 도련님이었다. 말하기 좋아하는 사람들은 그를 가리켜 '아비와 사부의 후광을 빼면 아무것도 가진 게 없는 애송이'라고 비웃곤 했다. 물론 그 후광이 너무도 대단한지라 감히 면전에서는 지껄이지 못할 소리지만.

풀밭을 성큼성큼 걸어와 왕삼보의 곁에 나란히 선 대적용은 주위를 한차례 둘러보더니 고개를 끄덕였다.

"삭막한 골짜기인 줄로만 알았는데 여기서 내려다보니 그런 대로 운치가 있구려."

"그렇군요. 한데 저를 찾으셨다고요? 무슨 일이라도 생겼습니까?"

왕삼보의 질문에 대적용은 너털웃음을 터뜨렸다.

"하하, 별일 아니오. 저녁도 거르고 나갔다기에 어디 불편한 데라도 있나 싶었소이다. 더구나 이 일대는 적진 아니오. 자칫 귀하신 몸이 상하기라도 하면 이 사람이 어찌 교주님 앞에서 얼굴을 들 수 있겠소."

왕삼보는 저절로 떠오르려는 쓴웃음을 참기 위해 애를 써야만 했다. 무양문 내에서도 그를 애송이 취급하는 사람이 많았다. 그것을 모르는 바는 아니지만, 그래도 나름 호감을 갖고 대하던 대적용까지 그렇게 생각하고 있는 줄은 몰랐다.

이런 왕삼보의 내심을 아는지 모르는지, 대적용은 손부채를 얼굴에 대고 팔랑거리며 말했다.

"복건도 덥지만 여기도 참 어지간히 더운 곳이구려. 이런 날씨에 쥐새끼들과 숨바꼭질을 하려면 땀 좀 흘리겠는걸."

왕삼보는 동의하지 않았다.

"오늘 상대한 자들의 기개로 보아 본 문을 피해 숨을 것 같지는 않습니다만……."

"흥, 쥐새끼들 주제에 기개는 무슨! 그리고 숨지 않고 덤벼주면 오히려 고마운 일 아니겠소. 단숨에 깔아뭉개고 복건으로 개선할 수 있을 테니."

대적용의 목소리는 호기로 가득 차 있었다. 왕삼보가 안색을 굳히며 한마디 했다.

"방심은 금물입니다."

"방심은 금물이라…… 좋은 말이오. 하하!"

그러나 말끝에 대소를 터뜨리는 대적용은 왕삼보의 충고를 진심으로 받아들이지 않는 것이 분명했다.

'하긴, 오늘 거둔 대승으로 한껏 고양되었을 테니 받아들일 리가 없지.'

왕삼보는 고개를 작게 흔든 뒤 대적용에게 물었다.

"오군장님께서는 이번 출정을 어떻게 생각하십니까?"

대적용은 웃음을 그치고 왕삼보를 돌아보았다.

"어떻게 생각한다니, 그게 무슨 뜻이오?"

"그동안 본 문에서는 여간해서 대규모 병력을 밖으로 내보내지 않았잖습니까. 그런데 이번에는 삼군과 오군의 거의 전 병력을 내보냈으니, 세상 사람들의 눈에 자칫 난폭하게 비치지 않을까 걱정입니다."

왕삼보의 말에는 걱정이 담겨 있었지만 대적용은 코웃음을 칠 따름이었다.

"별걱정을 다 하는구려. 나는 오히려 난폭하게 비치지 않으면 어쩌나 걱정하는 판국에."

"예?"

"방금 말했다시피 우리 무양문은 오랜 세월 동안 무력행사를 자제해 왔소. 특히 백도 정파랍시고 우쭐대는 놈들에겐 지나

치다 싶을 정도로 온건하게 대해 온 게 사실이오. 그런데 그 결과가 어떻소? 대의가 어떻다는 둥 도의가 어떻다는 둥 하면서 사사건건 트집을 잡아 본 문의 행사를 비방하더니, 급기야는 용봉단의 연놈들과 작당을 하여 형제들을 해치기까지 하지 않았소. 그러니 이참에 일벌백계의 본때를 보여 본 문이 힘이 없어 참아 온 것이 아님을 만천하에 똑똑히 알려 주어야 하지 않겠소?"

"그래도……."

"그래도는 무슨! 왕 공자 사람 좋은 거야 모르는 바가 아니나 이번만큼은 적당히 하시구려. 용봉단의 강가 놈에 의해 비명에 세상을 떠난 장 공자가 저승에서 통곡하기 전에."

왕삼보는 입을 다물 수밖에 없었다. 대적용이 말한 장 공자, 장민張旻의 시신이 떠올랐기 때문이다.

장민은 무양문주 서문숭의 셋째 제자이자 왕삼보에게는 사제가 되는 청년이었다. 올해 초 외유를 나갔던 장민은 두 달 전 싸늘한 시신으로 변해 무양문으로 돌아왔다. 그와 동행한 삼지쾌도三指快刀 초가뢰楚可雷의 증언에 따르면, 장민은 호남 지방을 지나던 중 용봉단의 기습을 받아 살해당했다고 했다.

사실 왕삼보와 장민은 그리 좋은 관계라고 할 수 없었다. 태생도 모르는 고아 장민은 다섯 살 터울의 귀공자 사형을 조금도 존경하지 않았고, 천성이 온화한 왕삼보는 난폭하고 거친 손아래 사제가 거북스럽기만 했다. 하지만 미우나 고우나 십 년 가까이 부대끼며 살던 사형제였다. 장민의 시신을 대한 왕삼보는 가슴 한구석이 에는 듯한 슬픔을 느낄 수밖에 없었다.

장민의 사인은 왼쪽 가슴을 관통한 검상. 상처 주변의 살갗은 마치 불 칼에 맞은 것처럼 시커멓게 그슬려 있었다. 검에 관한 한 검왕 연벽제와 더불어 천하제일을 다툰다는 제갈 숙부는 그 검상이 과거 형산검문의 비전 절학인 추뢰검법追雷劍法의 흔적과 유사하다는 소견을 피력했다. 그리고 그 소견은 해당 사건의 유일한 목격자인 초가뢰의 증언과 일치하는 것이었다.

장민의 피살과 흉수의 정체. 그것이 이번 대규모 출정의 직접적인 원인이 되었음은 물론이다.

묵묵히 생각에 잠겨 있던 왕삼보가 불쑥 입을 열었다.

"사제의 죽음에도 개운치 않은 구석이 있습니다."

"또 뭐가 개운치 않단 말이오?"

못마땅하다는 듯이 곧바로 튀어나온 대적용의 반문에도 왕삼보는 차분함을 잃지 않고 생각해 둔 의견을 밝혔다.

"우선 사제가 아무런 연고도 없는 호남 땅으로 들어간 것부터가 이상합니다."

"그거야 초가뢰가 이미 밝혔잖소? 장 공자가 동정호를 보고 싶다고 해서 갔다고."

왕삼보는 고개를 저었다.

"사제는 풍류와 거리가 먼 사람입니다. 호남 일대에서 용봉단이 기승을 부리고 있다는 사실은 그 또한 알고 있었을 텐데, 수행원 몇 명만 거느리고 위험 지역으로 들어간 이유가 겨우 동정호 유람이라면 조금 이상하지 않습니까?"

"그건……."

"이상한 점은 또 있습니다. 아시다시피 사부님께선 제자를 거두실 때마다 광명전光明殿의 보고에 비장된 보물을 한 가지씩 하사하셨습니다. 사형께는 미륵도彌勒刀라는 보도를, 제게는 묵오墨鳥라는 이름의 철필을……. 혹시 사제가 무엇을 받았는지는 아십니까?"

"음? 그러고 보니 그건 모르겠구려."

대적용이 인상을 찌푸리자 왕삼보는 그럴 줄 알았다는 듯 고개를 끄덕이며 말을 이어 갔다.

"사제도 물론 받았습니다. 그런데 사형과 저와는 달리 그 이야기가 잘 알려져 있지 않은 까닭은, 사제에게 내려진 보물은 겉으로 드러낼 수 있는 병기가 아닌, 위급한 상황에서 목숨을 구해 줄 수 있는 암기이기 때문입니다."

"암기라고요?"

"그 이름이 금마주선침金魔誅仙針이었지요."

대적용은 눈을 크게 떴다.

"아! 일단 발사되면 누구도 피할 수 없다는 금마주선침을 장공자에게 하사하셨던가요?"

"그렇습니다. 그런데 그 금마주선침이 단 한 번도 사용되지 않은 채 그대로 있었습니다. 이상하지 않습니까? 강적을 만났다면 최소한 한 번쯤은 사용했어야 옳을 텐데……."

대적용은 고개를 갸웃거리다가 자신 없는 투로 말했다.

"기습을 당해 그럴 기회가 없었을지도 모르는 일 아니오."

왕삼보는 고개를 저었다.

"금마주선침은 비구臂具처럼 생겨 손목에 찰 수 있는 물건입니다. 그런 만큼 작동 원리 또한 매우 간단하다고 알고 있습니다. 게다가 사제는 정면에서 심장을 관통당했습니다. 아무리 기습이라도 한 번은 대응할 기회가 있었을 겁니다."

"음, 듣고 보니 조금 이상한 점이 있구려."

대적용이 마침내 수긍하는 기미를 보이자 왕삼보는 눈을 빛내며 말했다.

"그래서 저는 그 일에 관한 조사를 제갈 숙부님께 부탁드렸습니다."

"일군장님께? 그럴 필요까지야……."

대적용은 탐탁지 않은 표정이었다. 왕삼보가 제갈 숙부라고 부르는 호교십군의 일군장 고검 제갈휘는 일신에 지닌 경천동지할 검학에도 불구하고 문도들 속에서 이방인 취급을 받았다. 이유는 간단했다. 종교적인 결사를 모태로 하는 무양문 내에서 그는 참으로 드물게 명존明尊을 섬기지 않는 비교도이기 때문이었다.

그러고 보면 왕삼보와 제갈휘의 관계가 돈독한 것도 충분히 이해할 수 있는 일이었다. 이방인끼리는 서로 통하는 데가 있는 법이니까.

"제갈 숙부님은 사려가 깊은 분이십니다. 공정하게 밝혀 주시리라 믿습니다."

왕삼보가 말했다, 이름을 입에 담는 것만으로도 마음을 안정시켜 주는 한 남자의 얼굴을 떠올리면서.

바로 그때 누군가의 목소리가 두 사람의 등 뒤에서 울렸다.

"야심한 시각에 무슨 정담이 저리 깊을꼬. 오랜 객고에 남정네끼리 정분이라도 난 겐가?"

늙수그레한 말투와는 달리 변성기를 넘기지 않은 아이의 것처럼 짜랑짜랑한 목소리였다. 화들짝 놀란 두 사람은 뒤를 돌아보았다.

두 사람으로부터 오륙 장쯤 떨어진 어둠 속에는 조그만 불꽃 하나가 둥둥 떠 있었다. 도깨비불이 아닌 바에야 어찌 불꽃이 허공에 떠 있을 수 있을까? 불꽃을 받친 것은 벽옥으로 만든 길쭉한 곰방대였다. 그리고 곰방대의 물부리는 앙증맞은 입술에 물려 있었다.

곰방대의 물부리가 입술로부터 천천히 떨어져 나왔다. 곧이어 하얀 연기를 둥실 피어 올린 그 입술에서 예의 짜랑짜랑한 목소리가 흘러나왔다.

"그 방면에 흥미가 있다면 진작 노부를 찾아오지 그랬나. 잘 지도해 줬을 텐데."

노부라고 했다. 앵두 같은 입술에 사과 같은 볼, 초롱초롱한 두 눈이 확 깨물어 주고 싶은 충동마저 일게 만드는 깜찍한 소년이 스스로 노부라고 표현한 것이다. 그러나 제대로 된 표현이었다. 호교십군 중 가장 연장자인 삼군장 초당이 바로 이 소년이었기 때문이다.

"원, 오셨으면 오셨다고 기척이나 하실 것이지."

대적용이 투덜거리며 목례를 보냈다. 초당의 깜찍한 얼굴이 방싯 웃는다.

"노부야 원래 몸이 가벼워서 발소리가 안 나지. 그나저나 정말로 그 방면에 마음이 생기신 건가?"

"농담이라도 그런 말씀은 하지 마십시오."

대적용은 불쾌한 표정을 감추지 않았다. 하기야 대장부를 자처하는 그로서는 남색가라는 오해를 사느니 도끼로 얻어맞는 쪽이 훨씬 속 편할 것이다.

반면 왕삼보는 전혀 다른 이유로 유쾌하지 못했다. 하지만 그런 내색을 감춘 채 초당에게 물었다.

"초 노사, 언제 오셨습니까?"

초당의 시선이 왕삼보에게 옮아왔다.

"노부가 일찍부터 와 있었다면 안 될 이유라도 있는가?"

"그럴 리가…… 별말씀을 다 하십니다."

그러나 일찍부터 와 있었다면 안 될 이유가 있었다. 장민의 피살되던 상황을 전한 유일한 목격자인 초가뢰는 바로 초당의 양자이기 때문이었다. 초당이 타성바지를 양자로 들여 자신의 성을 물려준 이유는 간단했다. 그는 스스로의 능력으로 아들을 만들 수 없었다.

초당이 수련한 내공은 동자공 중에서도 사이하기로 이름난 마단동자공魔丹童子功. 수련자의 자제력으로 동정을 유지해야 하는 여타의 동자공과 달리, 마단동자공은 내공이 축적될수록 남성의 능력이 조금씩 사라져 종국에는 남성으로서의 성징을 모두 잃게 되는 특징이 있었다. 그 대가는 금강불괴에 가까운 동자신과 순양하기 이를 데 없는 내공이었다.

초당은 이렇듯 불로불유不老不幼에 비남비녀非男非女의 괴이한 신체를 지녔다. 그래서 강호인들은 초당을 가리켜 '구별할 수 없는 자', 별불가라고 불렀고, 그것은 그대로 그의 별호가 되었다.

별불가 초당. 미동美童의 가면 뒤에 노마老魔의 꿍꿍이를 감춘 자.

왕삼보는 마른침을 꿀꺽 삼켰다.

'대체 어디까지 들었을까? 초가뢰에 관한 얘기까지 들었다면 곤란한데…….'

제 발 저리는 심정이 된 왕삼보는 초당의 기색을 조심스레 살폈다. 그러나 초당은 여전히 방실방실, 도무지 무슨 생각을 하는지 알 수 없었다.

초당은 곰방대에 붙은 불씨를 신발 바닥에 탁탁 털어 끈 뒤 두 사람에게 말했다.

"젊어서들 그런가? 저녁나절 그 난리를 치르고도 아직 쌩쌩하니 말이야. 내일도 아침 일찍부터 행군을 해야 하니 정말로 정분난 게 아니라면 어서들 가서 쉬게나."

"허! 아니라는데도 자꾸 그러십니다. 내가 초 노사의 말씀을 따라야지, 여기 더 있다가는 무슨 오해를 살지 모르겠군요."

대적용이 어이없다는 듯 헛웃음을 흘리며 먼저 자리를 떴다. 왕삼보로서도 더 있을 이유가 없었다.

"그럼 소생도 들어가 보겠습니다."

왕삼보도 초당에게 고개를 숙여 보인 뒤 숙영지로 내려갔다.

초당은 두 사람의 뒷모습을 바라보며 방실방실 미소를 지었다. 하지만 그들의 모습이 시야에서 완전히 떠나자 그 미소는 거짓말처럼 사라져 버렸다. 미소가 가신 입술을 차지한 것은 괴이한 비틀림. 천진해 보이기만 하던 눈가에도 불그죽죽한 살기가 떠오르고 있었다.

초당은 고개를 들어 밤하늘을 올려다보았다. 그의 앙증맞은 입술 사이로 으스스한 독백이 흘러나왔다.

"제갈휘가 개입했단 말이지."

산중 어디선가 울린 들짐승의 울부짖음이 눅눅한 밤공기 속으로 녹아들었다.

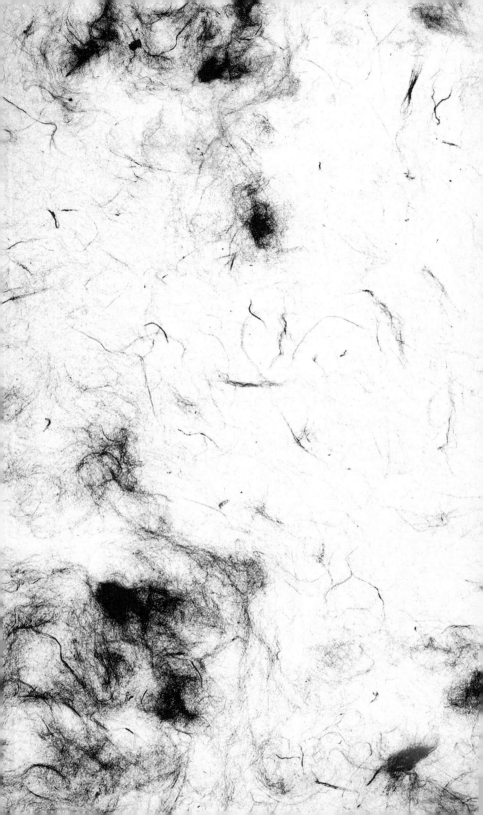

용도굴 龍道窟

(1)

'천험天險이군.'

그 골짜기를 본 왕삼보가 가장 먼저 떠올린 생각이었다.

"워워! 모두 정지!"

비슷한 생각을 했는지 거침없기만 하던 오군장 대적용도 고삐를 채며 행군을 멈추게 했다.

말 머리를 돌려 왕삼보에게 다가온 대적용이 떨떠름한 표정으로 입을 열었다.

"뭔 놈의 골짜기가 이 모양으로 생겼담. 무너지지 않고 버티는 게 신기하지 않소?"

정말로 그랬다. 가파른 두 개의 비탈이 어느 정도의 거리를 사이를 두고 마주 보고 있는 지형을 골짜기라고 부른다면, 지금 무양문 토벌대의 앞을 가로막고 있는 저 지형 또한 골짜기라고 불러야 할 것이다. 그런데 그 형상이 아주 괴이했다. 양쪽의 절벽이 수직이 넘는 반경사反傾斜를 이루고 있어 위가 좁고 아래가 넓은 원통 모양인데, 넓다는 아래라고 해 봤자 그 폭이 십 장을 넘지 않았다.

"구邱 노인을 데려오게."

왕삼보는 근처에 있던 수하에게 지시를 내렸다.

잠시 후 얼굴이 검고 허리가 굽은 중늙은이 하나가 헐떡거리며 달려왔다. 구씨 성을 가진, 사흘 전 형산의 경계로 진입하며 길잡이로 고용한 약초꾼이었다. 외양은 볼품없지만 대대로 형산에 터를 잡고 산 덕분에 높은 봉우리와 깊은 골짜기 들을 속속들이 알고 있다고 했다.

"저 골짜기의 이름이 뭐요?"

왕삼보가 전방의 기묘한 골짜기를 가리키며 묻자, 구 노인은 감히 눈을 마주치지 못하겠다는 듯 고개를 연신 굽실거리며 대답했다.

"용도굴龍道窟이라고 합지요."

"곡谷이 아니라 굴窟이라고요?"

"보십시오. 꼭 동굴처럼 생기지 않았습니까."

골짜기를 다시 바라본 왕삼보는 고개를 끄덕일 수밖에 없었다. 천장만 뚫렸을 뿐 전체적인 형상이 동굴과 진배없기 때문이었다.

"아주 먼 옛날 악룡 한 마리가 진흙탕 속을 기어갔는데, 그 흔적이 그대로 굳어서 저런 요상한 모양이 만들어졌다고 합니다. 그래서 이름도 용도龍道, 용의 길이지요."

따로 물은 것도 아닌데 구 노인은 지명의 유래까지 알려 주었다.

'악룡이 아니라 용암이겠지.'

왕삼보는 구 노인이 전한 골짜기의 유래를 보다 합리적으로 해석했다. 주위에 널린 암석들 대부분이 칙칙한 회흑색을 띠고 있었다. 그것은 까마득한 옛날 이 일대에 용암 활동이 있었다는 증거였다.

'하기야 저 정도 규모로 흘러간 용암이라면 악룡이라 불러도 무방하겠지.'

왕삼보는 구 노인에게 다시 물었다.

"길이는 얼마나 되오?"

"정확히 재보지는 않았지만 팔구 리는 족히 될 겁니다요."

팔구 리면 생각보다 길었다.

"돌아가는 길은 없소?"

"있긴 있습니다만 저희 약초꾼들이나 다니는 험한 산길이라서 이 인원이 지나기엔 적합하지 않습지요."

왕삼보는 미간을 찌푸렸다. 무양문 토벌대의 앞길에 저런 험지가 십 리 가까이 늘어서 있다는 것은 결코 반가운 일이 아니었다. 게다가 우회로도 마땅치 않다니, 반갑건 반갑지 않건 통과할 수밖에 없는 것이다.

"그냥 통과할 수밖에 없겠군."

말 머리를 나란히 하고 있던 대적용이 왕삼보의 마음을 대신 말로 옮겨 주었다. 왕삼보가 그를 돌아보며 곤혹이 담긴 목소리로 말했다.

"강이환이 천하에 둘도 없는 머저리가 아니라면 뭔가 수작을 부려 놓았을 겁니다."

"혹시 아오, 놈이 천하에 둘도 없는 머저리일지?"

"오군장님, 지금 농담하실 때가 아닙니다."

왕삼보가 슬쩍 타박을 주자 대적용이 전통이 걸린 어깨를 으쓱거렸다.

"그렇다고 여기서 진을 치고 기다릴 수도 없는 노릇 아니겠소."

"그야 그렇지만……."

"생각해 보시오. 우리가 강가 놈의 근거지인 토성에 들이닥친 게 오늘 아침의 일이었소. 물론 놈들은 꽁지가 빠지게 달아난 뒤였지. 하지만 아궁이엔 아직 불씨가 남아 있었고, 솥바닥에 남은 밥은 이 날씨에도 아직 쉬지 않았단 말이오. 그게 무엇을 뜻하겠소? 놈들이 성을 버리고 달아난 게 얼마 되지 않았다는 얘기가 아니겠소? 그런 놈들이 수작을 부려 봤자 얼마나 대단한 수작을 부렸겠소."

왕삼보는 잠시 생각하다가 이견을 제시했다.

"조금 달리 생각할 수도 있지 않을까요? 강이환이 아궁이의 불씨나 밥솥의 밥을 이용해 우리로 하여금 자신들이 정신없이 달아났다고 믿도록 유도했다면?"

대적용이 눈을 내리깔며 혀를 찼다.

"쯧쯧, 그게 바로 왕 공자의 단점이라니까. 신중한 것도 좋지만 너무 신중하면 겁쟁이 소리를 듣는다는 것도 아셔야지."

왕삼보는 입술을 꾹 다물었다.

대적용이 저런 식으로 나온다면 더 말해 봐야 소용이 없었다. 문파 내의 서열과 무관하게 이번 출정의 주체는 호교십군의 삼군과 오군이었다. 작전의 결정권이 초당과 대적용, 두 군장에게 있음은 당연했다.

왕삼보가 시무룩한 기색을 짓자 대적용이 안색을 풀며 그를 달랬다.

"말이 심했다면 용서하시오. 나 같은 무부가 무슨 말주변이 있 겠소. 다 왕 공자를 위하는 마음에서 한 소리니 이해하시구려."

"아닙니다. 오군장님 말씀대로 제가 괜한 염려를 한 것인지 도 모르지요."

그때 기치창검 살벌한 전장과는 전혀 어울리지 않는 맑고 앳 된 목소리가 들려왔다.

"괜한 염려가 아닐세. 신중이란 아무리 과해도 모자람이 없는 덕목이지. 노부가 보기엔 오군장이 오히려 너무 성급한 것 같군."

별불가 초당, 불로불유에 비남비녀인 이 괴인이 몸집에 어울 리지 않는 커다란 말에 몸을 실은 채 두 사람 쪽으로 다가왔다.

"하면 어찌할까요? 텅 빈 토성 하나 함락한 걸로 만족하고 회 군이라도 할까요?"

대적용이 짜증을 담아 빈정거렸지만 초당은 별로 불쾌해하지 않는 기색이었다.

"그럴 수야 있나. 노부의 말은 중용을 택하자 이걸세."

"중용?"

초당은 허리춤에 꽂고 있던 곰방대를 꺼내어 전방의 골짜기, 용도굴을 가리켰다.

"저 특이한 지세로 보아, 강이환이 매복을 설치했다면 필시 골짜기를 이용했을 터. 노부가 몇 사람을 데리고 올라가 놈의 의도를 살펴보겠네. 절벽이 아무리 험해도 원숭이 다니는 길은 나 있겠지."

왕삼보가 반색을 하고 나섰다.

"정말 그래 주시겠습니까?"

초당은 곰방대로 왕삼보의 어깨를 툭툭 두들겼다.

"그래 줄 테니 그렇게 우거지상 하고 있지 말게나. 모름지기 젊은 사람은 어떤 상황에서든 어깨를 활짝 펼 수 있어야지."

열한두 살 남자아이 같은 얼굴과는 전혀 어울리지 않는 충고지만 왕삼보는 그저 고마울 뿐이다.

"초 노사의 말씀을 명심하겠습니다. 그건 그렇고, 누굴 데려가시렵니까?"

"글쎄, 누가 좋을까?"

주위를 두리번거리던 초당이 한쪽을 향해 곰방대를 까닥였다.

"어이, 삼사三蛇, 자네들이 해 줄 텐가?"

그러자 챙이 넓은 검은 방립에 야행복처럼 몸에 착 달라붙는 흑의를 입은 사내 셋이 앞으로 나섰다. 삼군에서 손꼽히는 강자로 알려진 세 마리 뱀, 삼사가 바로 이들이었다. 안하무인식의 성격으로 인해 문파 내의 평판은 썩 좋지 못하나 직속상관인 초당만큼은 이들을 수족처럼 신임하고 있었다. 그 이유인즉 동향 후배들이어서라는데…….

"군장님께서 명하시면 소인들은 따를 뿐입니다."

삼사 중 맏형인 사심蛇心이 음절이 뚝뚝 끊기는 무뚝뚝한 목소리로 말했다.

"내가 자네들을 안 믿으면 누굴 믿을꼬."

삼사를 향해 싱긋 웃어 보인 초당이 왕삼보를 향해 말했다.

"이 친구들을 데리고 가겠네."

뱀의 마음과 뱀의 눈 그리고 뱀의 이빨을 가졌다는 삼사는 왕삼보도 인정하는 고수였다. 하지만 셋이라면 너무 적지 않을까?

"초 노사의 신공을 의심하는 것은 아니나 몇 사람을 더 데려가시는 편이……."

초당은 곰방대를 홰홰 내둘렀다.

"머릿수가 많으면 시끄럽기만 하지. 난 이 친구들이면 됐네."

왕삼보가 머뭇거리다가 말했다.

"정 그러시다면 소생도 한 팔 거들겠습니다."

"왕 공자, 자네가?"

초당은 눈을 장난스럽게 깜박거리더니 왕삼보와 나란히 있는 대적용에게 눈짓을 보내며 덧붙였다.

"우리 본대는 저 성급한 오군장이 어떻게 말아먹든 상관없다 이건가?"

물론 대적용은 발끈했다.

"누가 뭘 말아먹는단 말씀이시오!"

"아, 아, 교주께서 내리신 임무가 지엄하거늘 우리가 이런 데서 한가한 잡담으로 시간을 낭비할 수야 있나. 어서 시작하자고."

초당이 재빨리 화제를 돌렸다.

왕삼보는 자신의 안장에 걸린 커다란 가죽 주머니에서 길쭉한 죽관竹管 하나를 꺼내어 초당에게 건넸다.

"발연통發煙筒입니다. 사용법은 아시지요? 별일 없다고 판단되시면 신호를 올리십시오. 곧바로 본대를 진입시키겠습니다."

초당은 건네받은 죽관을 요리조리 살피더니 조금 감동했다는 표정으로 고개를 끄덕였다.

"이런 물건까지 챙겨 오다니 과연 준비성이 철저하군. 자네 같은 청년 덕분에 우리 무양문의 앞날이 창창한 게야."

"과분한 말씀을……."

"입 발린 말로 듣지 말고 몸을 보중하라고. 자네 같은 청년이 잘못 되는 날엔 본 문으로서는 큰 손실이 아닐 수 없으니까."

초당은 곰방대로 왕삼보의 어깨를 또 한 번 두드린 뒤 말에서 획 뛰어내렸다.

"슬슬 가 볼까?"

동네 산책이라도 가듯 뒷짐을 지고 용도굴을 향해 걸어가는 초당과 그 뒤를 따르는 삼사. 하지만 그 속도만큼은 속보로 나아가는 말 못지않게 빨랐다.

"잘되라고 하는 소린지 잘못되라고 하는 소린지 모르겠네. 하여간 속내를 알 수 없는 노인네라니까. 카악, 퉷!"

멀어지는 초당 일행의 뒷모습을 바라보던 대적용이 바닥에 걸쭉한 가래침을 뱉었다.

여범이 자리 잡은 곳은 그의 커다란 덩치도 간단히 가려 줄 만큼 움푹 들어간 바위틈이었다. 주위엔 작은 관솔까지 우거져 바로 앞까지 다가와도 발견하기 어려운 곳인데, 심지어 그 위치가 까마득한 벼랑이었으니 어찌 훌륭한 초소가 아니겠는가.

반면에 여범의 입장에서는 시야가 아주 좋았다. 관솔 사이로 고개만 내밀면 용도굴 초입의 상황을 훤히 굽어볼 수 있으니 말이다. 지금 여범이 그러고 있었다.

"젠장, 무슨 낌새라도 챈 건가? 마귀 놈들이 왜 저러고 있지?"

여범의 오른손엔 작은 활과 화살이 들려 있었다. 화살의 살촉 부위에는 피육을 상하게 하는 쇠붙이 대신 둥그스름한 피리가 달려 있었다. 신호를 올리는 데 사용하는 향전響箭이 바로 이 물건이었다.

여범의 손등에 지렁이처럼 돋아 있는 힘줄은 당장이라도 향전을 올리고 싶어 하는 그의 심정을 대변해 주는데, 그 손등을 날씬하게 생긴 손 하나가 살그머니 움켜잡았다.

"여 사형, 침착하세요. 요 며칠 거듭된 승리로 놈들의 기세는 절정에 올랐으니 조금만 더 기다리면 반드시 골짜기로 진입할 겁니다."

이렇게 여범을 달래는 사람은 갸름한 얼굴에 눈빛이 유난히 맑은 청년이었다. 청년의 이름은 유종도劉宗度, 여범과 함께 이 천연의 초소로 파견 나와 척후병으로서의 임무를 수행 중에 있었다.

"그보다 조금 전에 골짜기 입구로 다가왔던 네 놈이 마음에 걸립니다. 돌아가는 모습이 보이지 않은 걸 보면 골짜기로 들어온 것 같은데 어찌 된 영문인지 보이지 않는군요. 혹시 이 위로 올라오는 것은 아닐까요?"

유종도가 심히 우려된다는 듯이 말하자 여범은 코웃음을 쳤다.

"올라오려면 올라오라지. 이 여 나리께서 한주먹에 피떡을 만들어 줄 테니까."

"사형도 참, 그러면 우리가 여기 있다는 게 밝혀지지 않습니까?"

"알아, 안다고! 그렇고 싶은 마음이 굴뚝같다 이 얘기지. 자네도 알겠지만 우리 눈을 피해 이 위로 올라오기란 불가능한 일이야. 우리가 이곳을 택한 이유도 바로 거기에 있지 않은가. 아마도 저 아래 어딘가에서 얼쩡거리고 있을 테니 염려 말라고."

잠시 생각하던 유종도는 여범의 말이 옳음을 인정했다. 발생할 수 있는 모든 사각死角을 십분 감안하여 자신이 직접 선택하고 감시공瞰視孔을 확보한 초소였다. 두 사람의 눈을 피해 이 위로 올라올 수 있다면 그건 사람이 아니라 날짐승일 터였다.

"하긴 그렇군요."

유종도가 고개를 끄덕이자 여범이 누런 이를 드러내며 씩 웃었다.

"자네도 어지간히 긴장했나 보군. 침착해야 할 사람은 내가 아니라 자네인 것 같은데?"

그런데 지금 이 순간 자신들의 대화를 낱낱이 엿듣는 사람들이 존재한다는 사실을 안다면, 여범은 절대로 웃지 못했을 것이다.

그 사람들은 여범과 유종도가 은신한 초소로부터 이 장쯤 밑에 대롱대롱 매달려 있었다. 수직이 넘는 경사 탓에 발붙일 자리를 찾을 수 없는 벼랑인데, 그 위태로운 곳에 박쥐처럼 달라붙어 있는 대범하고도 대단한 자들은 바로 초당과 삼사였다.

매달려 있는 방법 면에서 초당과 삼사는 약간 차이가 있었다. 삼사가 두 손과 두 발에 끼운 갈퀴 같은 강조鋼爪에 의지해 매달려 있다면, 초당은 오로지 열 손가락의 힘만을 사용하고 있었던 것이다. 그런데도 힘들어하는 쪽은 오히려 삼사였으니, 초당이 수련한 마단동자공의 공력이 얼마나 심후한지를 알 수 있었다.

초당은 삼사를 돌아보더니 눈짓으로 위를 가리켰다. 감시자들이 있으니 주의하라는 뜻이었다. 그 뜻을 알아차린 삼사는 비 오듯 흐르는 땀방울 속에서도 신음 한 번 내지 않았고, 결국 초소 아래의 바위 그늘을 따라 벼랑으로 오르는 데 성공했다.

고양이처럼 기척 없는 몸놀림으로 초소를 빙 돌아간 초당과 삼사는 초소에서 제법 멀찍이 떨어진 다음에야 비로소 이마에 맺힌 땀방울을 닦았다.

"하마터면 들킬 뻔했지 뭔가. 진리란 놈은 험한 길에 떨어져 있다더니만, 편한 길을 마다한 보람이 있었어."

초당이 환히 웃으며 말하자 삼사 중 첫째인 사심蛇心이 시큰거리는 손목을 문지르며 대꾸했다.

"강이환이란 자, 이 지형을 그냥 버려두지 않는 것을 보면 바보는 아닌 모양입니다."

"바보면 큰일이지. 일일이 가르쳐야 하거든."

혼잣말처럼 작게 중얼거린 초당이 삼사 중 둘째인 사안蛇眼에게 시선을 돌렸다.

"이 물건을 어떻게 쓰는지 아는가?"

초당이 뒤춤에서 뽑아 들어 보인 것은 왕삼보로부터 받아온 발연통이었다. 사안은 즉시 고개를 끄덕였다.

"알고 있습니다."

"잘됐군. 요즘 기물들에는 당최 어두워서 말이야. 가지고 있다가 적당할 때 터뜨리게. 너무 일찍 터뜨리면 이상하게 생각할 테니 시간을 잘 가늠하고."

초당이 발연통을 사안에게 던졌다. 사안이 그것을 받아 품속에 조심스레 갈무리했다.

할 일을 마쳤다 여긴 것일까? 초당은 앙증맞은 팔을 치켜들어 기지개를 한 번 켠 뒤 삼사의 막내 사아蛇牙에게 말했다.

"이봐, 멍청히 서 있지 말고 어디 적당한 그늘이나 찾아보라고."

"예?"

사아가 영문을 모르겠다는 듯 되묻자 초당은 끌끌 혀를 찼다.

"둔한 친구 같으니라고. 아무리 싸움 구경이 좋다지만 땡볕 아래에서 할 수야 없는 노릇 아닌가."

싸움 구경이라고 했다.

초당은 대체 무슨 생각을 하는 것일까?

"어? 저게 뭐지?"

누군가의 경호성에 강이환은 시선을 곡구 쪽으로 돌렸다. 그 곳에는 파란 연기 한 가닥이 하늘로 올라가고 있었다.

"발연통의 연기처럼 보이는군. 누가 터뜨렸을까?"

하늘을 올려다보며 눈살을 찡그리는 엄정한 얼굴의 노인은 용봉단의 두 호법 중 한 사람인 곽달郭達이었다.

두 자루 창으로 운남 지방을 주름잡아 쌍창진남천雙槍鎭南天이 란 별호를 얻은 곽달은 강이환의 부친이자 형산검문의 전대 문 주인 강귀봉姜貴鳳에게 혈육처럼 가까운 지기였다. 비명에 세상 을 떠난 친구의 원수를 갚지 못해 삼십여 년의 세월을 비분 속 에 보내다가 그 아들이 강호에 나왔다는 소문을 듣고 곧바로 일 신을 의탁했으니, 정파인들은 그를 가리켜 협객의 귀감이라 칭 송해 마지않았다.

"아군은 아닌 게 분명합니다."

강이환이 무거운 목소리로 곽달에게 대답했다. 척후로 파견 된 용봉단원들은 발연통이 아니라 향전을 가져갔다. 적아가 선 명히 나뉘는 국면에서 아군이 아니라면 적군일 수밖에 없었다.

"그렇다면 무양문 마귀들의 소행이겠군."

이름을 언급하는 것만으로도 살기가 치밀어 오르는 듯 곽달 은 등에 메고 있던 두 자루 단창을 기세 좋게 뽑아 들었다. 눈 썹까지 허옇게 센 나이였지만 저렇게 자세를 잡으니 이십 대 청 년 못지않은 호기가 넘쳐흘렀다.

그 호기에 자극된 것일까. 여기저기에서 병기 뽑는 소리가 울리기 시작했다. 철갑을 두른 것처럼 굳은 얼굴들.

"흥분하긴 이릅니다. 놈들이 곡구를 통과했다면 여 사제가
신호를 보냈을 겁니다."

강이환의 이 말이 채 끝나기도 전이었다.

쐐애앳!

쇳소리처럼 날카로운 파공성이 곡구 쪽에서 솟구쳐 올랐다.
마침내 향전이 올라간 것이다.

강이환의 얼굴도 딱딱하게 굳어졌다.

～✺～

쐐애앳!

향전 소리들 들은 강이환이 느낀 것이 결전을 앞둔 긴장이라
면, 왕삼보가 느낀 것은 뒷덜미를 서늘하게 만드는 뚜렷한 위기
의식이었다.

"저것은 향전 소리가 아닙니까?"

왕삼보는 자신의 귀가 잘못되지 않았음을 확인하기 위해 악
을 써야만 했다. 질주하는 마상에서 누군가에게 말을 건다는 것
은 이렇듯 어려웠다.

"매복이 있었나? 빌어먹을, 초 노사는 대체 뭐 하는 거야?"

대적용도 고래고래 악을 썼다.

"어떻게 하는 게 좋을까요?"

"기호지세! 빨리 통과하는 편이 낫겠소!"

"그렇게 하지요!"

이번만큼은 대적용의 의견이 옳았다. 골짜기로 진입한 게 벌
써 한참 전인데 여기서 말 머리를 돌린다는 건 오히려 위험
했다.

"전군 전속력으로!"

대적용의 구령이 울려 퍼지자 무양문 토벌대의 전진 속도가 더욱 빨라졌다.

두두두두!

구름처럼 피어나는 황진 속에서 우렁찬 말발굽 소리가 마치 살아 있는 용처럼 용도굴 골짜기를 따라 치달렸다.

(2)

전투의 시작은 한 대의 화살로부터 비롯되었다. 허공에서 뇌전처럼 내리꽂힌 그 화살의 목표는 무양문 토벌대의 선두를 달리던 오군장 대적용이었다.

"감히 누구 앞에서!"

대적용의 눈썹이 털벌레처럼 꿈틀거렸다. 다음 순간 관산귀전의 신기가 펼쳐졌다. 오른손을 뻗어 화살을 낚아챔과 동시에 왼손으로 안장에서 잡아 뽑은 금작화세궁에 걸어 날아온 방향으로 되쏴 날리는 눈부신 손 속이라니!

그러나 처음 화살을 쏜 자도 보통내기는 아니었다. 아무리 창졸간이라 해도 천하의 관산귀전이 날린 화살이건만, 놀랄 만큼 깔끔한 일 검으로 그 화살을 때려 떨구는 재주는 그자의 검법이 예사롭지 않음을 보여 주는 증거였다.

왕삼보는 말고삐를 잡아채며 그자가 몸을 내민 벼랑을 올려다보았다. 푸른 옷을 입은 그자는 같은 남자의 입장에서 봐도 인정하지 않을 수 없을 만큼 잘생긴 남자였다.

푸른 옷, 빼어난 검법 그리고 미남.

다음 순간 왕삼보의 머릿속으로 하나의 이름이 스쳐 갔다.

'강이환!'

벼랑 위 잘생긴 남자의 입술이 크게 벌어졌다.

"하늘의 뜻을 따라 마귀들을 주살하자!"

우와아!

천둥 같은 함성이 뒤따랐다. 그와 동시에 바위와 통나무의 우박이 골짜기 아래로 쏟아지기 시작했다.

우르르르릉!

가장 작은 게 어른 몸통만 한 바위요, 통나무였다. 그런 것들 수백 수천 개가 스무 길도 넘는 높이에서 일제히 떨어진다면, 일신의 재간이 제아무리 뛰어난 강호 고수라도 적잖은 위협을 느낄 수밖에 없었다. 왕삼보가 그랬고 대적용이 그랬다. 그러니 여타의 문도들이야 오죽하겠는가.

이히히힝!

"으아악!"

자욱한 흙먼지가 하늘을 뒤덮는 가운데, 인간과 말의 끔찍한 비명 소리가 골짜기 바닥을 두드리는 둔중한 충격음에 뒤섞여 일대를 삽시간에 아수라장으로 만들었다.

"말을 버리고 피할 곳을 찾아라!"

대적용이 자신을 향해 떨어진 통나무 하나를 좌장으로 후려 쳐 날리며 크게 외쳤다. 왕삼보도 이에 질세라 내공을 한껏 끌어 올려 소리쳤다.

"벼랑 밑이다! 벼랑 밑은 안전하다!"

수직이 넘는 각도로 서 있는 골짜기였다. 양쪽 벼랑에 바짝 붙으면 수직으로 낙하하는 바위와 통나무 들의 공격으로부터 안전할 수 있는 것이다.

두 사람의 신속한 지휘에 정신을 차린 무양문 토벌대는 부랴부라 벼랑 밑으로 몸을 피했다. 그러나 그 짧은 시간 동안 죽거나 부상당한 인원이 물경 팔구십. 이런 식의 집단 전투가 일상인 군인이라면 모를까, 강호인으로선 허망한 희생이 아닐 수 없었다.

골짜기 중앙에 수북이 쌓인 암목 더미 속에서는 아직도 숨이 붙어 꿈틀거리는 부상자들의 애원이 구슬피 흘러나왔다. 그 광경을 바라보는 왕삼보의 두 눈에 핏발이 섰다. 당장이라도 뛰쳐나가 문도들을 구해 주고 싶은 마음이 벼랑 밑에 바짝 붙어 웅크린 그의 몸을 움찔거리게 만들었다.

"안 되오! 그들은 포기하시오!"

대적용이 왕삼보를 제지했다.

"하지만 저대로 두면……."

"우리가 살면 저들도 살 수 있지만 우리가 죽으면 저들도 죽소. 지금은 전투가 우선, 구조는 그다음이오."

관록이란 위기 상황에서 더욱 확연히 드러나는 법이다. 대적용은 백전용장답게 일의 선후를 정확하게 파악하고 있었다.

"전원 구등패九藤牌를 준비하라!"

대적용이 내공을 돋워 우렁찬 지시를 내렸다.

'갑자기 구등패는 왜?'

왕삼보는 잠깐 동안 대적용의 지시를 이해하지 못했다. 그러나 금방 깨닫게 되었다. 이 자리라면 수직으로 낙하하는 바위와 통나무 들로부터는 안전할 수 있지만, 다양한 각도로 사격이 가능한 사병射兵 앞에서는 속수무책일 수밖에 없는 것이다.

아나나 다를까. 구등패의 방어진이 구축되기가 무섭게 양쪽 벼랑으로부터 화살들의 소나기가 퍼부어졌다. 맞은편 벼랑 밑을 겨냥하고 발사된 화살들은 본연의 관통력에 더하여 높은 곳에서 발사된다는 지형적 이로움까지 실려 있었다. 검은 빗살처럼 내리꽂히는 그것들은 쇠뇌에서 발사된 노전弩箭만큼이나 무서운 위력을 보였다.

콱! 콰콱!

군영의 방패보다도 단단하고 질기다는 구등패, 기름에 절인 등나무 껍질을 아홉 겹 포개고 켜켜이 두터운 아교를 발라 만든 이 방어의 이기가 화살들이 때릴 때마다 진저리를 쳤다. 구등패가 채 흡수하지 못한 충격은 뒤를 받친 손목들을 시큰거리게 만들었다.

국면의 유불리는 뚜렷했다. 무양문 토벌대로서는 반격은커녕 고개 한 번 변변히 치켜들지 못하는 곤궁한 상황인데, 천하제일 궁사 대적용이 또 한 번 신위를 드러냈다.

"쥐새끼들!"

골짜기를 쩡 울리는 노갈과 함께 대적용이 그의 앞을 방호하던 구등패 위로 상반신을 벌떡 일으켜 세웠다. 대체 어느새 장전한 것일까? 반대편 벼랑을 향해 겨눈 금작화세궁의 시위에는 금작시 한 대가 걸려 있었다.

그 순간 왕삼보는 똑똑히 볼 수 있었다. 대적용의 각진 얼굴에 은은한 홍조가 어리는 광경을.

십 리 밖에서도 똑똑히 들을 수 있는 엄청난 굉음이 금작화세궁에서 터져 나온 것은 그 직후였다.

파아아아아앙—!

유성이 거꾸로 솟구친 것일까? 금빛 찬란한 불덩어리 하나가 금작화세궁에서 쏘아지더니 맞은편 벼랑을 정통으로 강타했다.

그르르르릉!

그것은 정녕 믿기 어려운 일이었다. 가느다란 화살이 바위를 뚫고 들어가는 것만 해도 경이로운 일이거늘, 그 충격으로 인해 벼랑 한 귀퉁이가 붕괴되는 광경이라니!

"어엇!"

"으아아!"

비명 소리가 꼬리를 물고 골짜기 바닥으로 떨어졌다. 일견하기에도 열 명 이상의 용봉단 측 궁수들이 그 붕괴에 휘말려 추락한 것 같았다. 억수 같던 화살의 비도 어느새 멈춰 있었다. 다른 자리에서 활을 쏘던 자들도 이 경인할 신위에 손이 굳어 버린 모양이었다.

이때를 놓칠 대적용이 아니었다.

"광명궁수光明弓手들은 어디 있느냐!"

서로 맞물린 채 고슴도치처럼 잔뜩 웅크리고 있던 구등패들이 활짝 젖혀졌다. 우람한 철궁을 움켜쥐고 몸을 세우는 장한들은 대적용이 심혈을 기울여 육성해 낸 오군의 광명궁수들. 일사불란하게 펼치는 장전과 조준과 발사의 삼박자 사이에는 바늘 끝이 찌르고 들어갈 틈도 없어 보였다.

쐐새색!

허공으로 솟구치는 무양문의 화살들. 이에 지지 않겠다는 듯 다시금 퍼붓기 시작한 용봉단의 화살 비.

이런 방식의 사격전에서 지형지물은 궁수의 자질 이상으로 중요한 요소였다. 제아무리 광명궁수의 궁술이 뛰어나다 한들, 고지라는 지리적 이점과 바위 벼랑이라는 천연의 엄폐물을 동시에 가진 용봉단의 상대가 될 수는 없었다. 그러나 광명궁수의 뒤에는 관산귀전 대적용이 있었다.

"갈!"

대적용의 입에서 또 한 차례 우렁찬 고함이 터져 나왔다. 금빛 불덩이가 허공을 가르는가 싶더니, 가장 활발한 공격을 퍼붓던 구역이 굉음과 함께 붕괴되기 시작했다. 이야말로 명실공히 귀전鬼箭, 귀신의 힘이 깃든 화살이 아닐 수 없었다.

대적용의 이런 활약에 힘입어 무양문은 지리의 불리함을 어느 정도 극복할 수 있었다.

"괜찮으십니까?"

왕삼보는 구등패를 들고 대적용의 앞을 막아서며 걱정스러운 목소리로 물었다. 아까의 홍조는 어디로 사라진 것인지 대적용의 안색은 백짓장처럼 창백했다.

"염려 마시오. 약간 지쳤을 뿐이니까."

대적용은 오른손으로 자신의 명치를 지그시 누르며 말했다. 그가 두 차례나 선보인 일시붕산一矢崩山의 궁술은 엄청난 내력을 필요로 하는 희대의 절학이요, 금기시되는 난공이었다. 인간의 힘으로 천재天災에 버금가는 조화를 일으키는 게 어찌 수월할 리 있겠는가. 하지만 대적용으로서도 어쩔 수 없었다. 아까의 상황은 금기를 범해서라도 반격의 전기를 구해야 할 만큼 나빴으니까.

"잠깐이라도 내식을 돌보시지요. 그동안은 소생이 지휘하겠습니다."

사양할 입장도, 만용을 부릴 처지도 아니었다.

"그럼 부탁하겠소."

대적용은 금작화세궁을 내려놓고 바닥에 주저앉더니 품에서 몇 알의 요상단療傷丹을 꺼내 입 속으로 털어 넣었다.

왕삼보는 부근에 있는 광명궁수 두 사람에게 대적용의 호위를 맡긴 뒤, 구등패를 들고 궁수들 앞으로 달려 나갔다.

"남은 문도들은 전방에서 궁수를 엄호하라!"

명령만 내린 것이 아니라 직접 시범까지 보여 주니, 웅크리고 있던 다른 무사들도 그를 좇아 궁수들을 엄호하기 시작했다.

공방이 순조로워지자 상황은 조금 더 호전되는 것처럼 보였다. 하지만 왕삼보는 그것이 오래가지 않으리라는 사실을 알고 있었다. 지리 면에서도 불리하거니와 물량 면에서도 그랬다. 화살 더미를 등 뒤에 쌓아 놓고 하는 싸움이 아닌 바에야 시간이 지날수록 불리해지리라는 것은 자명한 일이었다.

왕삼보는 골짜기 중앙에 쌓인 암목 더미를 바라보았다. 구조를 애타게 기다릴 부상자들. 그러나…….

'용서하시오.'

왕삼보는 피가 배어나도록 입술을 깨문 뒤, 대적용을 돌아보며 외쳤다.

"오군장님, 후퇴해야겠습니다!"

바닥에 앉아 진기를 고르고 있던 대적용의 얼굴이 일그러졌다. 이 정도 병력이면 어떤 저항이든 문제없이 격파할 수 있으리라 믿어 온 그이기에 지금의 심정이란 참담 그 자체일 것이 분명했다. 하지만 어쩌랴, 지금 당면한 과제는 남은 병력이라도 보존하는 일인데.

대적용의 무거운 침묵을 동의의 의미로 해석한 왕삼보는 무양문 토벌대를 향해 지시했다.

"후퇴 준비! 벼랑을 등지고 횡보橫步로 후퇴한다!"

말이 좋아 횡보지 게걸음이나 마찬가지였다. 왕삼보는 대적용을 부축해 일으킨 뒤, 우스꽝스러운 게걸음으로 온 길을 되돌아가기 시작했다.

토벌대의 후퇴를 순순히 방관하지 않겠다는 듯 벼랑의 궁수들도 자리를 옮기며 화살을 날려 댔다. 그 화살을 구등패로 막아 내랴 그러면서도 철궁으로 응사하랴 이동 속도는 더딜 수밖에 없는데, 부상자를 내버려 둔 채 후퇴해야 하는 왕삼보의 발길은 더욱 무거울 수밖에 없었다.

그러나 왕삼보는 미처 알지 못했다. 무양문 토벌대의 퇴로에는 더욱 무서운 함정이 기다리고 있다는 사실을.

———— ∙◆∙ ————

"오냐?"

"온다."

"흐흐, 눈 씻고 감상하고 있어라. 이 어르신의 찬란한 예술 작품을."

"잔소리 말고 어서 터뜨리기나 해라. 까딱하다 뒷북칠라."

———— ∙◆∙ ————

벼랑을 등지고 후퇴하던 문도 중 한 명이 뭔가에 걸려 넘어진 것은 무양문 토벌대가 후퇴를 시작한 지 반 각쯤 지났을 무렵이었다. 우연히 그리로 시선을 준 왕삼보는 눈을 부릅뜨고 말았다. 넘어진 문도의 발치에 기이한 형태로 뒤집어진 땅거죽을 발견했기 때문이다.

왕삼보는 한달음에 그리로 달려가 뒤집어진 땅거죽의 끄트머리를 만져 보았다.

'토형피土形皮?'

그것은 진짜 땅거죽이 아니었다. 이불만 한 크기의 두툼한 가죽에 흙과 돌멩이를 아교로 붙인 인조 땅거죽이었다.

왕삼보는 토형피를 와락 잡아챘다. 토형피 아래로 새파란 불꽃을 튀기며 달려가는 수십 가닥의 도화선들이 그의 망막을 찌를 듯이 파고들었다. 도화선들이 연결된 곳은 이웃하고 있던 다른 토형피들.

재차 달려가 토형피 하나를 다시 벗겨 낸 왕삼보는 술 단지처럼 둥근 쇠 항아리 하나가 흙 속에 묻혀 있는 것을 발견할 수 있었다. 어지럽게 타들어 가는 도화선 중 일부가 그 쇠 항아리에 연결되어 있었다. 굳이 뚜껑을 열어 보지 않아도 그 안에 무엇이 들었는지는 능히 짐작할 수 있었다. 저런 쇠 항아리가 대체 얼마나 더 파묻혀 있을까? 왕삼보는 온 신경을 청각에 집중했다.

치지지직.

벌레 소리 같은 심지 타는 소리는 인근의 모든 땅거죽 밑에서 울리고 있었다. 왕삼보는 망연해지고 말았다. 화살 비를 피해 폭약 밭으로 들어온 것이다!

"폭약이 묻혀 있다! 모두 피해!"

왕삼보는 목이 터져라 외치며 골짜기 중앙으로 달려 나갔다.

초당은 자신도 모르게 눈을 감았다. 골짜기 아래에서 작렬한 눈부신 섬광 때문이었다. 이어진 것은 천지를 뒤흔드는 무시무시한 폭음이었다.

꽝! 꽝! 꽈르르르릉! 꽈르릉!

폭음은 단발로 그친 것이 아니라 연쇄적으로 이어졌다. 뒤집어진 땅거죽, 자욱한 흙먼지가 벼랑까지 솟구쳐 올랐다. 시뻘건 불기둥이 비등하는 폭압에 실려 골짜기 아래를 치달렸다. 점입가경이라고, 충격을 못 이긴 벼랑 일부가 듣기 거북한 비명을 내지르며 무너지기 시작했다. 제대로 앉아 있기도 힘든 거친 진동은 폭원爆源으로부터 사오십 장 떨어진 이곳까지 미치고 있었다. 문자 그대로 천번지복의 아수라장이 아닐 수 없었다.

마지막 폭음의 여운이 사라진 뒤에도 골짜기 바닥은 짙은 흙먼지에 뒤덮여 상황을 확인할 길이 없었다.

"이런 대역무도한 놈들을 봤나. 감히 나라의 허락도 없이 화기를 사용하다니."

초당이 투덜거렸다. 그러나 말처럼 분개한 것 같지는 않아 보였다. 아니, 입가에 맺힌 해맑은 미소는 그가 오히려 즐거워하고 있음을 말해 주었다.

"이개의 솜씨인 것 같습니다."

삼사의 맏이인 사심이 말했다. 그에게서 뱀을 닮은 것은 비단 심장만이 아니었다. 상황을 파악하고 통찰하는 두뇌 또한 뱀의 그것처럼 냉정했다.

"이개? 화인 이개?"

초당의 반문에 사심이 고개를 끄덕였다.

"예."

"어떻게 이개의 솜씬 줄 알았지?"

"이개는 무양문에 대해 큰 원한을 품고 있습니다. 다만 이끌고 있는 세력이 없어 별다른 행동을 보이지 않았을 뿐입니다."

초당은 금시초문이란 표정으로 사심을 바라보았다.

"원한이라니?"

"무양문 때문에 딸을 잃었다고 생각하는 모양입니다."

"문도 중에 누가 그의 딸을 죽이기라도 했나?"

"깊은 내막은 잘 모르겠습니다. 죄송합니다."

사심이 고개를 숙이자 초당은 손을 내저었다.

"괜찮아. 그런 건 중요하지 않으니까. 어쨌거나 이개가 왔다면 단짝인 과추운도 왔겠군그래."

"이개만큼은 아니지만 과추운 역시 무양문을 사갈시하고 있으니 분명히 왔을 겁니다."

"화인에 기광이라…… 하하, 어쩌면 우리는 나설 기회도 없을지 모르겠군."

초당이 박장대소를 터뜨렸다.

"속단하시기는 조금 이르지 않을까요? 삼군과 오군의 정예가 총출동했습니다. 비록 화공으로 입은 피해가 작진 않겠지만 수뇌부들만 건재하다면 백병전에서의 승부는 여전히 미지수입니다."

"백병전을 왜 벌여? 저 흙먼지 속에다 있는 화살 없는 화살 몽땅 퍼부으면 손에 피 안 묻히고 이길 수 있을 텐데."

"저들이 흑도라면 그렇게 하겠지요."

사심의 말은 의미심장했다.

초당은 곰방대의 물부리로 목덜미를 긁다가 심드렁하게 물었다.

"그런데 흑도가 아니라 백도다?"

"그렇습니다."

"그것참, 알다가도 모를 놈들이라니까. 기습에, 화기에, 할 짓 못 할 짓 벌써 다 저지른 주제에 이제 와서 군자 흉내를 내겠다, 이건가?"

초당은 마뜩치 않다는 듯 혀를 차다가 돌연 눈을 동그랗게 떴다.

"얼씨구, 정말 자네 말대로 하려나 본데."

초당이 곰방대로 가리키는 먼 벼랑, 수많은 용봉단원들이 저

마다 들고 있는 밧줄 타래를 골짜기 아래로 늘어뜨리고 있었다.

꿈~~

우우우우우웅ㅡ.

머릿속에 벌집이 들어 있는 것 같았다.

왕삼보는 귀를 막은 손을 힘겹게 떼어 냈다. 손바닥에 핏물
이 점점 묻어 나왔다. 소리가 들리는 것으로 미루어 고막이 터
진 것 같지는 않았다. 하지만 과연 그것을 다행이라고 말해도
좋을까? 들리는 소리라곤 온통 비명과 신음, 고통에 울부짖는
문도들의 절규뿐인데도?

왕삼보는 해일처럼 밀려드는 분노에 전신을 와들와들 떨
었다. 그는 오활한 책상물림이 아니었다. 어차피 생사를 결하는
전투, 수단 방법 불문하고 이기는 자만이 웃을 수 있다는 사실
은 그 또한 잘 알고 있었다. 하지만, 하지만……!

'그래도 이건 아니다!'

강호인이라면 최소한 칼이라도 한 번 맞대야 했다. 피땀 흘
려 수련한 무공을 조금이라도 펼쳐 볼 기회가 있어야 했다. 그
기회를 원천적으로 봉쇄당한 채 저렇게 바위에 깔려, 화살 비에
맞아, 그리고 폭약에 불타 죽는다면, 강호인으로 보낸 세월이
너무도 허망했다. 왕삼보는 그것을 용납할 수 없었던 것이다.

"왕 공자, 어디 있소?"

멀지 않은 곳에서 들려온 대적용의 외침에 왕삼보는 퍼뜩 정
신을 차렸다.

"여기 있습니다!"

왕삼보가 답하자 자욱한 흙먼지를 뚫고 대적용의 모습이 나

타났다. 눈처럼 흰 백의 여기저기가 보기 흉하게 그슬렸고 머리 상투 또한 풀어져 여간 낭패한 몰골이 아니었다. 하지만 내상 치료에 탁월한 효능이 있다는 무양문의 요상단을 복용한 덕택인지, 안광이 시퍼렇게 살아 빛나는 것이 진기의 유통은 폭약이 터지기 전보다 오히려 나아진 것 같았다.

"그 어깨는……?"

대적용의 말을 들으니 갑자기 왼쪽 어깨가 쓰라렸다. 슬쩍 내려다보니 갈가리 찢긴 옷 사이로 시뻘건 속살이 반 뼘 가까이 드러나 있었다. 폭발을 피해 벼랑 밑에서 달려 나오는 와중에 눈 먼 화살에 긁혔을까? 아니면 화기의 파편에 스쳤거나. 어쨌거나 거동하는 데에는 별 지장이 없으니 다행이었다.

"신경 쓰지 않으셔도 됩니다. 오군장님께선 괜찮으십니까?"

대적용이 스스로를 슥 둘러본 뒤 힘 있는 목소리로 대답했다.

"몇 군데 긁히긴 했지만 괜찮소."

"우리 측 피해는 어느 정도입니까?"

"왕 공자가 재빨리 경고한 덕에 이쪽은 그리 심하지 않을 거요. 하지만 저쪽 벼랑에 있던 문도들은……."

대적용은 못내 분한지 말을 마치지 못하고 이를 뿌드득 갈았다. 처음 암목이 쏟아졌을 때부터 양쪽 벼랑 아래로 나뉜 무양문 토벌대였다. 비록 삼군의 부군장인 학곤學坤과 오군의 부군장인 송교宋喬가 반대쪽에 있다고는 하나 왕삼보처럼 화기의 매설을 사전에 감지하지는 못했을 터. 기민하게 대응하기란 쉽지 않았을 것이다.

그때 누군가의 외침이 들려왔다.

"적이다! 적이 내려온다! 으악!"

외침을 뒤따른 것은 처절한 단말마였다.

대경한 두 사람은 안광을 빛내며 주위를 둘러보았다. 흙먼지는 여전히 자욱한데, 거뭇거뭇한 그림자들이 뭔가에 매달려 허공으로부터 내려오는 광경이 보였다.

"놈들이 본격적으로 백병전을 벌일 모양입니다!"

왕삼보가 다급히 외쳤다. 그러자 대적용의 입에서 욕설이 터져 나왔다.

"개새끼들!"

대적용의 분노는 그의 화살만큼이나 직설적이었다. 금작화세궁이 들리는가 싶더니 허공에서 내려오던 그림자 하나가 전광처럼 뻗어 나간 금작시에 꿰여 황소에 받힌 것처럼 뒤로 날아갔다.

"오냐, 모조리 죽여 주마!"

살기 어린 호통과 함께 대적용의 신형이 질풍을 일으키며 흙먼지 속으로 뛰어들었다.

"오군장님, 침착해야 합니……!"

대적용에게 주의를 주려던 왕삼보. 하지만 머리 위에서 떨어진 우렁찬 고함 소리가 그의 입술을 얼어붙게 만들었다.

"죽어라, 서문숭의 개!"

왕삼보는 반사적으로 보법을 밟아 왼쪽으로 몸을 피했다.

붕!

모골을 송연케 하는 파공성과 함께 오십 근은 족히 나갈 동추銅錐 하나가 왕삼보가 서 있던 자리에 내리꽂혔다.

쿵!

뒤이어 그 자리에 내려선 것은 곰 같은 체구와 우락부락한 얼굴이 산적질이나 하면 딱 알맞을 듯한 장한이었다. 벌름거리는 콧방울이며 어깨에 찰싹 달라붙은 듯한 커다란 머리통이 몹시 흉맹해 보였다.

"한 수가 있는 놈이었군. 이름을 밝혀라! 쓸 만한 놈이거든 이 팔황동추八荒銅錐에 새겨 주마."

장한이 으르렁대듯 말했다. 이 말을 들은 왕삼보는 장한의 정체를 짐작할 수 있었다. 용봉단의 수뇌들 중에는 죽인 무양문도의 이름을 병기인 동추에 새겨 넣는 기벽을 지닌 자가 있다고 했다. 이름이 여범이라고 했던가?

"이름을 대지 못하는 걸 보니 필시 무명지배로구나!"

여범이 비웃듯이 말했다. 그러나 정작 비웃을 사람은 왕삼보 쪽이 아닐까? 여범 정도의 인물이라면 굳이 병기를 뽑을 필요도 느끼지 못하니 말이다.

왕삼보는 일언반구 대꾸도 없이 여범을 향해 달려들었다.

강호인들은 왕삼보를 두고 팔자 늘어진 부잣집 도련님이라고 손가락질하지만, 그들은 천하제일 거부인 왕고가 왜 보배 같은 둘째 아들을 무인으로 키우려 마음먹었는지, 그리고 왕고의 제안을 받은 무양문주 서문숭이 어린 왕삼보를 처음 본 순간 그 훌륭한 자질에 얼마나 흡족해했는지 알지 못했다. 천생의 기운만 믿고 으스대는 저런 덩치 따위, 왕삼보의 안중에 들어올 리 없는 것이다.

"엇!"

여범이 경호성을 토하며 동추를 휘둘러 왔다. 그러나 왕삼보의 진격 속도는 여범의 대응을 훨씬 앞지르는 것이었다.

짜작!

순식간에 여범의 뺨에 두 대의 수편이 작렬했다. 좌우로 번갈아 돌아간 여범의 코에서 붉은 핏물이 쭉쭉 뿜어 나왔다. 그러나 왕삼보의 옷에는 한 방울의 피도 묻지 않았다. 기쾌한 삼재보ㅌ

才步로 이미 여범의 측방으로 돌아간 왕삼보는 웬만한 사람의 등판만큼 널찍한 여범의 옆구리에 좌장을 밀어붙이고 있었다.

"캐액!"

여범의 입에서 돼지 멱따는 듯한 비명이 터졌다. 그와 동시에 그의 거구가 실 끊어진 인형처럼 바닥으로 풀썩 무너졌다. 이른바 천중수天重手, 왕삼보의 심후한 공력이 실린 내가중수법內家重手法에 오장육부가 뒤죽박죽이 되어 버린 것이다.

그러나 살인을 마다하지 않기로 마음먹은 왕삼보는 거기서 멈추지 않았다.

왕삼보가 우수를 번쩍 치켜 올렸다. 칼처럼 세운 손날에 어린 푸르스름한 기운은 금옥金玉을 두부처럼 끊는다는 작옥도斫玉刀의 공력이었다.

"멈춰라!"

만일 어디선가 날아온 송곳 같은 경풍이 왕삼보의 좌측을 급습하지 않았다면, 여범의 머리통은 푸줏간 매대에 놓인 돼지 머리 신세가 되었을 것이다.

"쳇!"

왕삼보는 여범의 목덜미를 내리찍던 우수를 둥글게 회수하며, 좌반신을 노리고 날아온 경풍의 허리를 잘라 갔다. 그러나 경풍의 내습은 그 한 번으로 끝난 것이 아니었다.

칙! 칙! 칙!

한껏 달아오른 쇠붙이에 물방울이 떨어지는 듯한 소리가 세 번 연속으로 울렸다. 왕삼보는 눈살을 찌푸리며 한 발짝 물러났다. 경풍과 부딪칠 때마다 작옥도의 공력을 운용한 손날이 얼얼해지는 것을 느꼈기 때문이었다.

왕삼보는 시큰거리는 오른손 손날을 문지르며 경풍이 날아온 방향을 바라보았다. 십여 걸음 떨어진 곳, 가을 하늘처럼 짙푸른 청포에 가슴에는 멋들어진 용 문양을 새긴 장년의 미장부가 서 있었다. 맨 처음 벼랑에서 대적용에게 화살을 날림으로써 개전을 선포한 바로 그 사내였다.

'강이환!'

흙먼지처럼 짙은 긴장감이 왕삼보의 등덜미로 차올랐다. 마침내 적당의 수뇌가 그의 앞에 나타난 것이다.

"천중수와 작옥도를 익힌 것으로 보아 자네가 왕삼보겠군."

청아한 목소리가 장년의 미장부, 강이환의 입에서 흘러나왔다.

왕삼보는 자세를 바로 세운 뒤 강이환을 향해 포권을 올렸다.

"말한 대로 내가 바로 왕 모외다. 당신이 용봉단을 이끄는 강이환이오?"

이 깍듯한 응대가 의외였던 모양이다. 강이환은 잠시 왕삼보를 바라보다가 천천히 두 손을 마주 모아 포권을 올렸다.

"내가 강이환이네. 서문숭의 둘째 제자가 마귀굴에 어울리지 않는 군자라는 얘기는 들었네만, 이렇게 직접 보니 과연 소문이 틀리지 않나 보군."

왕삼보는 차갑게 웃었다.

"어디서 틀린 소문만 들으신 모양이오. 이 왕 모는 결코 군자가 못 될뿐더러 무양문은 더더욱 마귀굴이 아니오."

강이환도 차갑게 웃었다.

"자네 스스로 군자가 아니라니 그렇게 알겠네만, 무양문이 마귀굴이라는 소문은 어김없는 사실이라네."

왕삼보는 용봉단의 수뇌를 앞두고 부질없는 입씨름을 벌릴 생각은 없었다. 그는 주위를 둘러본 뒤 강이환에게 물었다.

"이유를 물어도 되겠소?"

여러 가지 의미로 해석할 수 있는 질문이었다. 강이환이 잠시 생각하다가 반문했다.

"세 불리한 우리가 권도權道를 좇았다고 탓하는 건가? 만일 그렇다면, 자네는 세상을 너무 만만하게 보는 모양이군."

왕삼보는 고개를 저었다.

"당신들이 매복과 암습으로 본 문을 상대하려 한 것을 탓하는 것이 아니오. 기왕 그렇게 시작한 싸움이면 끝까지 밀고 나갈 것이지, 이제 와서 모습을 드러낸 이유가 뭐냐고 묻는 거외다. 이 정도 추려 놨으니 이제는 정면 대결로도 승산이 있겠다는 생각이 들었소? 그래서 백도의 영웅답게 이렇게 모습을 드러낸 거요?"

아픈 곳을 찔린 듯, 강이환의 얼굴이 조금 붉어졌다.

바로 그때, 누군가 강이환의 배후를 공격했다.

"죽엇!"

강이환은 눈살을 살짝 찌푸리며 한 발짝 옆으로 이동했다. 그 바람에 허공을 찌르며 전면으로 튀어나온 사람은 오군에서 제법 고참 축에 드는 호진胡鎭이라는 문도였다. 광명궁수에 선발되지 못한 것이 아쉬워 밤낮으로 검법 연마에 힘쓰던 자라고 들었는데, 그와 왕삼보의 시선이 허공에서 아주 잠깐 마주쳤다. 그리고 왕삼보는 보았다, 강이환의 좌측 허리춤에서 폭사된 푸른 번갯불이 호진의 목을 가르고 솟구치는 광경을.

"난 암습을 싫어한다네."

강이환이 푸른 번갯불을 허공에 대고 가볍게 털며 말했다. 그것은 길이가 두 자 남짓한 짧은 검. 검신을 따라 물결처럼 일렁거리는 시퍼런 광채는 그 소검이 예사로운 물건이 아님을 말해 주었다. 그러나 왕삼보의 시선은 다른 곳을 향해 있었다.

툭.

그제야 바닥에 떨어진 호진의 수급이 왕삼보의 가슴속에 적의를 불러일으켰다. 왕삼보는 착 가라앉은 목소리로 말했다.

"암습을 싫어한다니, 당신에겐 그리 어울리지 않는 말 같구려."

얼굴에 혈기가 어리는 왕삼보와 달리 강이환은 태연한 얼굴로 싱긋 웃었다.

"사실이라네. 다만 무양문의 마귀들은 더 싫어할 뿐."

뿌득.

왕삼보의 어금니 사이에서 섬뜩한 소리가 울려 나왔다. 온몸의 근육이 당장 달려 나가고 싶다는 듯 세차게 꿈틀거리고 있었다. 그러나 그것은 좋지 않았다.

'침착하자.'

강이환은 강적이었다. 강적을 앞두고 흥분하는 것은 절대적으로 좋지 않았다.

왕삼보는 흥분된 마음을 가라앉히는 한편 주위를 둘러보았다. 병장기 부딪치는 소리, 살기 띤 고함 소리가 흙먼지 너머로 분분했다. 그것으로 미루어 일대는 이미 적아가 혼재된 난전으로 들어간 듯했다. 복식이 눈에 설면 무조건 적이요, 호진이 그랬던 것처럼 적이면 일단 찌르고 보는 것이다.

왕삼보는 시선을 다시 강이환에게 고정시켰다.

"나 왕삼보, 당신의 추뢰검법에 정식으로 도전하겠소."

강이환은 대답하지 않았다. 그저 우리 안의 원숭이를 보는 듯한 시선으로 왕삼보를 바라볼 뿐이었다.

왕삼보가 말을 이었다.

"단, 이곳은 우리가 진검 승부를 결하기에 너무 번잡한 것 같소. 장소를 옮길까 하는데 당신의 의향은 어떻소?"

강이환의 입가에 비웃음의 의미가 너무나도 분명해 보이는 미소가 어렸다.

"스스로 주제를 모른다는 생각은 해 보지 않았는가?"

무공은 물론이거니와 이 전투에서 서로가 차지하는 비중부터가 다르지 않느냐는 의미였다. 하지만 왕삼보는 강이환의 역린이 어디 달려 있는지 알고 있었다.

"석년 형산검문의 강 장문인은 사부님의 일 도를 받을 주제도 되지 못하여 호교십군의 군장 중 한 사람의 검 아래 고혼이 되었소. 그런 사부님의 진전을 이은 내가 상대해 주겠다는데 당신 쪽에서 주제 운운하는 것은 조금 이상하게 들리는구려."

강이환의 얼굴에서 미소가 사라졌다. 옥으로 빚은 듯 준미한 얼굴에 싸늘한 노기가 차오르기 시작했다.

"죽고 싶은 모양이군."

"쉽진 않을 거요."

이번에는 왕삼보가 웃었다. 그런 다음 몸을 돌려 골짜기 안쪽으로 달려가기 시작했다. 물론 도주하는 것은 아니었다. 따라오고 싶으면 따라오고 싫으면 말라는 식의 가벼운 몸놀림이었다.

강이환은 그런 왕삼보의 뒷모습을 무섭게 노려보더니 그를 좇아 곧바로 신형을 날렸다.

(3)

"위다! 적들이 위에서 내려오고 있으니 모두 병기를 뽑아 백병전에 대비하라!"

대적용은 자욱한 흙먼지 속을 이리저리 뛰어다니며 고래고래 소리를 질렀다. 비세인 것은 안 봐도 뻔했다. 암목과 화살과 화기로 이어진 세 차례의 연환 기습, 그것은 당하는 입장만 아니라면 감탄이 절로 나올 만큼 치밀하고도 강력했다.

아군의 피해는 대체 얼마나 될까? 절반? 아니면 그 이상? 무엇보다 안 좋은 것은 바닥까지 추락한 사기였다. 죽음의 문턱에서 가까스로 되돌아온 자들에게 곧바로 전의를 불태우라는 주문은 무리일 수밖에 없을 테니까.

그러나 억지로라도 싸워야 했다, 살아남기 위해선.

"정신을 어디다 빼놓고 있는 거냐!"

대적용은 넋 빠진 얼굴로 서 있는 문도 하나의 어깨를 급히 잡아챘다. 시퍼런 감산도砍山刀 하나가 간발의 차이로 그 문도의 머리통이 있던 공간을 가르고 지나갔다.

"흐흐, 네놈이 대신 죽을 테냐?"

전공을 세울 기회를 놓친 감산도의 주인이 공격의 칼날을 대적용에게로 돌렸다.

쉬이익!

칼끝에서 일어나는 기세는 제법 봐줄 만했지만 천하의 호교십군을 어쩌기엔 턱없이 부족한 재주.

대적용은 왼손에 쥔 금작화세궁으로 날아든 감산도를 가볍게 튕겨 낸 뒤 그자의 면상에 일 권을 내질렀다. 뭔가 으스러지는 느낌이 권심拳心을 타고 전달되었다. 그 느낌은 두 방이 필요치 않음을 알려 줄 만큼 선명했다.

대적용은 면상이 뭉개져 쓰러지는 적에게는 눈길조차 돌리지 않고 방금 자신이 구한 문도의 멱살을 잡아 바짝 끌어당겼다.

"죽고 싶어? 내 손으로 죽여 줄까?"

곪은 달걀처럼 흐리멍덩하던 문도의 두 눈에 비로소 초점 비슷한 것이 맺혔다.

"구, 군장님……?"

"얼간이 같은 놈! 죽으려거든 한 놈이라도 더 죽인 다음에 죽으란 말이다!"

대적용은 문도를 돌려세운 뒤 엉덩이를 걷어찼다. 엉겁결에 전장으로 떠밀려 들어가면서도 허리춤에 차고 있던 칼을 뽑아 드는 것을 보면 이제는 정신을 차린 듯. 최소한 아까처럼 무기력하게 목숨을 내줄 것 같지는 않았다.

대적용은 내공을 한껏 돋워 다시 한 번 고함을 질렀다.

"명존께서 함께하신다! 모든 문도들은 죽음으로써 적도들을 무찌르라! 명존하토明尊下土! 광명천세光明千歲!"

명존께서 강림하시니 광명이 영원하리. 백련교의 교도가 되면 가장 먼저 배우는 기원주祈願呪 중 하나였다.

종교 집단에서 주술이 발휘하는 힘은 결코 가볍지 않았다. 흙먼지 속 곳곳에서 '명존하토 광명천세'의 외침이 울려 나오더니, 병장기 부딪치는 소리, 살기 어린 기합 소리가 점차 등등해졌다. 그 안에서 진행되는 것이 더 이상 일방적인 살육은 아니라는 증거였다.

"무사하셨군요!"

누군가 대적용을 향해 다가왔다. 온몸을 뒤덮은 검댕과 흙먼지로 인해 얼굴을 알아보기 힘들었지만 목소리만큼은 분명 오군의 부군장 송교였다. 나이는 서른여덟. 조법과 보법에 일가를 이룬 동시에 침착하고 사려 깊은 성격의 소유자였다.

"송교, 살아 있었구나!"

"안 보이셔서 걱정하던 참이었습니다. 다치신 데는 없으십니까?"

"난 괜찮다. 그쪽 피해는 어떤가?"

대적용이 반대편 절벽 아래의 근황을 묻자 검댕과 흙먼지를 뒤집어쓴 송교의 얼굴이 더욱 어두워졌다.

"반 이상이 죽거나 다친 것 같습니다."

대적용은 입술을 질끈 깨물었다. 예상한 대답이지만, 그래도 아팠다. 그런 상태로 잠시 씨근덕거리던 그가 다시 물었다.

"학 부군장은?"

삼군의 부군장 학곤의 안위를 물은 것이다.

송교가 대답했다.

"화상을 입기는 했지만 움직이는 데에는 큰 지장이 없어 보였습니다. 조금 전까지 함께 있었는데 용봉단 놈들이 갑자기 달려드는 통에……. 멀리 있지는 않을 텐데 이놈의 흙먼지 때문에 도통 찾을 수가 없군요."

싸움의 양상은 이미 치열한 백병전으로 돌입해 있었다. 그리 길지 않은 대화를 나누는 동안에도 두 사람의 목숨을 노리는 용봉단의 공격은 끊이지 않았다.

물론 호교십군의 군장과 부군장의 무공은 눈먼 칼날에 목숨을 내줄 만큼 녹록한 것이 아니었다. 시간이 흐를수록 두 사람 주위엔 적들의 시체가 쌓여 가기 시작했다.

"그런데 이상하지 않습니까?"

송교가 양손을 섬전처럼 내지르며 말했다. 그의 양 손등에 부착된 아홉 자 길이의 강조가 정면에서 달려들던 용봉단원의 몸뚱이를 넝마처럼 너덜너덜하게 찢어 놓았다. 금강동인金剛銅人도 견디지 못한다는 박골쇄혼조법剝骨碎魂爪法이 바로 이것이었다.

"좋군! 그런데 뭐가 이상한가?"

송교에게 뒤질세라, 유성낙지流星落地의 수법으로 금작화세궁을 내리쳐 용봉단원 한 명의 머리통을 부순 대적용이 물었다.

"삼군장님 말입니다. 마치 우리를 함정으로 끌어들이기 위해 신호를 올린 것 같지 않습니까?"

다른 때라면 참언讒言의 오해를 사기 딱 좋은 말이었다. 하지만 대적용은 송교를 탓하지 않았다. 그 자신도 그런 생각을 지울 수 없었기 때문이었다.

별불가 초당으로 말하면 오만한 대적용조차도 한 수 처짐을 인정하는 절정 고수인 동시에, 뱃속에 구렁이를 몇 마리나 감추고 있는지 짐작할 길이 없는 깊은 심기의 소유자였다. 그런 초당이 판단 착오로 잘못된 신호를 올린다는 것은 믿기 어려운 일이 아닐 수 없었다. 그렇다면……?

'혹시 배신을?'

그러나 대적용은 이 생각을 곧바로 지워 버렸다. 초당은 삼십 년 가까운 세월을 무양문에 바친 원로였다. 게다가 호교십군 서열 삼 위라면 웬만한 문파의 장문인을 능가하는 명예와 실리가 보장된 자리가 아닌가. 그런 초당이, 그것도 다 늙은 나이에 무슨 대단한 복락이 기다린다고 말을 바꿔 타겠는가.

'뭔가 착오가 있었을 거야. 그 착오가 비록 치명적인 결과를 몰고 왔지만 말이야.'

대적용이 아닌 누구라도 이렇게 결론 내릴 수밖에 없었을 것이다. 지금으로서는 말이다.

"이야기는 나중으로 미루고, 자네는 힘이 달리는 문도들을 돕도록 하게."

"군장님께선 어쩌시려고요?"

대적용은 주위를 둘러보았다. 영원히 사라지지 않을 것 같던 흙먼지도 이제는 많이 가라앉아 있었다.

"이런 판국에 조무래기들을 상대할 수야 없지. 나는 적의 수뇌들을 찾아 죽이겠네."

"알겠습니다. 부디 조심하십시오."

송교가 고개를 숙여 보인 뒤 훌쩍 떠나자, 대적용은 가까운 벼랑을 향해 달려갔다. 튀어나온 바위를 발로 찍어 가며 다섯 길 높이까지 올라가자 골짜기 안의 상황이 일목요연하게 드러났다. 실로 목불인견의 참상……. 협곡을 따라 길게 형성된 난전의 아수라장은 늦더위로 후끈 달아오른 대지를 붉게 물들이고 있었다. 번뜩이는 것은 그저 도검의 광채요, 난무하는 것은 오로지 인간의 비명이니, 생명의 존엄성 따위는 어디에서도 찾아볼 수 없었다.

벼랑에 매달려 전장을 살피던 대적용이 갑자기 어느 방향으로 몸을 날렸다. 그가 점찍은 상대는 송문고검松文古劍을 쓰는 땅딸막한 중년 도사였다. 오군에서 행세깨나 한다는 타호쌍걸打虎雙傑 나씨羅氏 형제가 땅딸보 도사의 교묘한 검법에 밀려 힘 한 번 못 쓰고 뒷걸음질만 치고 있었다.

그 검법의 정체가 강호를 떨쳐 울리는 무당검법임을 한눈에 알아본 대적용은 달려가는 기세 그대로 금작시 한 대를 장전했다. 오른손이 어깨에 멘 전통을 오가는가 싶은데, 시위를 떠난 금빛 화살은 이미 무서운 기세로 공간을 가르고 있었다.

"엇?"

땅딸보 도사의 검법에는 과연 놀라운 면이 있었다. 노도처럼 맹렬히 타호쌍걸을 몰아치던 와중에도 번개처럼 검로를 틀어 금작시를 막아 내는 것을 보면 알 수 있는 일이었다. 하지만 그 짧은 사이 대적용은 땅딸보 도사의 일 장 앞까지 접근할 수 있었다.

"제법이구나, 말코!"

칭찬인지 조롱인지 모를 한마디와 함께 땅딸보 도사를 엄습한 것은 무시무시한 경기를 동반한 금빛 봉두棒頭였다. 천하제일의 명궁이라고 해서 할 줄 아는 게 궁술밖에 없다면 대적용은 아마도 호교십군에 발탁되지 못했을 것이다. 그에겐 근접전에서도 여타의 군장들에게 뒤지지 않는 뛰어난 능력이 있었으니, 바로 금작화세궁으로 전개하는 섭천삼십육로攝天三十六路의 봉술이었다. 시위를 걸면 천하제일의 강궁이 되는 금작화세궁. 그러나 일단 부려 놓기만 하면 봉, 혹은 쇠 채찍의 이점을 살릴 수 있는 기문병기로 둔갑하는 것이다.

난데없는 화살 공격에 이어 무시무시한 몽둥이세례까지 받게 된 땅딸보 도사는 타호쌍걸에 대한 공세를 거두고 허둥지둥 물러날 수밖에 없었다.

"군장님!"

"잘 오셨습니다!"

지옥에서 지장보살을 만난 기분이 이럴까? 타호쌍걸이 환호를 터뜨렸다. 하지만 곧바로 튀어나온 대적용의 질책에 그들의 환호는 쑥 들어가고 말았다.

"못난 놈들! 둘이서 한 놈을 못 당해 쩔쩔매다니, 이름이 아깝다!"

"그, 그게…… 놈의 검법이 하도 매서워서…….''

"시끄럽다! 이 말코 놈은 내가 맡을 테니 너희들은 다른 문도들이나 도와줘라!"

어깨가 축 늘어진 타호쌍걸은 대적용의 명을 좇아 그 자리를 떠났다. 그들이 떠난 것을 확인한 대적용은 땅딸보 도사를 정면으로 바라보며 물었다.

"어이, 말코, 내가 누군지 알아보겠느냐?"

이런 난전 속에서 활을 병기로 휘두르는 무인은 좀처럼 찾아보기 힘들 것이다. 더구나 그 솜씨가 천하의 무당검법을 쩔쩔매게 만들 정도라면…….

땅딸보 도사가 버럭 소리쳤다.

"네놈이 바로 대적용이구나!"

대적용은 히죽 웃었다.

"말코가 눈은 제대로 달린 모양이구나. 그래, 우리 애들 데리고 놀기가 어떻더냐?"

땅딸보 도사도 입심이 센 편이었나 보다. 뜻밖에도 화를 내는 대신 싱글싱글 웃으며 이렇게 말하는 것이었다.

"오뉴월 엿가락처럼 말랑말랑하더구나. 평소에 잘 좀 가르치지 그랬느냐."

대적용도 지지 않았다.

"하기야 무당검법이면 애들 데리고 놀기에 딱 맞는 재주겠지."

땅딸보 도사가 송문고검을 들어 올려 대적용을 향해 까닥거렸다.

"어디, 애들 데리고 놀던 검법 맛 좀 보여 주랴?"

"바라던 바다!"

이 외침을 끝으로 길지 않은 신경전은 막을 내렸다. 다음 순서는 피와 살이 튀는 험악한 실전!

대적용의 신형이 땅딸보 도사를 향해 쭉 밀려갔다. 금작화세궁이 물푸레가지처럼 탄력 있게 휘어지며 땅딸보 도사의 허리를 휘감았다. 펼쳐지고 오므라듦이 자유로운 섭천삼십육로 상의 악수습촌惡獸襲村이 바로 이것이었다. 그 순간, 땅딸보 도사의 오종종한 얼굴에 엄숙한 기운이 감돌았다.

우웅-.

땅딸보 도사의 송문고검에서 낮은 진동음이 울렸다. 시퍼런 기운이 검의 호구護具 부분에서 뭉치는가 싶더니, 빠르게 소용돌이치며 검봉 쪽으로 뻗어 나왔다.

이 강인한 반격에 대적용은 뒤로 펄쩍 물러나며 고함을 질렀다.

"태청검기太清劍氣로구나! 넌 무당오검武當五劍 중 누구냐?"

태청검법은 무당파 안에서도 선택된 자들만이 익힐 수 있는 절학으로서, 장문인과 동배이거나 차기 장문인으로 내정된 제자에게만 허용된다고 했다. 희끗희끗한 머리카락으로 미루어 차기 장문인은 분명 아닐 테고, 그렇다면 무당파 장문인인 현학진인玄鶴眞人의 다섯 사제 중 하나라는 얘기인데, 세상에선 그들을 묶어 무당오검이라 불렀다.

"무당오검은 너 따위 마두가 입에 담을 이름이 아니다!"

땅딸보 도사는 호통을 터뜨리며 송문고검을 더욱 세차게 찔러 냈다. 그럴 때마다 뿜어지는 시퍼런 검기들은 대적용의 몸뚱이를 당장이라도 벌집으로 만들어 놓을 것 같았다.

그러나 대적용은 조금도 위축되지 않았다. 그는 오히려 대소를 터뜨리며 땅딸보 도사를 향해 달려들었다.

"으하하! 말코가 원숭이 발짓 한 가지 익혔다고 기고만장이구나!"

대소가 끝나기도 전, 섭천삼십육로의 절초들이 아홉 자 길이의 금작화세궁을 통해 폭포수처럼 쏟아져 나왔다. 찌르고, 찍고, 후리고, 얽는 현란한 변화들! 하지만 현란하다고 해서 가벼운 것은 결코 아니었다. 초식 하나하나에 실린 경력은 가히 배산도해排山倒海라, 급기야 태청검법의 강맹한 검기가 그 위세에 압도되어 조금씩 위력을 잃기 시작했다.

"오뉴월 엿가락처럼 말랑말랑하구나! 평소에 잘 좀 배우지 그랬느냐!"

대적용은 금작화세궁을 휘두르면서도 입을 멈추지 않았다. 기실 땅딸보 도사는 내공 면으로 보나 초식 면으로 보나 그의 적수가 되지 못했다. 태청검법이 비록 무당파의 수백 년 적공積功이 탄생시킨 희대의 절기라지만 땅딸보 도사의 화후는 기껏해야 오 성 내외였다.

상황이 이대로만 흘러간다면 대적용은 이십 초가 지나기 전에 땅딸보 도사의 머리통을 으깨 놓을 자신이 있었다. 그런데……

"물러서라!"

싸늘한 외침과 함께 한 줄기 날카로운 검기가 대적용의 측방을 급습해 왔다. 그 시기와 방위가 어찌나 절묘한지, 대적용은 눈살을 찌푸리면서도 땅딸보 도사에 대한 공격을 포기할 수밖에 없었다.

대적용은 옆으로 경중경중 물러난 뒤 자신을 공격한 자가 누구인지 찾아보았다. 그 장본인은 북풍한설 같은 냉기를 풀풀 날리는 초로의 도사였다.

"나는 무당의 현수玄修라고 한다."

묻지도 않았는데 카랑카랑한 목소리로 자신을 밝히는 도사. 후리후리한 키에 대나무처럼 꼿꼿한 허리가 말도 못 붙일 만큼 엄숙한 느낌을 안겨 주었다.

도사의 신분을 알게 된 대적용은 내심 긴장하지 않을 수 없었다. 무당오검의 둘째 현수라면 검도의 명문 무당파에서도 세 손가락 안에 꼽히는 절정 고수였다. 반쪽짜리 태청검법으로 우쭐

대는 저 땅딸보 도사와는 차원이 다른 진짜배기 검객인 것이다.

고고하고 오만한 성격에 걸맞게 산문 출입이 뜸하여 강호에선 그저 하늘 밖의 존재로만 인식되던 그가 이 혈우성풍血雨腥風의 아수라장에 모습을 드러내다니…….

"사형, 잘 오셨소! 저자가 바로 관산귀전 대적용인 것 같소. 우리 사형제가 힘을 합쳐 놈을 주살합시다."

궁지에서 벗어난 땅딸보 도사가 반색을 하며 외쳤다.

'무당오검의 둘이라…… 재미없게 되었군.'

비록 일시붕산을 연거푸 시전한 후유로 내공의 운용이 원활하지 않다고 하나 평소의 대적용이라면 결코 이런 약한 생각을 품지 않았을 것이다. 힘든 싸움일수록 더욱 뜨거운 투지를 불태우는 남자가 바로 대적용이기 때문이다. 그러나 지금 그의 어깨에는 책임져야 할 수많은 목숨들을 얹혀 있었다. 그는 절대로 그 목숨들을 가벼이 여길 수 없었다. 호기보다는 효율을, 투지보다는 냉철함을 발휘해야 하는 때인 것이다.

'어떻게 한다?'

그러던 참에 문득 떠오르는 기억이 하나 있었다. 얼음덩이를 후끈 달아오르게 만들 수 있는 기억이.

대적용은 회심의 미소를 지으며 현수에게 말을 걸었다.

"현수라면 들어 본 적이 있는 이름이군."

현수는 아무 대꾸도 없이 대적용을 노려보기만 했다.

대적용은 재미없다는 듯 텁수룩한 구레나룻을 손가락으로 북북 긁다가 불쑥 물었다.

"몇 년 전 일군장께 덤볐다가 손가락 세 개를 잃고 달아난 말코가 바로 너냐?"

역시 아무 대꾸도 돌아오지 않았다. 그러나 변화는 있었다.

현수의 전신을 통해 뿜어 나오는 냉기가 더욱 싸늘해진 것이다.

"어차피 너희 무당산의 말코들은 일대일로 우리 호교십군을 당할 수 없지. 둘도 좋고 셋도 좋다. 몽땅 덤비려무나."

대적용은 가슴을 활짝 펴고 두 도사를 향해 팔을 벌렸다. 누가 보아도 속이 훤히 들여다보이는 격장지계인데, 알면서도 넘어갈 수밖에 없는 것은 구름 낀 심산에 살면서도 결국 탈속하지 못하는 인간의 한계였다.

"사제는 다른 상대를 찾아라."

현수가 말했다. 말은 땅딸보 도사를 향한 것이나 날이 시퍼렇게 선 시선은 대적용의 얼굴에 단단히 고정되어 있었다.

"사형!"

"끼어들면 너부터 베겠다."

땅딸보 도사의 말허리를 자르는 현수의 목소리는 너무도 단호했다. 대적용은 짐짓 곤란하다는 식의 표정을 지었다.

"아서라, 몇 개 안 남은 손가락마저 잃으려고 그러느냐?"

현수는 말수가 적은 사람이었다. 때문에 말로써 분노를 표현하려 하지 않았다.

짜자작!

공기가 갈라지는 소리가 흡사 채찍 휘두르는 소리 같았다. 땅딸보 도사의 것과 비슷하게 생긴, 그러나 훨씬 무서운 검기를 동반한 송문고검이 대적용의 상반신 요혈 여섯 군데를 동시에 찔러 왔다.

"후회할 거다, 말코!"

대적용은 금작화세궁을 단단히 움켜쥐고 현수의 공격을 맞아 갔다.

구비영 九秘影

(1)

끼기긱!

고막을 후빌 듯한 날카로운 쇳소리와 함께 두 사내는 서로의 위치를 바꾸었다. 충돌의 정점에서 푸석한 흙먼지가 작은 소용돌이를 만들다 사그라졌다. 그렇게 다시 대치한 둘 사이의 거리는 삼 장. 그리 멀다 할 수 없는 공간을 사이에 두고 두 쌍의 시선이 소리 없이 얽혀 들었다. 활화산 같은 투지와 얼음장 같은 살기를 동시에 담고 있는 시선들.

이번까지 포함해 총 열여섯 합이었다. 그러나 처음과 달라진 것은 아무것도 없었다.

그중 한 사내, 강이환은 왼손을 슬쩍 들어 이마 앞으로 흘러내린 머리카락을 쓸어 올렸다. 손바닥에 묻어 나오는 진득한 땀방울은 지난 열여섯 합이 결코 녹록하지 않았다는 증거였다. 그는 서 있던 자리에서 다시 두 발짝을 물러선 뒤, 검을 아래로 늘어뜨렸다.

"사람들이 자네를 두고 그러더군. 팔자 늘어진 부잣집 도련님이라고. 나 또한 그렇게 생각해 왔네. 하지만 이제는 그 생각을 수정하지 않을 수 없군. 자네는 한 사람의 당당한 무인일세."

왕삼보가 고개를 갸웃거리다가 두 주먹을 슬쩍 모아 보였다.

"아까는 군자라더니, 지금은 당당한 무인이라……. 어쨌거나 잘 봐줘서 고맙소."

"지금이라도 늦지 않았으니 그 마굴에서 빠져나올 생각은 없는가? 자네 같은 젊은 영웅이 어둠을 벗어던지고 정도로 귀순한다면 강호의 모든 사람들이 쌍수를 들고 환영할 걸세."

이렇게 말하는 강이환의 얼굴에는 안타까워하는 기색이 가득했다. 왕삼보는 그런 강이환의 얼굴을 잠시 바라보다가 고개를 저었다.

"당신답지 않은 명청한 말이었소. 안 들은 걸로 하리다."

하지만 강이환은 집요했다.

"신앙 때문인가? 자네도 그들처럼 명존의 존재를 믿는단 말인가?"

"나는 무양문도이긴 하지만 백련교도는 아니오."

"그렇다면 왜? 자네 부친의 기업 때문에? 무양문의 위세를 이용해 상권을 더욱 확장하기 위해서인가?"

왕삼보는 피식 웃었다.

"당신은 생각이 너무 많구려. 내가 당신의 제안을 거절한 것은 신앙 때문도, 부친의 기업 때문도 아니오."

"하면 무엇 때문인가?"

"나는 무양문이 천하의 그 어떤 문파 못지않게 올바르다고
믿고 있소. 이것이 내가 무양문을 떠나지 않는 이유요."

이렇게 대답하는 왕삼보의 얼굴에는 사문에 대한 자긍심이
가득 차 있었다. 그것을 본 강이환은 실망스러운 기색을 감추지
않았다.

"서문숭이 자네에게서 선악을 판별하는 눈을 앗아 갔군."

왕삼보는 단호히 고개를 저었다.

"오히려 그 반대요."

강이환은 한숨을 쉬었다.

"솔직히 말해 자네만큼은 해치고 싶지 않네. 자네가 예뻐서
가 아니라, 자네를 해치는 것이 본 단의 향후 사업에 별로 득이
되지 않는다고 판단했기 때문이네."

왕삼보는 강이환의 말을 충분히 이해할 수 있었다. 그에게는
무양문 말고도 천하제일 거상이라는 막강한 후원자가 있었다.
돈이면 귀신도 부린다는데, 만일 그가 용봉단에 의해 해를 입
는다면 용봉단은 무양문 말고도 황금이라는 난적을 상대해야
하는 것이다. 강이환이 번거로움을 마다하지 않고 왕삼보를 회
유하려 애쓰는 이유도 바로 거기에 있었다. 하지만 여기는 생사
가 나뉘는 전장. 이해한다고 해서 무엇이 달라질까.

"방금 나를 한 사람의 무인으로 인정한다고 했소?"

왕삼보는 강이환의 대답을 기다리지 않고 내쳐 말했다.

"그렇다면 오직 무인으로 대해 주시오."

강이환은 왕삼보의 얼굴을 물끄러미 바라보다가 늘어뜨렸던
검을 중단으로 치켜들었다. 형산검문의 문주에게 대대로 물려
내려온 보검 소뢰宵雷가 하오의 햇살을 부드럽게 자르며 왕삼보
에게로 겨눠졌다.

"자네가 자초한 일이네."

왕삼보는 어깨를 으쓱거렸다.

"당신은 꼭 이긴 사람처럼 말하는구려."

"그렇게 들었다면 제대로 들었네."

강이환은 오른손의 손가락들을 가볍게 움직였다. 그러자 왕삼보의 인후를 겨누던 소뢰검이 검자루를 축으로 아래쪽으로 빙글 돌아갔다. 검신을 엄지 방향이 아닌 새끼 방향으로 하는 파지법把指法, 이른바 역검逆劍이었다.

"자네의 철필 공력은 분명 칭찬해 줄 만하지. 하지만 형산검문의 추뢰검법을 상대하기엔 아직 멀었어."

강이환의 오른손이 등 뒤로 천천히 돌아갔다. 그에 따라 소뢰검의 검날이 왕삼보의 시야에서 천천히 사라졌다. 그런 상태로 강이환은 양 무릎을 구부렸다. 도약 직전의, 한껏 눌러 놓은 용수철과도 같은 자세였다. 그 역동적인 기세에 눌린 듯, 두 사람 사이 삼 장 안팎의 거리가 기이하리만치 좁게 여겨졌다.

왕삼보는 바짝 긴장하지 않을 수 없었다. 형산검문의 추뢰검법은 그가 태어나기 훨씬 전부터 강호를 떨쳐 울린 절학 중의 절학이었다. 역검의 교묘함에 검을 숨긴 채 상대를 향해 질주하는 검객. 어느 순간 그 검객에게서 푸른 번갯불이 뿜어 나오면 상대는 검날을 제대로 보지도 못한 채 목숨을 잃고 마는 것이다.

문득 떠오르는 목소리가 있었다.

－강이환을 치러 간다고? 그렇다면 추뢰검법에 대해 알아 두지 않으면 안 되지.

출정 전야, 그를 따로 불러 충고하던 호교십군의 일군장 제갈휘의 목소리였다.

"시작해 볼까?"

접혀 있던 강이환의 무릎이 탄력 있게 펴졌다. 그 순간 강이환의 청포에 수놓인 황금색 용 문양이 왕삼보의 시야 안으로 경이로운 속도로 확대되어 왔다. 삼 장의 거리를 단숨에 지워 버리는 눈부신 질주!

'위험하다!'

왕삼보는 수중의 묵오철필을 가슴 앞으로 끌어 올리며 신형을 우측으로 날렸다. 이 반응은 매우 적절해 보였다. 그가 피한 방향은 강이환에겐 좌측, 등 뒤로 돌린 검을 쳐 내는 데 물리적으로 가장 긴 거리가 필요할 것이기 때문이다. 하지만…….

씨잉!

한 줄기 푸른 번갯불이 강이환의 좌후방으로부터 짧게 꺾여 나왔다. 왕삼보의 예상을 무참히 짓밟는, 도저히 튀어나올 수 없는 각도에서 검이 튀어나온 것이다.

"윽!"

화끈한 통증이 왕삼보의 왼쪽 옆구리를 파고들었다. 그나마 깊이가 얕았던 건 반사적으로 전개한 암류미종보暗流迷踪步 덕분인데, 그것만으로도 체액이 들끓는 듯한 열기가 느껴졌다.

왕삼보는 허겁지겁 물러서서 왼쪽 옆구리를 내려다보았다. 그의 의복 왼쪽 옆구리 부분이 한 뼘가량 벌어져 있었다. 단지 베이기만 했다면 이렇게 되지 않았을 터. 베임과 동시에 가장자리가 녹아 붙었기 때문에 물고기 아가미처럼 벌어진 것이다. 쾌속함에 감춰진 가공할 열기! 이것이 검왕의 검뢰대구식에 버금간다는 추뢰검법의 위력이었다.

-추뢰검법을 익히기 위해선 우선 소천기燒天氣라는 기공을 수련해야 한다네. 이름에서도 짐작할 수 있듯이 양강하기가 이루 말할 수 없는 기공이지. 소천기가 일정한 경지에 오르면 비로소 검법의 수련에 들어가는데, 그 첫 단계가 검에 소천기의 열양지력熱陽之力을 불어 넣는 일이라네. 이것을 모르고 상대했다간 검날에 당하기에 앞서 그 열기에 몸을 상하기 일쑤라고 하더군.

 십여 보 떨어진 곳에 몸을 세운 강이환이 왕삼보를 향해 돌아섰다. 어느새 바꿔 쥔 것일까? 푸른 신기를 토해 내는 소뢰검은 강이환의 왼손에 들려 있었다.

 -또 한 가지 주의해야 할 것이 있네. 추뢰검법이 화경에 이르면 양손을 자유자재로 사용할 수 있게 된다고 하네. 우수검이니 좌수검이니 하는 장애가 사라진다는 얘기지. 하지만 강이환이 그 경지에 도달했는지는 알 수 없군. 그의 부친도 오르지 못한 경지니까.

 강이환의 추뢰검법은 이미 화경에 이르러 있었다. 그러므로 직선 질주의 사각 따위는 처음부터 존재하지 않았던 것이다.
 "소감이 어떤가?"
 강이환이 물었다. 입술 끝에 매달린 미소는 강자만이 보일 수 있는 여유의 다른 표현이리라.
 "형산검문이 재건할 가치가 있는 문파라는 것을 알았소."
 왕삼보는 남을 평가함에 있어서 가감이 없는 사람이었다. 설령 자신의 목숨을 노리는 적이라 할지라도.

강이환이 활짝 웃었다.

"여태껏 들어 본 말 중 아내가 내 청혼에 승낙하던 말을 제외하면 가장 듣기 좋은 말이었네. 답례로 자네에게도 듣기 좋은 말을 들려주지. 내가 상대한 무양문의 마귀들 가운데 소천기를 운용한 추뢰검법을 사용한 것은 자네가 처음이라네. 자부심을 가져도 좋을 걸세."

"자부심이라⋯⋯."

왕삼보는 실소를 흘렸다. 듣기 좋은 말이라는 게 결국 자기 잘났다는 얘기였다. 그런데 바로 그 순간, 왕삼보는 뭔가 잘못됐음을 깨달았다.

'무양문 마귀들 가운데 내가 처음이라고?'

그렇다면 이번 출정의 직접적인 원인이 된 그의 사제 장민은? 장민의 시신에 난 흔적은 분명 소천기를 운용한 추뢰검법에 의한 것이라고 하지 않았던가!

"그럼 다시 시작해 볼까."

소뢰검이 강이환의 등 뒤로 사라졌다. 맹수가 다시금 발톱을 숨긴 것이다.

초가을 햇살은 아리도록 강렬하건만 그믐밤처럼 으스스한 기운이 두 사람 사이의 공간을 뭉클뭉클 채우기 시작했다. 그것은 한 치의 방심조차 허용되지 않는 음험한 살기였다.

'어떻게 된 거지? 저자가 아니라면 대체 누가 장 사제를 해친 것일까?'

의구심이 먹구름처럼 피어오르고 있었다. 왕삼보는 그러한 의구심을 떨쳐 버리기 위해 필사적으로 정신을 가다듬어야만 했다.

죽은 자에겐 어떠한 진실도 소용없었다.

지금은 저 보이지 않는 발톱 아래 살아남는 것이 우선이었다.

(2)

"몸뚱이가 근질거려 도저히 보고만 있을 수가 없구나!"

화공의 성공 이후 은신해 있던 바위 뒤에서 관전만 하던 이개는 더 이상 참지 못하고 전장을 향해 달려갔다.

"이가야, 우린 나서지 않기로 하지 않았느냐!"

함께 있던 과추운의 외침이 뒤통수에 실렸지만 이개는 들은 체도 하지 않았다. 나서지 않긴! 모조리 때려죽여도 시원치 않은 판국에!

오직 백도의 의기를 세우기 위해 반反무양문 대열에 동참한 과추운과는 달리, 이개는 무양문에 대해 바다처럼 깊은 원한이 있었다. 지금이야 혈혈단신 피붙이 하나 없는 그이지만, 육 년 전만 해도 그에겐 목숨처럼 아끼는 늦둥이 딸이 하나 있었다.

강호 물을 먹는 부친과는 달리 규중처자로 곱디곱게 자라 온 그녀.

천성이 순하여 부친의 말이면 무엇이든 복종하던 착하디착한 그녀.

하지만 육 년 전의 어느 날, 그녀의 입에서 사랑하는 사람이 생겼다는 말이 흘러나왔을 때, 이개는 놀라움이나 서운함에 앞서 불길한 예감에 몸을 떨고 말았다. 평소와는 다르게 자신의 눈을 똑바로 응시하는 딸에게서 부친의 허락을 바라는 수줍고 조심스러운 기대감 대신, 어떤 일이 있더라도 뜻을 관철시키겠노라는 결연한 의지를 발견했기 때문이었다. 그리고 불길한 예감은 어김없이 들어맞았다. 그의 딸은 백도인으로 평생을 살아온 그로선 절대로 허락할 수 없는 금단의 사랑을 키우고 있었던 것이다.

목숨처럼 아끼는 딸이 밝힌 첫사랑의 상대가 무양문의 마귀라니!

─안 된다! 절대로 허락할 수 없어!
─왜요? 백련교도라서요? 무양문 사람이라서요?
─너는 모른다. 놈들이 과거 무슨 짓을 저질렀는지 너는 몰라.
─그는 이제 스무 살밖에 되지 않았어요. 과거의 일과는 아무 상관도 없는 건실하고 착한 청년일 뿐이에요. 아빠, 제발…….
─아무리 어려도 마귀는 마귀다! 결국 똑같은 놈이 되게 돼 있어! 나는 내 딸이 마귀에게 시집갔다는 소리를 듣고 싶지 않아!
─결국 그것 때문인가요? 백도의 명숙으로 이름 높은 화인 이개의 딸이 무양문도의 아내가 되었다는 손가락질만큼은 절대로 받기 싫다는?
─애, 애야, 그게 아니다! 이 아빠는 네 장래를 염려해서…….
─듣기 싫어요! 듣기 싫단 말이에요!
─이년이!

처음으로 한 손찌검이었다. 그러나 옆으로 젖혀졌다가 되돌아온 딸의 얼굴엔 놀라울 정도로 담담한 표정이 떠올라 있었다.

─아빠가 허락하든 안 하든 나는 그이와 결혼하겠어요. 죽음도 우리를 갈라 놓을 수 없어요.

    분노를 견디지 못한 이개는 문을 박차고 달려 나갔다. 죽음도 갈라놓을 수 없다고? 그는 딸의 말을 절대로 믿지 않았다. 철부지의 풋사랑 따위는 여름철 콩국보다 빨리 변하는 법. 간교한 술수로 딸을 유혹한 그 새끼 마귀만 사라지면 딸은 다시금 예전의 곱고 착한 아이로 돌아올 것이다. 이개는 이렇게 확신하고 있었다.

    그날 밤, 이개는 인근 도회에 사는 새끼 마귀를 아무도 모르게 불러냈다. 사랑하는 여인의 부친이 강호인이라는 사실조차 모르던 새끼 마귀는 미래의 장인에게 큰절을 올리려다가, 그 미래의 장인이 다짜고짜 내리친 일 장에 뒤통수가 부서졌다.

    철저히 개인적인 이유로 저지른 살인.

    그것은 분명 악행이었다. 그리고 악행의 응보는 곧바로 돌아왔다. 다음 날 딸은 스스로 목숨을 끊음으로써 자신이 한 말을 실행에 옮겼다. 죽음도 그들을 갈라 놓지 못한 것이다.

    ―으아아아!

    딸의 주검 앞에서 이개는 광인처럼 괴성을 질렀다. 그는 죽고 싶었다. 그러나 죽을 수 없었다. 딸을 죽음에 이르게 만들었다는 죄의식보다 무양문에 대한 증오가 훨씬 컸기 때문이다.

    무양문만 없었다면! 백련교만 없었다면!

    "죽어라! 죽어!"

    이개는 미친 듯이 쌍장을 휘둘렀다. 그럴 때마다 이개에게 화인이라는 별호를 안겨 주는 데 큰 몫을 담당한 축융장祝融掌이 화마처럼 사방을 휩쓸었다. 제대로 맞으면 숯덩이, 단지 스치기만 해도 살이 익어 버리는 무시무시한 열기 앞에 무양문도들은 변변한 저항조차 하지 못하고 목숨을 내놓아야 했다.

"크하하! 정말 통쾌하구나!"

사람을 죽이는 것이 그렇게도 좋을까? 이개의 오종종한 얼굴엔 광기 어린 웃음이 떠나지 않았다. 그 형상이 백도에서 이름 높은 명숙이라기보다는 피에 굶주린 살인마에 가까웠다.

보다 못한 것일까? 전장 여기저기에 흩어져 싸우던 삼군과 오군의 간부 다섯이 노성을 터뜨리며 이개를 덮쳐 왔다. 개개인의 역량이 웬만한 문파의 장로에 뒤지지 않는 고수들이었으니 그 위세야 오죽할까. 그러나 살기의 노예가 된 이개로선 새로운 제물의 출현이 오히려 반가울 따름이었다.

"어서 오너라, 부나방들아!"

이개의 쌍장이 짝, 소리 나게 합쳐졌다가 떨어졌다.

부르릉!

고막을 먹먹하게 만드는 파공성과 함께 시뻘건 화염 기둥이 이개의 장심을 통해 뻗어 나왔다. 축융장이 극성에 이르지 않고선 결코 펼칠 수 없다는 충기성염衝氣成焱의 경지가 바로 이것이었다.

화아악!

이개의 정면에서 쇄도해 오던 두 사람이 화염에 휩싸였다. 무쇠도 녹일 듯한 무시무시한 열기는 그들의 의복과 살갗, 근육과 뼈, 그리고 생명마저도 순식간에 불살라 버렸다. 단말마조차 발할 여유가 없었으니 실로 무시무시한 위력이 아닐 수 없었다.

그사이 다른 방향에서 덮쳐 오던 세 사람이 이개를 향해 공세를 퍼붓기 시작했다. 코앞에서 동료의 죽음을 목격한 그들은 이미 이성을 잃은 상태였다. 수비를 도외시한 무지막지한 공세 앞에 이개의 작달막한 몸뚱이는 금세 넝마처럼 변할 것 같았다.

하지만 이개에게는 믿는 구석이 있었다. 그에게 화인이라는 명성을 안겨 준 또 하나의 요인, 경인할 화기가 바로 그것이었다.

"몽땅 불고기로 만들어 주마!"

위태로운 몸놀림으로 공세를 피하기에 급급하던 이개가 돌연 고함을 내지르며 세 사람을 향해 오른손을 휘저었다. 그 순간 세 사람의 눈이 왕방울처럼 부릅떠졌다. 소매 없는 조끼에 반바지, 저 단출한 차림 어디에 감추고 있었을까? 참으로 불가사의하게도 이개의 몸 어딘가에서 거대한 백색 그물이 튀어나온 것이다.

손오공을 사로잡은 신선의 소맷자락인 양, 백색 그물은 물결처럼 너울거리며 세 사람의 몸뚱이를 한꺼번에 가둬 버렸다. 그들의 얼굴에 공포의 빛이 떠올랐다. 이개를 아는 사람이면 누구나 이 백색 그물이 얼마나 무서운 물건인지 알고 있었다. 이름하여 분선망焚仙網. 일단 안에 갇히면 신선이라도 타죽지 않고는 못 배긴다는 화문지보火門之寶가 바로 이 물건의 정체였다.

다급해진 세 사람은 자신들을 덮어 오는 분선망을 향해 병기를 마구 휘둘렀다. 하지만 그러한 행동은 죽음을 재촉하는 몸부림에 지나지 않았다. 병기에 부딪친 분선망은 찢어지기는커녕 새파란 불꽃을 튀기며 작열하기 시작한 것이다.

"끄아악!"

세 사람이 한목소리로 외친 비명이 처절하게 울려 퍼지는 가운데 분선망은 그대로 커다란 화구火球로 변해 버렸다. 그것은 세 개의 목숨을 동시에 살라 버린 악마의 화구이기도 했다.

그 화구를 바라보는 이개의 눈알이 기름 막을 씌운 듯 번들거렸다. 통쾌하다! 너무 통쾌하다!

"이히히히!"

이개는 미친 듯이 웃어 대며 분선망을 마구 휘두르기 시작했다. 화염에 휩싸인 분선망이 허공을 빙빙 맴돌며 커다란 불수레바퀴를 만들었다. 그것을 무기 삼아 무양문도들을 닥치는 대로 후려치는 이개. 벌겋게 달아오른 그의 얼굴은 이미 지옥의 밑바닥에 사는 악귀의 그것처럼 변해 있었다.

"모두 타죽어라! 모두!"

광인처럼 날뛰는 이개의 모습은 무양문도들은 물론이거니와 친구인 과추운마저 섬뜩함을 느끼게 만들었다. 이개가 저렇게 변할 줄 알았기에 싸움에 직접 개입하는 일만큼은 피하려 한 것인데.

그러나 정작 이개 본인은 너무나도 통쾌해서 견딜 수가 없었다. 무양문의 마귀들을 마음껏 태워 죽일 수 있다. 이 얼마나 고대해 온 순간이던가! 옷이라도 훌훌 벗어 던지고 덩실덩실 춤추고 싶었다. 무양문도들을, 아니 천하의 백련교도들을, 아니 온 세상을 깡그리 태워 버리고 싶었다! 불! 불! 불이여!

퍽!

짧고도 선명한 파육음이 광기에 물든 이개의 정신을 번쩍 깨어나게 만들었다. 그러나 정신과는 반대로 전신에 들끓고 있던 활력은 썰물처럼 빠져나가고 있었다. 손아귀에 맥이 탁 풀리며, 움켜쥐고 있던 분선망이 긴 불꽃을 꼬리처럼 매단 채 멀리 날아갔다.

'가슴이 왜 이리 허전할까?'

이개는 시선을 천천히 아래로 내렸다. 그러고는 고개를 갸웃거렸다.

'어라?'

앞가슴을 내려다본 이개가 가장 먼저 받은 느낌은 생경함이었다. 지겨우리만치 오랜 세월 동안 지켜봐 온 가슴팍이 아니던가. 한데 거기에 절굿공이가 들락거릴 만큼 커다란 구멍이 뚫려 있다니!

깍!

그때 이개의 옆머리에 뭔가 단단한 것이 틀어박혔다. 주변에 있던 무양문도 중 누군가가 기회를 놓치지 않고 달려들어 한칼을 먹인 모양이었다. 소리로 미루어 두개골까지 박힌 것 같은데 신기하게도 전혀 아프지 않았다. 고통을 느끼는 모든 감각이 가슴팍에 뚫린 구멍을 통해 이미 빠져나간 모양이었다.

"이가야!"

과추운의 목소리가 들려왔다.

'어디지? 어디야?'

이개는 과추운이 있는 곳을 찾아 고개를 돌리려 했다. 그러나 척추의 윗부분이 통째로 사라져 버린 몸뚱이가 도통 말을 들으려 하지 않았다.

통나무처럼 뻣뻣이 넘어가는 이개의 몸뚱이를 누군가 받쳐 안았다. 땅거미 속을 헤매듯 침침해지는 이개의 시선으로 늙은 친구의 얼굴이 흐릿하게 담겼다. 잔뜩 구겨진 표정이 꼭 배추 이파리 같다는 생각이 들었다.

"안 돼! 죽지 마라, 이가야!"

과추운의 절규는 이개로 하여금 지금 자신이 처한 현실을 인식하게 만들었다.

'그렇구나. 내가 죽는 거구나. 하기야 가슴에 이런 구멍이 뚫리고도 안 죽으면 그게 더 이상하지.'

이개는 자꾸 흐려지려는 초점을 과추운의 얼굴에 맞추려 애썼다.

'과가야, 부탁이 있어.'

그런데 목소리가 나오지 않았다. 이건 정말 나빴다. 죽는 것보다 훨씬 나빴다. 과가 놈에게 꼭 할 말이 있는데…… 딸애 곁에 묻어 달라고 부탁해야 하는데…… 그래야 죽어서라도…….

공허하게 열린 이개의 눈동자가 그대로 굳어졌다.

"이가야!"

화인이라는 명예로운 이름으로 수십 년간 강호를 종횡해 온 이개. 그러나 죽음만큼은 여느 늙은이와 다를 바 없이 허망했다.

"대-적-용-!"

무당오검의 둘째, 현수 도장이 목이 터져라 노성을 내지르며 대적용을 향해 달려들었다. 늘 서리에 덮인 듯 싸늘하기만 하던 그의 얼굴도 이 순간만큼은 떨어지기 직전의 홍시처럼 시뻘겋게 달아올라 있었다. 하기야 어찌 흥분하지 않겠는가! 방금 이개의 가슴에 구멍을 뚫어 놓은 장본인이 다름 아닌 대적용, 자신이 상대하던 적일진대.

돌이켜 보건대 장장 팔십 합에 이르는 대적용과의 대결은 문자 그대로 난형난제, 누구도 꺾지 못하고 누구도 꺾이지 않는 백중의 국면이었다. 그러던 어느 때인가 대적용의 봉술이 별안간 맹수처럼 거칠어졌다. 톱니바퀴처럼 잘 맞물리던 공수의 호흡이 공격 일변도로 바뀐 것이다.

이른바 동귀어진同歸於塵, 함께 진토塵土로 돌아가자는 식의 공세 앞에 제아무리 담대한 현수라도 기가 질리지 않을 수 없었다. 검객이 어찌 죽음을 두려워하랴마는, 그 죽음을 대적용의 목숨으로 가름할 생각은 추호도 없었다.

손가락 세 개의 빚을 안겨 준 고검 제갈휘!

현수 본인의 목숨을 버리려면 최소한 그자의 목숨 정도는 취해야 하지 않겠는가!

현수는 서너 걸음 물러서며 검법을 방어 위주로 바꾸었다. 무당검법의 가장 큰 장점은 바로 면면부절綿綿不絕. 수준 차이가 크게 나지 않는 적을 상대로 안전만을 도모하고자 마음먹으면 한 시진이고 두 시진이고 얼마든지 버틸 자신이 있었다. 물론 그렇게 버텨 낸다면 시간은 그의 편이었다. 제풀에 지쳐 떨어진 대적용의 심장에 깔끔한 일 검을 찔러 넣기란 그리 어려운 일이 아닐 터이기에.

그런데 그것이 천추의 한이 될 줄이야!

대적용은 현수의 심중을 훤히 들여다보고 있었다. 그가 동귀어진을 불사하는 무모한 공세를 전개한 것은 다만 잠깐의 시간을 벌기 위해서였다. 불덩어리를 휘두르며 발광하는 이개에게 화살 한 대를 쏘아 보낼 시간을.

그리고 그의 금작시는 이개의 가슴을 여지없이 관통해 버렸다. 일개 화살이 아니라 절굿공이가 뚫고 지나간 것 같은 커다란 구멍을 남기고서.

"네놈이…… 네놈이 감히 이 선배를……!"

현수의 검은 더 이상 면면부절을 장기로 삼는 무당검이 아니었다. 대적용을 난도분시亂刀分屍해도 시원치 않다는 듯 일 검 일 검이 저돌적인 공세요, 맹렬한 살초였다.

반면 대적용의 움직임은 아까와는 딴판으로 차분해졌다. 어느새 시위를 풀고 부려 놓은 금작화세궁은 현수의 난폭한 공격을 철벽처럼 막아 내고 있었다.

겉보기에는 수세에 몰린 듯하지만 대적용으로선 오히려 반가운 일이라고 할 수 있었다. 냉정을 잃어버린 무당검법은 더 이상 두려움의 대상이 아니었다. 이개를 죽임으로써 현수를 흥분시켰으니 일전쌍조一箭雙鳥란 바로 이를 두고 나온 말이리라.

아나나 다를까, 열 합도 지나기 전에 현수의 검법에 파탄이 드러났다. 물론 그 파탄이라고 해 봐야 진실로 미미한 것이어서, 바늘 끝처럼 예리한 안력이 뒷받침되지 않고선 반격의 실마리로 이어 나갈 수 없었다. 하나 대적용으로 말하자면 명실상부한 천하제일 궁사가 아니던가. 안력이 뛰어나지 않다면 그것이 오히려 이상할 것이다.

씻!

바람을 가르며 뻗어 나간 날카로운 물체가 현수의 검법이 드러낸 파탄을 정확하게 비집었다. 오른쪽 겨드랑이를 파고든 따끔한 통증에 현수는 소스라치게 놀라 뒤로 물러섰다.

씻!

이번에는 목이었다. 둥글게 말리며 목을 휘감는 살기에 현수는 그 자리에 넙죽 주저앉았다.

확!

체면을 돌보지 않은 신속한 대응 덕분에 목은 무사할 수 있었지만, 현수의 머리에 얹혀 있던 무당파 장로의 엄숙한 도관道冠은 허리 잘린 무 신세가 되고 말았다. 가뜩이나 구겨진 체면은 이로 인해 더욱 구겨졌고, 현수는 그제야 비로소 자신을 노리는 물체의 정체를 확인할 수 있었다.

'시위?'

대적용의 금작화세궁, 그 끝에 달려 있던 천잠사天蠶絲를 꼬아 만든 활시위가 현수를 곤경에 빠뜨린 것이다. 병기의 한계를 초월한 이 자유자재한 변화가 섭천삼십육로의 진정한 강점이었다.

"굴러라!"

시위가 감고 지나간 정수리는 아직도 선뜩한데, 금작화세궁의 금빛 그림자가 바로 그 부위를 향해 수평으로 휘둘려져 오고 있었다. 정수리가 터져 나가기 싫으면 좋든 싫든 흙바닥을 데굴데굴 구를 수밖에 없었다. 강호인들이 나려타곤懶驢打滾이라 부르는, 무당오검의 체면으로는 차마 입에 담기에도 민망한 도생圖生의 수법이었다.

게으른 당나귀처럼 흙바닥을 몇 바퀴 구른 뒤에야 몸을 일으킨 현수는 참을 수 없는 분노와 자괴감으로 전신을 와들와들 떨어야만 했다.

그 모습을 본 대적용이 딱하다는 듯이 말했다.

"그러기에 뭐랬느냐? 후회할 거라고 하지 않았느냐."

빠드득!

현수는 두통이 생길 만큼 거칠게 이를 갈았다. 퉁방울처럼 부릅뜬 두 눈은 당장이라도 얼굴 밖으로 튀어나올 것 같았다.

사실 승부는 결정 났다고 봐도 무방했다. 오른쪽 겨드랑이에 입은 상처는 비록 바늘구멍 크기에 불과했지만, 그 깊이는 근육을 지나 뼈에 이르러 있었다. 우수검을 쓰는 검객에게는 심장을 뚫린 것만큼이나 치명적인 부상이 아닐 수 없었다.

그러나 현수는 이대로 물러설 수 없었다. 그는 비무를 한 것이 아니었다. 패배를 담백하게 받아들이기엔 혈관 속을 치달리는 적개심이 너무 뜨거웠다.

그때였다.

"이 싸움, 내가 맡으면 안 되겠는가?"

생명을 구성하는 중요한 무엇인가가 빠져나간 듯한 표정. 터덜터덜 걸어 현수와 대적용 사이로 끼어든 과추운은 바로 그런 표정을 하고 있었다.

"빈도는 아직 패하지 않았소이다."

과추운이 현수를 바라보았다.

"이가 놈과 나는 오십 년이 넘게 사귄 친구였네."

과추운의 목소리엔 슬픔이나 노여움을 포함한 어떤 종류의 감정도 담겨 있지 않았다. 누군가 저런 목소리로 어떤 요구를 할 때는 쉽사리 거절할 수 없었다. 무당오검의 둘째 현수는 비록 인간에 대해 달통한 현자까지는 아니지만, 그 정도는 알고 있었다.

"알겠소이다."

현수는 송문고검을 거두며 뒷전으로 물러났다.

과추운의 시선이 비로소 대적용에게로 향했다. 목소리만큼이나 허허로운 시선이었다.

대적용은 눈앞의 노인이 누구인지 알고 있었다. 기문奇門이라 하여, 천하에는 상식 밖의 괴상한 물건을 병기로 사용하는 강호인들이 심심찮게 있었다. 수바늘이나 비녀 같은 규중지물에서 붓, 서진 따위의 문방제구, 심지어는 거문고나 비파 같은 악기들까지도 누군가의 손에선 무시무시한 병기로 변하는 것이다. 그러나 무쇠로 만든 바둑판을 병기로 쓰는 인물은 천하에 오직 한 사람뿐이었다. 바로 과추운. 강호오괴의 일인자.

"좋은 솜씨였네. 이가 놈이 꼼짝 못 하고 당할 만큼."

과추운의 칭찬 아닌 칭찬에 대적용의 얼굴에 일순 그늘이 드리웠다. 그러나 그는 곧 가슴을 활짝 폈다.

"정당함과 비겁함을 논할 상황이 아니었소."

이개를 암사暗射한 데에 대한 항변인데, 뜻밖에도 과추운은 대적용의 항변을 선선히 인정해 주었다.

"맞는 말이네. 지금은 그런 상황이 아니지."

그럼에도 마음이 개운해지지 않는 것은 무슨 까닭일까? 대적용은 입술을 꾹 깨물더니 금작화세궁을 들어 과추운을 똑바로 겨누었다.

"정당한 대결을 원한다면 상대해 드리리다."

과추운은 자신을 향해 창끝처럼 겨눠진 금작화세궁의 끄트머리를, 그곳에 장식된 금빛 까치를 물끄러미 바라보다가 물었다.

"정말로 정당한 대결을 할 용의가 있는가?"

"그렇소."

"그렇다면 규칙이 필요하겠지."

"규칙?"

과추운은 대답 대신 몸을 돌리더니 앞으로 걸어갔다. 그의 앞길에서 아귀다툼을 벌이던 사내들 몇이 그가 휘두른 넓은 소매에 휘말려 멀리 나동그라졌다. 그렇게 걸어간 거리가 정확히 삼십 보.

과추운은 대적용을 향해 몸을 돌린 뒤 등에 짊어지고 있던 무쇠 바둑판을 끌러 오른손에 쥐었다.

"섭천삼십육로가 천하의 절기라는 얘기는 들어 아네만, 관산 귀전에겐 아무래도 궁술이 제일 아니겠나?"

대적용은 대답 없이 듣기만 했다.

"지금부터 그리로 가겠네. 내게 그 궁술을 보여 주게."

두 사람이 하는 양을 지켜보던 현수가 대경하여 외쳤다.

"과 시주, 무모한 짓이외다!"

하지만 과추운은 뜻을 굽히지 않았다.

"이렇게 하지 않으면 저자를 죽여 봤자 이가 놈이 그리 기뻐하지 않을 것 같군."

"하지만······."

"말리지 말게나."

이것이 강호를 반백년 동안 주름잡은 기광 과추운의 기백이었다. 이미 국외자가 되어 버린 현수는 입을 다물 수밖에 없었다.

그런 과추운을 보며 대적용은 감탄과 동시에 승부욕을 느꼈다.

관산귀전의 궁술을 시험하는 것은 자살행위나 다름없다는 세간의 평을 저 기백 넘치는 노인에게 똑똑히 가르쳐 주고픈 뜨거운 승부욕!

그 승부욕이 대적용을 토벌대의 주장에서 한 사람의 남자로, 나아가 한 사람의 무인으로 바꿔 놓았다. 남자와 남자, 무인과 무인이 펼치는 정당한 대결에 구구한 계산은 필요 없었다.

대적용은 금작화세궁에 시위를 걸었다. 보통 사람은 구부리지도 못한다는 억세기 짝이 없는 활이 그의 손놀림 한 번에 노류장화의 허리만큼이나 부드럽게 휘어지고 있었다. 오른손을 어깨 너머로 돌려 전통의 뚜껑을 연 그는 과추운을 향해 고개를 끄덕였다.

"나는 준비가 되었소."

"그럼 가네."

이 말과 함께 과추운이 한 걸음을 내디뎠다. 그 순간 대적용은 자신의 눈을 의심하지 않을 수 없었다. 단지 한 걸음을 내디뎠을 뿐인데 과추운의 신형이 시야 전체를 채우듯 확대되어 온 것이다. 온 세상이 과추운 한 사람으로 꽉 들어차 버린 듯한 압박감이 그를 짓누르기 시작한다. 이것은 특정한 무공의 소산이 아니었다. 심후한 내공과 충만한 투지, 거기에 수많은 대전 경험을 통해 쌓은 노강호의 자신감이 한순간에 발출되는 과정에서 나타난 현상이었다.

그러나 그 일 보로 위축되기엔 천하제일 궁사로서의 자부심이 너무도 강한 대적용이었다.

팡!

폭음 같은 파공성을 매단 채 한 대의 금작시가 허공을 갈랐다. 빗살을 방불케 하는 이 쾌전快箭 앞에 삼십 보의 거리란 아무런 의미도 가질 수 없었다.

삼십 보를 순식간에 뛰어넘은 금작시가 과추운의 주름진 미간을 꿰뚫었다. 아니, 꿰뚫은 것처럼 보였다. 만일 금작시에 꿰뚫리기 직전 과추운의 어깨가 가볍게 흔들리지만 않았던들, 남다른 안력을 가진 대적용조차도 그렇게 믿었을지 모른다.

'잔상?'

대적용의 눈이 실처럼 가늘어졌다. 첫 번째 금작시가 꿰뚫은 대상이 과추운의 실체가 아님을 알아차린 것이다.

그것을 확인시켜 주려는 듯, 과추운의 자주색 태극 도포가 처음 위치에서 우전방으로 세 자쯤 떨어진 장소에서 흡사 종이에 번지는 먹물처럼 모습을 드러냈다. 하지만 이 현신現身도 그리 오래가지는 않았다. 대적용의 시선이 그리로 향했을 때 과추운의 신형은 또 한 번 뿌연 잔상으로 흩어지고 있었으니, 이것이 바로 기광 과추운이 자랑하는 잠인행潛人行의 보법. 인간의 한계를 초월하는 속도로 이동과 정지를 반복함으로써 보는 이의 눈을 현혹시키는 절정의 운신술이었다.

제아무리 안력에 자신 있는 대적용이라도 짧은 시간에 잠인행의 허실虛實을 구분하기란 쉬운 일이 아니었다. 과추운의 움직임은 그만큼이나 신비스러웠다.

'그렇다면!'

대적용은 입술을 질끈 깨물었다. 다음 순간, 그의 오른손이 전통과 금작화세궁의 시위 사이를 번개같이 오가기 시작했다. 잠인행을 잡기 위한 그의 비책은 단발이 아닌 연사. 잔상이란 곧 과거의 실체였다. 숨 쉴 틈 없는 속사速射로 잔상을 추격하다 보면 결국에 가서는 실체를 잡게 되리라는 것이 그의 복안이었다.

파—파—파—파—팡!

찰나라 해도 좋을 만한 극미한 시차를 두고 시위를 떠난 금작시들은 과추운이 만들어 내는 자줏빛 잔상들을 생기는 족족 무無로 돌려보냈다. 횟수가 거듭될수록 잔상이 세상에 존재하는 시간이 점점 줄어드는 것은 대적용의 속사가 과추운의 운신을 압도하고 있다는 증거였다.

그러나 줄어드는 것은 잔상의 수명만이 아니었다. 두 사람 사이에 존재하던 거리 또한 점차 줄어들고 있었다. 삼십 보에서 이십 보로, 다시 십오 보, 십사 보, 십삼 보…….

그러므로 이것은 소진消盡의 승부였다.

잔상의 수명이 먼저 소진되면 대적용이 이기는 것이요, 두 사람 사이의 거리가 먼저 소진되면 과추운이 이기는 것이다.

'물러나면서 쏠까?'

본능이라고 할 수 있는 유혹이 대적용의 마음을 흔들었다. 관산귀전의 궁술은 이동 중이라고 느려지지도, 정확도가 떨어지지도 않았다. 게다가 과추운의 전진 속도는 그리 빠른 편이 아니었다. 일직선으로 치고 들어온다면 잔상 따위는 무의미할 터. 조준을 혼란시키기 위해선 어쩔 수 없이 좌우로 비껴 내딛으며 전진할 수밖에 없었던 것이다. 그런 과추운을 상대로 뒤로 물러나며 거리를 유지하기란 그리 어렵지 않은 일일 터.

그러나 대적용은 그런 유혹을 결연히 이겨 냈다. 이것은 두 사람의 합의하에 이루어진 정당한 대결이었다. 처음 과추운으로부터 사격에 충분한 거리를 제공받았을 때, 대적용의 발꿈치 뒤에는 절대로 넘어가서는 안 되는 마음의 금이 그어진 셈이었다. 그 금을 넘어간다면 두 번 다시 당당한 무인임을 자부할 수 없을 것 같았다.

그러므로 대적용이 취할 길은 결국 하나. 금 안에서 과추운을 잡아내는 것뿐이었다.

전통을 오가는 대적용의 손길이 더욱 빨라졌다. 그에 호응하듯 과추운의 잔상이 생멸하는 주기도 더욱 빨라졌다. 그러던 어느 순간…….

껑!

요란한 금속성이 대적용의 전방 십 보 거리에서 터져 나왔다. 대적용이 쏜 금작시가 마침내 잔상이 아닌 실체에 적중된 것이다.

'잡았다!'

한 줄기 전율이 대적용의 척추를 따라 치달렸다. 전신에 소름이 쫙 돋을 만큼 강렬한 전율이었다. 그럴 수밖에 없었다. 스스로 정한 마음의 금을 벗어나지 않은 상태에서 잠인행의 극묘한 변화를 따라잡았으니까.

그러나 대적용은 두 가지 중대한 사실을 간과하고 있었다.

첫째, 화살이 인간의 몸뚱이에 꽂힐 땐 절대로 저런 소리가 울리지 않는다는 점. 그리고 둘째, 아무리 바둑에 미친 인물이라도 항상 바둑판을 들고 있으라는 법은 없다는 점.

간과해서는 안 되는 사실을 간과한 대가는 즉시 돌아왔다.

금작시를 복판에 꽂은 무쇠 바둑판이 아무런 저항 없이 후방으로 쭉 밀려가는 광경을 보았을 때, 대적용의 머리는 얼음물을 뒤집어쓴 것처럼 싸늘해지고 말았다. 일격필살의 집중력이 부족한 속사가 아니던가. 아무런 지지대 없이 허공에 떠 있는 물체가 아니라면 저렇듯 맥없이 위로 날아갈 리는 없었다. 이 상황을 설명해 줄 수 있는 것은 오직 하나였다. 이른바 금선탈각金蟬脫殼, 매미는 껍질을 벗어 놓고 다른 곳으로 가 버린 것이다!

당혹감에 물든 대적용의 시선 속으로 과추운의 자줏빛 도포가 와락 밀려들었다. 이제까지의 운신과는 판이하게 다른 직선적이고도 쾌첩한 진격이었다.

'아뿔싸!'

실기했다는 자각에 내심 탄식을 터뜨리면서도, 대적용은 또 다른 금작시를 장전하기 위해 오른손을 움직이고 있었다. 그가 이 절체절명의 순간에서도 오로지 궁술만을 고집하는 이유는, 그것이 이 대결에 전제된 또 다른 마음의 금이기 때문이었다.

전통을 빠져나온 금작시의 오늬(화살을 시위에 걸도록 에어 낸 부분)가 시위에 걸렸다. 대적용의 평생을 통틀어 이보다 빠른 장전은 존재하지 않았을 것이다.

푹!

시위를 떠난 금작시는 일직선으로 진격해 온 과추운의 왼쪽 가슴에 정확히 박혔다. 왼쪽 가슴이 누구에게나 치명적인 요처임은 말할 필요도 없을 터. 심장을 화살에 뚫리고도 살아남을 사람은 존재하지 않았다. 그러나…….

"읍!"

억세게 다물린 대적용의 입술을 비집고 시뻘건 선혈이 주르륵 흘러내렸다.

"자네가 졌네."

과추운은 대적용의 명치에 붙인 우장을 떼어 내며 조용히 말했다. 그의 왼손은 자주색 도포의 왼쪽 가슴에 박힌 금작시의 중동을 단단히 움켜잡고 있었다.

관산귀전이 쏜 화살을 맨손으로 잡는다는 것은 천하에 다시 없는 고수라도 바라기 어려운 일이지만, 발사와 동시라면, 그래서 화살이 궁신弓身을 완전히 벗어나기 전이라면 과추운 정도 되는 사람에겐 충분히 가능했다.

금작시가 발사된 순간 두 사람 사이의 거리는 불과 이 보. 발사와 동시에 중동을 잡힌 금작시는 과추운의 가슴 근육을 한 치쯤 뚫고 들어가는 데 그쳤고, 과추운은 활짝 개방된 대적용의 명치에 일 장을 때려 넣을 수 있었다. 생사의 거리 삼십 보를 무대로 펼쳐진 이 무시무시한 대결을 마무리할 수 있는 회심의 일 장을.

털썩!

금작화세궁이 대적용의 발치에 떨어졌다.

"컥!"

그와 동시에 대적용은 한 사발에 가까운 핏덩이를 토해 내며 몸을 휘청거렸다. 그의 흉강을 보호하던 갈비뼈들은 남김없이 부러졌고, 그 안의 내장 또한 철저히 뭉개진 뒤였다.

그러나 대적용은 최후의 힘을 짜내어 휘청거리는 신형을 바로잡으려 애썼다. 그는 호교십군의 일원이었고, 호교십군은 인간이기 이전에 교단을 지키는 수호신이었다. 수호신은 나약한 모습을 보여서는 안 된다, 설령 죽음 앞에서도.

대적용이 핏물에 물든 입술을 열었다.

"정당한 대결이었소. 그렇지 않소?"

"그리고 내 평생 가장 위험한 대결이었네."

이것은 과추운의 솔직한 심정이었다. 최후의 금작시는 아직도 그의 왼쪽 가슴에 살촉을 밀어 넣은 채 덜렁거리고 있었다. 만일 두 사람 사이의 거리가 일 보만 더 떨어져 있었던들, 그의 심장은 무사할 수 없었을 것이다.

"이길 수 있다고 믿었는데…… 내가 축배를 너무 빨리 들었나 보구려."

대적용이 투덜거렸다.

승부의 분수령은 금작시가 무쇠 바둑판을 맞춘 때였다. 그때 대적용이 조금만 더 냉정했더라면, 상대의 접근을 이처럼 간단히 허용하지는 않았을 것이다. 물론 과추운이 시도한 금선탈각의 수법도 그의 의표를 찌르는 기발한 것이었지만, 패인은 무엇보다도 대적용 본인의 흥분이었다. 일생일대의 강적인 기광을 잡았다는 흥분. 그 흥분이 대적용을 나락으로 떨어트린 것이다.

"싸움은 끝났소. 과 노인께선 이제 친구의 복수를 하시오."

대적용이 말했다. 그 복수의 대상이 남이라도 되는 양 무덤덤한 기색이었다.

"물론 그래야겠지."

과추운은 대적용을 향해 우장을 치켜 올렸다. 대적용은 마땅히 죽여야 할 원수인 동시에 존중받을 가치가 있는 당당한 무인이었다. 깨끗한 죽음을 내리는 것만이 두 가지를 함께 충족시키는 일이리라.

"남길 말은?"

과추운의 질문에 대적용의 피 묻은 입가에 희미한 미소가 떠올랐다. 마음의 금을 넘어가지 않고 떳떳하게 싸운 자, 그래서 여한이 없는 자만이 지을 수 있는 미소였다.

"없소."

과추운의 우장이 아래로 떨어졌다.

퍽!

(3)

곤륜지회가 탄생시킨 천하오대고수 중 한 명이자 남패 무양문의 문주인 서문숭은 평생을 통틀어 세 명의 제자를 거두었는데, 그의 양자이자 차기 무양문주로 내정된 서문복양西門福陽이 첫째요, 북경의 천하제일 거부 왕고의 아들 왕삼보가 둘째요, 얼마 전 싸늘한 시신으로 돌아온 장민이 셋째였다.

언젠가 몇몇 수뇌들과 가진 연석에서 이들 사형제의 장점을 묻는 누군가의 질문에 서문숭은 이렇게 대답했다.

─세 아이가 같은 수의 병력을 가지고 서로 겨룬다고 가정해 보지. 그러면 그 수가 얼마냐에 따라 승부의 향방이 달라질 걸세. 수가 많으면 많을수록 첫째가 이길 가능성이 높아지지. 왜냐하면 첫째는 전체를 통찰하여 이끄는 지휘력이 남다르거든. 반면 수가 적으면 적을수록 셋째에게 유리할 걸세. 셋째에겐 소

규모 전투에서 빛을 발휘하는 야수 같은 순발력이 있기 때문이라네. 하지만 만일 승부가 곧바로 결판나지 않고 장기전으로 돌입한다면, 난 병력의 규모와 무관하게 둘째에게 걸겠네. 둘째는 한마디로 거머리지. 여태껏 그 아이보다 끈질긴 녀석은 본 적이 없다네.

 서문숭의 평은 정확했다. 강이환의 눈에 비친 왕삼보는 사람이라기보다 지독한 거머리였다. 그 거머리를 향해, 이제는 몇 번째인지 기억조차 할 수 없는 검초를 쳐 내는 강이환의 얼굴은 땀으로 범벅이 되어 있었다.
 슉!
 소뢰검의 검신을 따라 바람 빠지는 듯한 음향이 미끄러졌다. 형산검문의 일백 년 적공이 담긴 추뢰검법은 이번에도 어김없이 목표를 벗어나지 않은 것이다. 그러나 강이환의 표정은 전혀 밝아지지 않았다. 검자루를 통해 전달된 느낌으로부터 이번 공격의 성과 또한 그리 만족스럽지 못하다는 사실을 알아차렸기 때문이다.
 질주하던 기세 그대로 전방으로 나아가는 강이환을 향해 일진의 경풍이 밀려들었다. 경풍의 매서움은 둘째 치고, 베인 주제에도 꼬박꼬박 반격을 시도하는 상대의 끈질김 앞에는 제아무리 담대한 강이환이라도 질리지 않을 수 없었다.
 오른손에 쥐고 있던 소뢰검이 물 흐르듯 왼손으로 옮아갔다. 좌후방에서 밀려온 경풍이 짧게 끊어 쳐 내는 양강의 검기에 휘말려 허공으로 흩어졌다. 강이환의 풍부한 대전 경험을 보여 주는 적절한 대응이라 할 터인데, 왕삼보의 반격 또한 단발로 그친 것이 아니었다. 개구리처럼 무릎을 움츠려 소뢰검의 검로 아래로 재빨리 파고든 왕삼보는 어느 순간, 용수철처럼 몸을 튕기며 철필을 일곱 차례나 연속으로 찔러 낸 것이었다.

파파파파파파파—.

강이환으로 말하자면 일류를 자부할 수 있는 검객이었다. 비록 쳐 낸 소뢰검을 완전히 회수하지는 못했지만 공격권 안에 들어온 왕삼보의 머리통을 쪼개 놓기란 그리 어려운 일이 아니었다. 문제는, 그러려면 자신 또한 목숨을 내놔야 한다는 데 있었다. 그게 싫다면 수비를 우선할 수밖에 없었다.

챙! 채채챙!

고막을 찢을 듯한 쇳소리가 연속적으로 울려 퍼지는 가운데 두 사람의 신형이 합쳐졌다가 떨어졌다. 그 과정에서 강이환은 왕삼보의 팔뚝과 허벅지에 각각 하나씩의 검상을 새겨 놓았지만, 그 대가로 왼쪽 옆구리에 손바닥만 한 멍 자국 하나를 얻고 말았다.

재빠른 발놀림으로 칠팔 보 물러선 강이환은 쓰게 웃으며 왕삼보에게 물었다.

"아프지 않은가?"

왕삼보가 반문했다.

"당신이 보기에 어떨 것 같소?"

"아플 것 같네."

"바로 보았소."

왕삼보의 전신엔 이미 삼십 군데가 넘는 상처가 빽빽이 새겨져 있었다. 대부분 피륙을 베인 것에 불과했지만 개중엔 제법 깊은 것도 찾아볼 수 있었다. 그 모두 추뢰검법이 남긴 작품들이 분명하다면, 하나하나가 자상인 동시에 열상일 테니 어찌 아프지 않겠는가.

반면에 강이환은 입고 있는 청포가 흠뻑 젖을 만큼 땀을 많이 흘렸다는 점 외에는 별다른 피해를 입지 않았다. 물론 왕삼보의 철필에 몇 군데 얻어맞기는 했지만 운신에 지장을 줄 정도는 아니었으니, 형세의 유불리가 한눈에 드러나는 셈이었다.

"그런데도 포기하지 않겠다는 건가?"

강이환이 묻자 왕삼보는 왼손을 들어 자신의 목을 가리켰다.

"내가 포기하는 걸 보고 싶다면 여기를 정확하게 베시오."

대충은 예상한 대답이지만 그래도 강이환은 짜증이 솟구쳤다. 용봉단의 운명이 걸린 전투가 이곳에서 불과 일 리 떨어진 곳에서 벌어지고 있는데 정작 단주인 자신은 왕삼보 한 사람에게 한 시진 가까이 발목이 잡혀 있는 것이다.

처음에는 왕삼보를 회유하려는 마음에서, 다음에는 추뢰검법의 고명함을 과시하고픈 마음에서 살상보다는 제압을 염두에 두고 싸워 온 것은 사실이었다. 때문에 추뢰검법 중에서 가장 무서운 수법만은 펼치지 않았다. 하지만 꺾일 듯 꺾일 듯 꺾이지 않고 오뚝이처럼 되살아나는 왕삼보의 끈질김에 이제는 마음을 바꾸지 않을 수 없었다. 지독한 거머리를 잡기 위해선 그 이상으로 지독해지지 않으면 안 되는 것이다.

"정녕 목을 쳐 달라 이거지?"

강이환은 이빨 사이로 씹어뱉듯 음울하게 중얼거렸다.

왕삼보가 대답 대신 히죽 웃었다. 그 웃음을 보는 것마저도 이제는 지긋지긋했다.

"바라는 대로 해 주지."

강이환은 왕삼보와의 거리를 유지한 채 오른쪽으로 다섯 걸음 이동했다. 어느덧 서쪽으로 부쩍 기울어진 태양을 등에 질 수 있는 위치인 동시에, 이 지겨운 싸움을 마무리할 최후의 질주를 보장받을 수 있는 위치이기도 했다.

그런 점을 모를 리 없건만, 왕삼보는 못 박힌 듯 우두커니 선 채로 강이환을 좇아 신체의 방향만을 바꾸고 있었다.

강이환의 시선이 왕삼보의 하체로 향했다.

'다리를 떨고 있군.'

피와 땀으로 흠뻑 젖어 피부에 찰싹 달라붙은 왕삼보의 하의 는 무릎 관절의 미세한 떨림을 감춰 주지 못했다. 그것은 현재 왕삼보의 몸 상태를 보여 주는 단적인 증거였다. 연속된 부상 과 누적된 피로 앞에선 아무리 지독한 거머리도 별수 없는 것 이다. 저런 몸으로 제뢰취북두諸雷聚北斗를 막는 것은 절대로 불 가능한 일.

'이번 공격으로 놈을 벤다!'

살심이 확고해진 이상 길게 끌고 갈 생각은 없었다.

소천기의 충만한 양강진기가 강이환의 혈관을 따라 도도하게 치달리기 시작했다. 추뢰검법의 정화라 할 수 있는 제뢰취북두 를 펼치기 위해선 그로서도 전력을 쏟아붓지 않으면 안 되었다.

왕삼보를 향한 자세가 더욱 낮아지고, 양손은 날개 치는 맹 금처럼 등 뒤로 돌아갔다. 그 모습이 흡사 부러지기 직전까지 당겨진 활을 보는 듯했다.

"하앗!"

골짜기를 쩌렁 울리는 우렁찬 기합과 함께 강이환의 두 발꿈 치 뒤에서 흙먼지가 확 피어올랐다. 이름 그대로 번개조차 따라 잡는다는 추뢰검법의 눈부신 질주가 또 한 번 시작된 것이다. 거의 엎드리다시피 한 가슴과 지면의 거리는 불과 두 자. 폭발 적으로 불어나는 기세와 속도는 그를 한 대의 거대한 화살로 바 꿔 놓았다.

왕삼보의 얼굴이 강이환의 동공 속으로 뛰어들 듯 확대되었다. 건실하고 후덕해 보이는 얼굴, 하지만 잠시 후면 몸통에서 떨어져 흙바닥을 뒹굴 얼굴이었다. 다음 순간 등 뒤의 소뢰검이 눈부신 속도로 전방을 향해 튀어 나갔다.

정물처럼 자리를 지키던 왕삼보가 입술을 깨물며 허리를 틀었다. 그러나 극성의 추뢰검법은 눈으로 보고서 피할 수 있는 성질의 것이 아니었다.

췻!

강이환이 왕삼보를 스쳐 지나갔다. 왕삼보의 왼쪽 어깨에서 뿜어 나온 핏물이 허공에 한 자 가까운 혈선을 만들었다. 근육만이 아니라 뼈의 일부까지 잘라 버린 확실한 일격이었다.

질주가 만들어 낸 무형의 와류가 혈선의 곧은 궤적을 괴이한 모양으로 일그러뜨렸다. 그렇게 일그러진 혈선이 개개의 핏방울들로 점점이 끊어지는 데 걸린 시간은 실로 짧았지만, 강이환은 그때 이미 왕삼보를 향한 역주를 시작하고 있었다.

몸을 멈추는 것만으로도 부족한 시간에 정반대로 질주해 올 수 있다니!

도무지 관성이란 걸 인정하지 않는 몸놀림이 아닐 수 없었다. 이것이 바로 추뢰검법의 정화인 제뢰취북두였다. 목표물의 숨통이 끊어질 때까지 연속적으로 이어지는 추뢰의 질주!

취릿!

왕삼보는 이번에도 제대로 피하지 못했다. 그의 오른쪽 옆구리가 쩍 벌어졌다. 조금 전의 일격에 못지않은 성공적인 타격이었다.

"흐읍!"

왕삼보가 참지 못하고 토해 낸 신음을 뒤로 흘리며 강이환은

세 번째이자 최후의 공격을 준비하고 있었다. 지면을 찍은 소뢰
검의 검봉을 축으로 질주의 방향을 순간적으로 전환하는 운신
술은 너무도 간단해 보여 마치 제자리에서 몸을 돌리는 것 같은
착각이 들 정도였다. 그러나 그 간단해 보이는 운신술을 구현하
기 위해 강이환은 두 발바닥이 수없이 갈라지는 고통을 감내해
야만 했다. 육합전六合轉이라 이름 붙인 그 운신술이 바로 제뢰
취북두의 요체이기 때문이다.

　싸움의 끝을 향한 추뢰의 세 번째 질주가 시작되었다. 상대
가 바라는 바대로 이번에는 정확하게 목을 벨 작정이었다.

　바로 그때 왕삼보의 두 발이 지면에서 동시에 떨어졌다. 제
뢰취북두의 공격이 시작된 뒤, 그가 처음 시도하는 위치 이동이
었다. 낮게 치고 들어오는 공격을 높이 뛰어서 피해 보려는 의
도일까? 이동 방향은 위.

　'발악을 하는군.'

　강이환은 내심 코웃음을 쳤다. 그저 높이 뛰어오르는 것으로
써 피할 수 있다면, 제뢰취북두를 익히기 위해 삼 년을 각고한
그는 혀를 깨물고 죽어도 할 말이 없을 것이다. 전후좌우는 물
론이거니와 상하로의 방향 전환도 자유자재하다. 그러므로 육
합전인 것이다.

　강이환의 등 뒤에서 미끄러져 나온 소뢰검이 왕삼보가 서 있
던 자리에 꽂혔다. 그 순간, 지면과 수평이 되게 질주하던 그의
신형은 폭포를 거슬러 오르는 잉어처럼 하늘을 향해 솟구치고
있었다.

　그런데 그때 예상 밖의 사태가 벌어졌다. 몸을 솟구치기 위
해 지면을 찬 오른발이 중심을 잃고 밑으로 푹 꺼져 버린 것
이다.

추뢰검법은 발끝에서 비롯된다고 해도 과언이 아닐 만큼 하체의 균형이 요구되는 무공이었다. 하체의 균형이 무너진 추뢰검법은 더 이상 추뢰검법일 수 없었고, 싸움이 시작된 이래 단한 차례도 놓치지 않았던 승기는 바로 그 순간 강이환의 수중을 벗어나고 말았다.

파파팡!

허공을 달리듯 번갈아 내질러진 왕삼보의 발길질이 순간적으로 균형을 잃고 무방비 상태가 되어 버린 강이환의 몸뚱이를 연속해서 두드렸다. 하나하나가 피를 토하게 만드는 무서운 발길질이었다.

자그마치 여섯 차례나 발길질을 성공시킨 왕삼보는 마지막발길질의 반동을 이용, 한 바퀴 공중제비를 넘으며 철필을 내리찍었다.

"이익!"

강이환은 고통으로 정신이 아득해진 와중에도 필사적으로 허리를 뒤챘고, 덕분에 정수리가 부서지는 것만은 모면할 수 있었다. 하지만 오른쪽 어깨뼈가 움푹 함몰되는 것만은 피할 수없었다.

그리고 왕삼보의 발길질이 다시 날아들었다. 싸움의 대미를장식하는 데 부끄럽지 않을 만큼 위력적인 발길질이었다.

퍽!

강이환은 핏물을 분수처럼 토해 내며 뒤로 날아갔다. 주인의손을 벗어난 소뢰검이 허공을 빙빙 맴돌다 지면에 비스듬히 꽂혔다.

싸움은 끝났다.

순간적인 균형의 상실이 가져온 결과는 이처럼 결정적이었고, 치명적이었다.

"어, 어떻게…… 어떻게 이런 일이…….."

지면에 엎어진 채 벌레처럼 꿈틀거리던 강이환의 입에서 불신에 찬 목소리가 흘러나왔다. 반석처럼 단단하기만 하던 땅바닥이 별안간 꺼지다니! 천에 하나, 만에 하나도 일어나기 힘든 그따위 우연 때문에 승패가 뒤바뀌다니!

그때 왕삼보의 목소리가 들렸다.

"우연 때문에 진 것 같소?"

그게 아니면 대체 무엇 때문에!

왕삼보를 향해 발작적으로 치켜뜨인 강이환의 두 눈은 그렇게 외치고 있었다.

툭!

그때 강이환의 눈앞에 뭔가가 떨어졌다. 주먹만 한 크기의 칙칙한 돌멩이였다.

"현무암이오."

"음?"

"색깔이 다른 암석에 비해 검기 때문에 붙은 이름이오. 오래전에 있었던 화산 활동의 산물로 이 일대의 암반은 모두 현무암으로 이루어져 있소."

"그게 어쨌다는 거냐?"

강이환이 부르짖었다. 지금껏 견지해 오던 침착한 여유는 찾아볼 수 없는 과격한 반응이었다. 반면 왕삼보는 더욱 차분해졌다.

"그 돌멩이를 잘 보시오. 표면에 미세한 구멍들이 많이 뚫려 있지 않소?"

강이환의 시선이 반사적으로 아래로 내려갔다. 왕삼보의 말대로 그 돌멩이의 표면에는 크고 작은 구멍들이 무수히 뚫려 있었다. 용암이 식는 과정에서 그 속에 있던 공기가 빠져나간 흔적이었다.

"내가 서 있던 자리 바로 밑에도 그런 현무암 암반이 있었소."

강이환의 눈까풀이 가늘게 떨렸다. 땅바닥이 별안간 꺼진 이유를 그제야 깨달은 것이다.

"출병 전 형산검문의 추뢰검법에 대해 이야기해 주신 분이 있소. 그분 말씀이, 추뢰검법을 잡기 위해선 반드시 시전자의 균형을 무너뜨려야 한다고 하더구려. 그래서 싸우는 내내 당신의 균형을 무너뜨리기 위해 노력했소. 하지만 당신의 추뢰검법은 이미 절정에 올라 있었고, 절정에 이른 검객에게서 균형을 빼앗기란 쉬운 일이 아니었소."

왕삼보는 갑자기 현기증을 느낀 듯 말을 멈추고 몸을 휘청거렸다. 그럴 만도 했다. 그동안 흘린 피가 작은 단지로 하나는 족히 되었으니까. 사실 두 다리로 서 있다는 점을 배제한다면 강이환 쪽이 오히려 승자처럼 보일 것이다.

몸을 추스른 왕삼보가 설명을 이어 갔다.

"그러던 중에 갑자기 이 골짜기의 이름이 용도굴이라는 사실이 떠올랐소. 악룡 같은 용암이 흘러 만들어진 골짜기. 그러자 갑자기 이런 생각이 들더이다. 비록 세월이 오래 흘러 두터운 토피로 뒤덮여 있지만, 그 밑에는 용암의 흔적이 여전히 남아 있지 않을까 하는 생각이. 그래서 나는 토피가 가장 얇은 곳을 찾기 위해 애를 썼고, 몇 번의 시행착오 끝에 마침내 그런 곳을 찾을 수 있었소. 당신은 내가 움직일 힘조차 없어 우두커니 서 있다고 생각했겠지만, 그때 나는 암암리에 끌어 올린 내공으로 발밑의 암반을 부수고 있었던 것이오."

강이환은 아까 보았던, 가늘게 떨리던 왕삼보의 하체를 떠올렸다. 한데 그 이유가 부상과 피로 탓이 아니었단 말인가?

강이환이 이를 갈며 말했다.

"만신창이로 변해 가는 와중에도 줄곧 그런 암수를 준비하고 있었다니, 네놈도 결국 비열한 마귀에 불과했구나."

왕삼보는 의외라는 표정을 지었다.

"당신이 가르쳐 주지 않았소?"

"뭐라고?"

"싸움에 있어서 지형지물을 최대한 이용하는 멋진 '암수' 말이오."

뭔가 뜨거운 것이 강이환의 목구멍을 비집고 올라왔다. 강이환은 참지 못하고 그것을 입 밖으로 토해 냈다. 시커먼 핏덩이가 왕삼보가 던져 놓은 그 빌어먹을 현무암에 왈칵 뿌려졌다.

왕삼보가 한 걸음 다가서며 말했다.

"당신에게 묻고 싶은 것이 있소."

강이환은 들어 볼 필요도 없다는 듯 거칠게 외쳤다.

"무양문의 마귀에게 목숨을 구걸할 생각은 추호도 없다! 어서 죽여라!"

왕삼보는 픽 웃었다.

"누가 죽이지 않는다고 했소? 둘 다 살아서 이 자리를 떠나기엔 너무 많은 사람들이 죽었소. 살려 달라고 애걸해도 살려 주지 않을 생각이니 그런 염려는 마시오."

왕삼보를 향한 강이환의 두 눈에 증오의 불길이 이글거렸다.

"그러면 어서 죽일 것이지 무슨 요언으로 나를 모욕하려 하느냐!"

왕삼보는 강이환의 눈을 똑바로 들여다보며 물었다.

"당신이 내 사제인 장민을 죽였소?"

강이환은 촌각도 주저하지 않고 차갑게 대답했다.

"얼굴도 보지 못한 놈을 내가 어떻게 죽였단 말이냐!"

"정말로 당신이 죽이지 않았소?"

"쓸데없는 수작 집어치워라! 장민이란 놈도 마귀의 일원, 내 손으로 죽이지 못한 것이 한스러울 뿐이다!"

왕삼보는 강이환의 두 눈을 물끄러미 들여다보다가 고개를 끄덕였다.

"그렇군. 당신의 말을 믿겠소."

왕삼보의 철필이 천천히 올라갔다.

손가락 하나 까딱할 수 없는 강이환이 지금 이 순간 할 수 있는 일은 부릅뜬 두 눈으로 왕삼보의 얼굴을 노려보는 것뿐이었다.

'끝인가?'

목숨이 아까운 것은 아니었다. 무양문이란 괴물을 상대로 복수를 맹세한 순간부터 그의 목숨은 이미 그의 것이 아니었다. 그러나 뜻을 이루지 못하고 서문숭도 아닌 그 제자 따위에게 목숨을 잃는 것이 분했다. 형산검문의 수준 높은 검학이 자신의 대에서 끊어지는 것이 분했다.

정말로 분했다.

"잘 가시오, 강이환."

왕삼보의 입에서 최후의 선고가 떨어졌다.

핏물이 확 튀었다. 두 눈을 부릅뜨고 왕삼보의 얼굴을 노려보고 있던 강이환은 그 핏물을 고스란히 뒤집어쓰고 말았다. 철필은 여전히 왕삼보의 머리 위에 있었다. 다시 말해, 그가 뒤집어쓴 핏물은 그의 머리에서 뿜어 나온 것이 아니란 뜻이었다.

핏물의 출처는 바로 왕삼보였다. 선혈로 물든 왕삼보의 입술이 그것을 말해 주고 있었다.

"이, 이게⋯⋯."

왕삼보의 두 눈엔 불신의 빛이 가득했다. 그리고 이 상황이 믿어지지 않기는 강이환도 마찬가지였다.

강이환에게 고정되어 있던 왕삼보의 시선이 천천히 뒤로 돌아갔다.

"당신이 왜 나를⋯⋯?"

왕삼보는 눈빛만큼이나 불신에 가득 찬 목소리로 등 뒤의 누군가에게 물었다. 그러나 강이환은 왕삼보의 몸에 가려 그 사람이 누군지 볼 수 없었다. 다만 목소리만 들을 수 있을 뿐이었다.

"자네는 알려고 하지 말아야 할 것을 알려고 했네."

인간의 생명이 오락가락하는 전장과는 전혀 어울리지 않는 앳된 목소리였다. 다음 순간 강이환은 왕삼보의 전신이 세차게 떨리는 것을 보았다.

"그랬구나! 역시 그랬구나!"

격렬한 외침과 함께 왕삼보는 머리 위로 치켜 올린 철필로 등 뒤에 나타난 사람을 내리쳤다. 그러고는 그 힘을 이기지 못하고 그대로 고꾸라졌다.

길게 엎어진 왕삼보의 등판에 한 사람이 올라섰다. 허리에 꽂은 청옥색 곰방대만 아니면 대갓집 재롱둥이로 보이기 딱 좋은 귀여운 소동이었다.

"너무 오래 웅크리고 있었나? 온몸이 다 뻐근하네."

두 팔을 위로 치켜들며 기지개를 켜던 소동은 강이환과 시선이 마주치자 깜찍하게도 한 눈을 깜빡거렸다.

그때 소동에게 등을 밟힌 왕삼보로부터 원한에 찬 저주가 흘러나왔다.

"배신자……. 제갈 숙부께서 너를 절대로 용서치 않으실 거다……."

소동의 발그레한 볼에 예쁜 보조개가 피어올랐다.

"저승에서 똑똑히 지켜보게나, 자네를 따라가는 게 나인지 아니면 제갈휘인지를."

소동은 앙증맞은 손바닥을 내려 왕삼보의 등판을 꾹 눌렀다. 왕삼보의 몸뚱이가 한차례 들썩거렸다. 그것으로 모든 게 끝이었다. 왕삼보의 싸움도, 무양문의 토벌도.

강이환은 눈앞에서 벌어진 이 모든 일들을 여전히 믿을 수 없었다.

"어떤가? 견딜 만한가?"

소동이 강이환에게 물었다. 무슨 까닭인지는 모르지만, 강이환은 그 순간 갑자기 저 소동의 이름이 무엇인지 알아차렸다.

"별불가 초당?"

소동의 얼굴이 뾰로통해졌다.

"버릇없는 녀석들이 붙인 별명이니 다음부터는 그렇게 부르지 말게나."

강이환은 이 짧은 대화에서 저 소동 아닌 소동, 별불가 초당이 자신에게 아무런 적의도 품지 않았음을 알 수 있었다. 하지만 그렇다고 의혹까지 가신 것은 아니었다.

"왜 왕삼보를 죽였소?"

초당은 방긋 웃었다.

"자네가 죽으면 곤란하기 때문이지."

"당신은 호교십군 중 한 명이 아니오? 그런데 왜 나를 살리기 위해 같은 식구를 죽인단 말이오?"

의혹이 너무 컸던 탓에 강이환의 말과 표정에선 목숨을 구원받은 데에 대한 고마움은 전혀 찾아볼 수 없었다.

하지만 초당은 그다지 신경 쓰는 내색 없이 강이환의 물음에 깜찍한 목소리로 대답해 주었다.

"내겐 호교십군의 삼군장 외에 또 하나의 신분이 있기 때문이네."

"또 하나의 신분?"

"나는 천자의 명을 받들어 공무를 수행하는 관인이라네. 정칠품 감찰어사監察御使이자 비각의 사십구비영 중 구비영, 그것이 내 진짜 신분이지."

초당의 목소리는 여전히 깜찍했다.

산중한담 山中閑談

(1)

봄은 아래로부터 오고 가을은 위로부터 온다.

얼음장 밑을 졸졸 흐르는 개울물 소리로부터 혹독한 추위가 그리 오래가지 않을 것을 예감한다면, 문득 올려다본 하늘에서 유난히도 높푸른 쪽빛을 발견했을 때 사람들은 찌는 듯한 무더위도 막바지에 이르렀음을 깨닫게 되는 것이다.

뷔로롱!

한 마리 이름 모를 산새가 계곡 아래 수풀로 날아 내렸다. 날 갯짓마다 묻어나는 활기가 보는 이의 눈을 즐겁게 해 주고 있었다. 이마에 밴 엷은 땀을 부드럽게 간질이고 지나가는 바람은 이미 어제의 그 바람이 아니었다. 석대원은 자신도 모르게 하늘을 올려다보았다.

창천.

선약을 훔쳐 월궁으로 날아간 항아처럼 하늘은 스스로의 푸름을 부여안고 까마득한 저 위로 올라가 있었다. 석대원은 자신도 모르게 눈을 감았다. 기분 좋은 현기증이 일었다.

"시주께 여쭐 것이 있소만……."

석대원은 감았던 두 눈을 슬며시 떴다. 그의 눈앞에는 오래된 우물처럼 깊게 가라앉은 광비 대사의 두 눈이 머물러 있었다.

청량천의 노을에서 비각의 팔비영 진금영이 이끄는 염문의 무리와 한바탕 악전고투를 치른 석대원 일행은, 그 과정에서 전우가 되기도 했고 적이 되기도 했던 네 명의 승려들을 동행으로 삼게 되었다. 동행의 이유는 단순했다. 석대원 일행이 목적지로 삼은 화산이 소림사가 위치한 숭산으로 가는 길목에 있기 때문이었다.

오늘은 팔월 초사흘.

중추절까지 화산에 도착해야 하는 석대원은 처음에는 일행이 늘어난 것이 그리 달갑지 않았다. 일행이 불어나면 속도가 더뎌지는 것이 당연하다. 더구나 광비 대사의 경우는 오늘 당장 열반에 들어도 전혀 이상할 게 없는 구순의 노구가 아니던가. 팔자에 없는 노인네 수발로 자칫 기일期日을 어그러뜨리는 날에는 무엇부터 다시 시작해야 할지 막막해지는 것이다.

하지만 그런 염려가 한낱 기우에 불과하다는 사실을 석대원은 만 하루도 지나지 않아 깨닫게 되었다. 서른 이후로는 사찰에 머문 시간보다 천하를 떠돈 시간이 더 많다는 광비 대사였다. 나이만 보고 짐짝 취급했던 석대원은 강물처럼 유유히 이

어지는 광비 대사의 행보에 혀를 내두르고 말았다.

"말씀하시지요."

석대원의 공손한 대답에도 광비 대사는 선뜻 질문을 던지지 못했다.

"음, 지난 열흘간 노납이 계속 고민했던 점인데, 마음에 묻어 두려 했지만 늙은이의 호기심이 결국 입 밖으로 꺼내게 만드는 구려."

석대원은 광비 대사가 무엇을 물으려고 저렇게 뜸을 들이는지 대충 짐작할 수 있었다.

"괘념치 마시고 하문하십시오."

"그렇게 말씀해 주시니 편한 마음으로 묻겠소이다. 시주께서 일전에 망아를 상대로 시전하신 수법이 바로 혈옥수…… 맞소이까?"

"그렇습니다."

석대원은 조금도 주저하지 않고 시인했다. 광비 대사가 다시 물었다.

"하면 시주께서는 혈랑곡주의 진전을 얻으셨소?"

"그렇습니다."

석대원은 또 한 번 선선히 시인했다.

광비 대사는 고개를 무겁게 끄떡이고는 깊은 생각에 잠겼다. 잠자코 다음 말을 기다리던 석대원은 광비 대사의 깊은 눈빛이 부쩍 어두워졌음을 발견했다. 문득 혈랑곡주라는 이름이 지닌 무게가 자신이 아는 것보다 훨씬 클지도 모른다는 생각이 들었다.

"시주께서는……."

"소주, 식사가 준비됐소이다! 내려오시오!"

십일 년간 석대원을 봉양하는 데 이력이 난 한로의 외침이 광비 대사의 말을 끊었다. 외침이 들려온 계곡 아래를 흘낏 바라본 석대원은 광비 대사를 향해 말했다.

"이른 아침부터 산길을 걸으셨으니 무척 시장하실 겁니다. 무슨 가르침을 내리실지는 모르나, 식사 뒤로 미루는 게 어떨까요?"

광비 대사는 한없이 온유한 사람이었다. 그는 담담히 웃으며 고개를 끄덕였다.

"준비하느라 고생한 사람을 생각해서라도 마땅히 그렇게 해야겠지요."

"제가 앞장서겠습니다."

석대원은 걸터앉은 바위에서 몸을 일으키며 엉덩이를 툭툭 털었다.

이곳은 높푸른 하늘과 수려한 계곡, 그리고 칠 척이 넘는 산 같은 거한과 오 척이 간신히 넘는 구부정한 노승이 어우러진 초가을의 한 모퉁이였다.

꽈르릉! 꽈릉!

물살이 미친 듯 흐르는 계곡.

바위에 부딪쳐 솟구치는 포말이 보는 이의 가슴을 서늘하게 만들고 있었다. 물소리가 어찌나 장한지, 계곡 가 편편한 풀밭에 둘러앉은 사람들은 고막이 먹먹할 정도였다. 마치 세상의 시시비비에 환멸을 느낀 계곡 물이 천지 사방을 자신의 위엄으로 가두려는 것 같았다.

"물살이 대단하군요!"

모용풍은 자신도 모르게 목소리를 높였다. 그렇게 하지 않으면 그의 목소리는 거센 물소리에 휩쓸려 금세 떠내려가고 말 터였다.

　"모용 시주, 저 위를 보시지요."

　광비 대사가 앙상한 손을 들어 계곡 위쪽을 가리키며 말했다. 모용풍처럼 악을 쓴 것이 아님에도 사람들의 귓전에 선명히 박혀 드는 목소리였다.

　"어떻습니까, 계곡의 생김새가 흡사 꿈틀거리며 하늘로 올라가는 용과 같지 않습니까?"

　모용풍은 눈을 크게 뜨고 광비 대사가 가리키는 곳을 바라보았다. 과연 계곡 위쪽을 구성하는 바윗덩어리들과 거기 달라붙은 검푸른 물이끼가 물살을 가르며 하늘로 솟구치는 한 마리 푸른 용을 연상케 했다.

　"그래서 사람들은 이 계곡을 등룡협登龍峽이라 부르지요."

　광비 대사의 부연에 사람들은 고개를 끄떡거렸다. 용이니 봉황이니 하는 것들을 지명에 갖다 붙이기 좋아하는 게 인간의 습성이라지만, 그래도 꽤나 어울리는 이름이 아닐 수 없었다.

　"그나저나 화산까지는 얼마나 남았나요?"

　구운 토끼의 엉덩이 살을 한입 크게 베어 물고 우물거리던 석대원이 누구를 향한 것인지 모를 질문을 던졌다. 그가 먹고 있는 토끼는 한로가 비지땀을 흘리며 잡아 온 다섯 마리 중 마지막으로 남은 한 놈이었다. 그가 먹어 치운 토끼는 이미 두 마리. 한로와 모용풍의 몫이 각각 한 마리인 걸 생각하면 꽤나 염치없는 식탐임에 분명하지만, 십일 년간 한로에게 봉양받는 데 이력이 난 그에게선 눈곱만치의 미안함도 찾아볼 수 없었다. 하기야 위장의 크기를 감안한다면 그리 잘못된 분배법이라 하기도 어렵겠지만.

"저 물을 따라 동북쪽으로 백여 리 올라가면 황하가 나오지요. 거기에서 화산까지는 물길로 사오백 리 걸린다오."

주유천하 한 갑자인 광비 대사가 석대원의 물음에 대답했다.

"그렇군요."

정작 질문자인 석대원은 별 반응 없이 식사를 계속하는데, 그와는 조금 떨어진 곳에 있던 적송이 돌연 숙연한 표정을 지으며 손에 든 주먹밥을 내려놓았다.

"왜 그러는가, 사제?"

곁에 있던 적오가 물었다.

"아미타불, 아미타불……."

적송은 대답 대신 불호만 읊조렸다. 그런 적송의 심중을 가장 먼저 알아차린 사람은 눈치 빠르기로 소문난 모용풍이었다.

"물길 얘기에 그날 일이 생각나신 모양이구려."

그날 일이란 청류하에서 염문의 화공을 받은 일을 가리킨다. 적송은 안타까운 표정으로 고개를 끄덕였다.

"그렇습니다. 그날 불길에 휩싸인 채 살려 달라 애원하던 사람들의 모습을 생각하니 도무지 밥이 목구멍으로 넘어가질 않는군요."

손바닥 하나가 적송의 앞으로 불쑥 들이밀어졌다. 보통 손바닥보다 두 배 이상 큰 데다 시커면 검댕까지 잔뜩 묻어 영락없는 솥뚜껑이었다.

적송의 시선이 손바닥에서 그 주인의 얼굴로 옮아갔다. 그 주인은 당연히 석대원이었다. 석대원은 손바닥만큼이나 시커멓게 변한 입술로 넉살 좋은 웃음을 지었다.

"입맛이 없으시다면 제가 먹지요."

적송은 석대원의 얼굴을 멍하니 바라보다가 무릎을 덮은 가사에 올려놓은 주먹밥을 그 솥뚜껑 같은 손바닥에 슬그머니 얹었다.

"고맙습니다."

적송이 이미 몇 입 먹었다 하나 그래도 어른 주먹 크기는 족히 되는 주먹밥이 석대원에겐 한입거리밖에 되지 않았다. 한입에 털어 넣은 주먹밥을 네댓 번 우물거린 뒤 꿀꺽 삼켜 버린 석대원에게 한로의 핀잔이 날아들었다.

"분위기 좀 파악하고 사시오, 함께 다니기 창피해서 원."

석대원은 씩 웃었다.

"죽은 사람이야 물론 불쌍하고 안됐지만 산 사람은 어쨌든 살아야 하지 않겠소? 명복을 비는 일도 중요하지만, 내겐 잘 먹고 잘 싸고 잘 자는 것도 그에 못지않게 중요하오."

석대원의 천연덕스러운 말에 한로를 비롯한 모두가 눈살을 찌푸리는데, 유독 광비 대사만은 그러지 않았다.

광비 대사가 적송을 향해 물었다.

"석 시주의 말씀을 어떻게 생각하느냐?"

적송은 선뜻 대답하지 못했다. '개돼지의 것이나 다를 바 없다고 생각합니다.'라는 진심은 차마 내보일 수 없기 때문이었다. 그러자 광비 대사가 다시 말했다.

"사바 세상이란 불난 집과 같아서 무상한 죽음의 손길은 때와 장소, 노소와 귀천을 가리지 않고 찾아드는 법이지. 너는 수처작주隨處作主면 입처개진立處皆眞이란 말을 들어 본 적이 있느냐?"

어디서든 주체적이면 서는 곳마다 모두 참되다.

이는 임제종臨濟宗의 기본 가르침 중 하나로, 일상 속에서 자신의 본성을 자각하여 자유를 실현하는 것이 곧 깨달음에 이르는 참된 길임을 설파하는 구절이었다.

적송은 깜짝 놀라며 자세를 고쳐 앉았다. 그런 적송을 보며 광비 대사가 빙그레 미소 지었다. 참으로 온화한 미소였다.

"모든 인간은 본래 불성을 갖추고 있는 법. 그래서 불법은 인위적인 것을 필요로 하지 않는다. 밥을 먹고, 똥을 싸고, 피곤하면 누워서 자고……. 이렇듯 평상무사平常無事할 수만 있다면 그것으로 그만인 게지. 어리석은 자는 비웃지만 지혜로운 자는 깨닫는다. 이치는 바로 그 갈림에 있느니라."

적송은 자리에서 벌떡 일어나 광비 대사를 향해 독장례를 올렸다.

"사조님의 가르침에 감사드립니다."

이어 석대원에게도 머리를 조아렸다.

"소승의 생각이 짧았습니다. 속으로 비웃은 점을 용서해 주시기 바랍니다."

동배의 출가인에게 이런 예를 받는다는 것은 얼굴 거죽이 웬만큼 두꺼워도 거북한 일이 아닐 수 없었다. 석대원은 손을 내저으며 광비 대사를 향해 투덜거렸다.

"큰스님께서도 너무하십니다. 차라리 소 같은 놈이라고 욕을 하실 것이지, 불성이 뭐고 평상무사가 다 뭐란 말입니까? 저는 아둔해서 그런 거 전혀 모릅니다."

광비 대사는 석대원을 향해 빙그레 웃었다.

"그게 바로 평상무사지요."

계속 이야기하다간 조사祖師 소리까지 들을 것 같아 석대원은 아예 입을 다물어 버렸다. 부처 눈에는 부처만 보인다고, 광비 대사가 바로 그 격인 모양이다.

이들이 하는 양을 지켜보던 모용풍이 적송을 바라보며 짓궂

게 말했다.

"그나저나 이걸 어쩌나? 대사께서 평상무사를 실천하시려 해도 이젠 남은 밥이 없으니 말이외다."

적송은 담담히 웃었다.

"굶주림 한 번에 깨달음 한 번이라면 결코 밑지는 장사가 아니지요. 평상무사의 실천은 다음 기회로 미루겠습니다."

다른 이의 얼굴에도 적송의 것을 닮은 담담한 웃음이 번져 갔다.

이러한 분위기는 식사가 끝난 뒤로도 계속 이어져, 사람들은 여느 때와 달리 곧바로 길을 재촉하지 않고 등룡협의 서늘한 골바람 속에서 간만에 찾아온 망중한을 즐기기로 했다.

바야흐로 천하제일의 마당발 모용풍의 경험과 입심이 빛을 발했음을 물론인데, 사람들의 귀를 더욱 솔깃하게 만든 것은 그 뒤로 이어진 광비 대사의 이야기였다. 노승의 합죽한 입을 통해 흘러나오는 것들이 참으로 얻어듣기 힘든 비화였기 때문이다.

"……생각해 보시오. 천하의 소림사에서, 그것도 장문 방장이던 광문 사형께서 그토록 칭찬하던 수제자란 녀석이 장경각의 서가 뒤에 술 단지를 감춰 두고 번을 설 때마다 한 잔 두 잔 홀짝거리고 있었으니, 이게 어디 있을 수나 있는 일이오?"

돌아보면 모든 것이 추억으로 남는지 과거의 일을 이야기하는 광비 대사의 표정은 새털구름처럼 부드러웠지만, 그 이야기를 듣는 다른 사람들의 표정은 그렇게 한가할 수 없었다. 특히 적송의 표정은 더욱 그러하여 저러다 울음을 터뜨리지나 않을까 걱정스러울 정도였다.

하기야 그러지 않을 수 없을 것이다. 광비 대사의 이야기에 등장하는, 소림사 제일의 중지重地를 감히 개인 술 창고로 전용한 용감무쌍한 녀석의 정체가 바로 전대의 불문제일인이자 적송의 스승인 범도신승이니 말이다.

"시, 신승께서 정말로 그런 일을 저지르셨단 말씀입니까?"

모용풍이 조금 하얘진 얼굴로 광비 대사에게 물었다.

"나중에 가서야 신승이 되었는지 부처가 되었는지 모르지만, 어쨌든 그날 내 눈에 걸린 놈은 바로 그 범도였지요."

"그래서? 그래서 어떻게 하셨습니까?"

광비 대사는 합죽한 입가 가득 웃음을 지으며 반문했다.

"내가 어떻게 했을 것 같습니까?"

"불제자가 경내에서 술을 입에 댄 것만으로도 징계를 면치 못할 텐데, 더구나 그 장소가 장경각이라면……."

모용풍은 적송을 힐끔거리며 말꼬리를 흐렸다. 차마 파문 감이라는 말만은 꺼낼 수 없었던 것이다.

광비 대사가 말했다.

"물론 벌을 내렸지요."

"어떤 벌을 내리셨나요?"

"주천지옥酒泉地獄에 빠뜨리는 벌입니다."

"예?"

"그길로 범도를 끌고 산을 내려가 기 노대冀老大가 운영하는 술집에 쳐들어갔지요. 소림사 부근에서 승려에게 술을 팔 간 큰 위인은 그 위인밖에 없었거든요. 아니나 다를까, 눈이 동그래져서 달려 나오던 기 노대가 범도의 얼굴을 알아보곤 사색이 되더이다. 아마도 이 일의 여파로 장사에 나쁜 영향을 끼치지는 않을까 걱정했나 봅니다. 덕분에 내가 술 창고 열쇠를 달라고 하자 군소리 없이 내주더군요."

"술 창고 열쇠는 왜……?"

"주천지옥에 빠뜨리는 벌을 주는 데 술 창고보다 나은 장소가 또 어디 있겠습니까."

사람들의 입이 다 같이 벌어졌다. 괴상한 제자에 괴상한 존장, 괴상한 죄에 괴상한 벌이 아닐 수 없었다. 사람들의 입이 벌어지거나 말거나, 광비 대사의 이야기는 계속 이어졌다.

"창고 문을 걸어 잠그고 놈을 눕혀 놓은 뒤 닥치는 대로 들이부었습니다. 대여섯 독쯤 들이부으니 그 황소 같던 놈도 거품을 물며 게게 풀어지더이다. 그렇게 늘어진 놈을 질질 끌고 오유봉五乳峰으로 올라가 얼음장 같은 계곡 물에 처박아 놓았지요. 하루 반 만에 깨어나더군요. 한데 그놈도 참으로 별종인 게, 그 고생을 하고도 잘못했다는 소리는 하지 않고, 평생 마실 술을 하룻밤에 마시게 해 줘서 고맙다고 하는 게 아니겠습니까. 하도 기가 막혀서 그냥 웃고 말았지요. 발칙하다는 생각이 들지 않은 것도 아니나, 어쨌거나 다시는 술을 마시지 않겠다는 맹세를 들은 셈이니 그만하면 됐다는 생각이 들었습니다."

까마득한 존장의 이야기를 차마 중도에 자르지는 못하고 오로지 안절부절못하며 듣기만 하던 적오가 모용풍에게 귀엣말을 했다.

"설마 아직도 그 취미를 갖고 계신 건 아니겠지요?"

모용풍은 눈을 끔뻑였다.

"무슨 취미 말씀이오?"

"험, 험, 왜 그 있잖소이까, 남들 모르는 얘기를 꼭꼭 기록해 뒀다가 나중에 동네방네 퍼뜨리는 취미 말이외다."

모용풍의 입가에 장난기 넘치는 웃음이 떠올랐다.

"왜요? 있다면 멸구滅口라도 하시려고?"

강호에서 진정한 의미의 멸구란 오직 살인뿐이었다. 광비 대사 들으라는 듯 목소리를 높이는 모용풍을 보며, 적오의 얼굴은 붉으락푸르락 사납게 일그러졌다. 어쩌면 정말로 멸구해 버리고픈 충동을 느꼈을지도 모른다. 적오는 광비 대사의 눈치를 살피며 소리 죽여 으름장을 놓았다.

"하여튼 사조님께서 하신 얘기가 강호에 조금이라도 도는 날엔 모용 시주가 퍼뜨린 걸로 여길 테니 알아서 하시구려."

"그것참, 들은 사람은 여럿인데 왜 나만 갖고 야단인지……."

모용풍이 억울하다는 듯이 어깨를 으쓱거렸다. 그러자 누군가가 적오를 거들고 나섰는데, 지난 열흘 사이 모용풍과 더욱 가까워진 한로가 바로 그 사람이었다.

"그래서 사람은 전죄前罪가 있으면 안 된다는 걸세."

사람들 사이에도 천적 관계란 게 성립된다면, 모용풍의 천적은 한로가 분명했다. 함께 늙어 가는 처지에 병 수발을 받은 게 죄라면 죄랄까. 이상하게도 한로에게만큼은 입심을 제대로 발휘하지 못하는 모용풍이었다.

"내가 무슨 전죄가 있다고 그러는가?"

하지만 모용풍의 항변은 어딘지 맥이 풀려 있었다.

"그럼 아닌가?"

한로는 동조를 구하듯 석대원을 돌아보았고, 석대원은 한로의 손을 치켜 올려 주었다.

"남의 이야기를 많이 아는 것도 분명 죄는 죄지요."

"허! 초록은 동색이라더니……."

앙앙불락 한로와 석대원을 흘겨보던 모용풍이 내가 졌다는 듯이 너털웃음을 터뜨렸다. 노소의 격의도, 신분의 구별도 찾을 수 없는 참으로 좋은 분위기였다.

(2)

분위기가 무르익었다고 생각한 것일까? 광비 대사가 석대원을 향해 운을 떼었다.

"노납이 시주께 어려운 청을 하나 드리리다."

지금까지와는 달리 매우 정중한 말투였다.

"말씀하시지요."

"잠시 맥을 짚어 보아도 되겠소?"

말랑하게 풀려 있던 사람들의 표정도 광비 대사의 이 요청 앞에서는 조금 굳어질 수밖에 없었다. 무인에게 진맥을 허락해 달라는 요청은 웬만큼 가까운 관계가 아니고선 꺼내기 힘든 것이었다. 하지만 석대원은 선선히 응했다.

"그러시지요."

건강한 소나무 가지처럼 굵은 손목이 광비 대사를 향해 내밀어졌다.

"고맙소."

광비 대사는 오른손 인지와 중지를 가지런히 모아 석대원이 내민 오른손 손목에 얹었다. 주름으로 늘어진 노승의 눈까풀이 슬며시 감겼다. 공력이라는 말보다는 법력이라는 말이 더 어울릴 지고지순한 진기가 석대원의 몸속으로 부드럽게 흘러들어 갔다.

잠시 후 광비 대사는 깜짝 놀라지 않을 수 없었다.

'이 나이에 어찌 이런 내공이?'

매끄러운 탁자에 두 개의 물방울이 놓여 있다고 하자. 물방울끼리는 서로를 끌어당기는 힘이 있어 이 부착력이 탁자와 물방울 사이에 존재하는 접착력을 넘어설 때 두 개의 물방울은 하나로 합쳐지게 마련이다. 그리고 이러한 현상은 두 종류의 적대하지 않는 내공이 어우러질 때에도 발생한다.

광비 대사는 애당초 자신의 진기로써 석대원의 진기를 인도할 작정이었다. 하지만 석대원의 체내를 흐르는 기운은 팔십 년을 일로매진한 그의 정종 내공으로도 감당할 수 없을 만큼 무량무한無量無限한 것이었다. 강물에 합쳐진 개울물처럼, 바다에 들어간 강물처럼, 그는 애초의 의도와 달리 석대원의 진기에 실린 채 수동적인 탐험에 나설 수밖에 없었다.

하지만 그것도 나쁘지는 않았다.

'참으로…… 참으로 깊고도 충실한 기로다.'

광비 대사의 입가에 흐뭇한 미소가 맺혔다.

끝이 보이지 않는 거대한 동굴로 들어가는 기분이랄까? 그러나 동굴 특유의 음습함은 찾아볼 수 없었다. 그 안은 봄날 훈풍 같은 따사로움으로 충만해, 탐험자는 순풍에 돛을 단 듯 유유자적한 가운데 아무런 불안감 없이 관찰에만 몰두할 수 있었다.

그러다가 진기가 수궐음심포경手厥陰心包經에서 수소양삼초경手小陽三焦經으로 넘어갈 무렵, 광비 대사는 마침내 그것을 발견할 수 있었다.

'음.'

깊고 거대한 동굴 속에 웅크린 한 덩이 마기!

그 마기는 겨울잠에 든 동물처럼 스스로를 철저히 은폐하고 있었다. 만일 관찰자인 광비 대사가 관음목의 공부에다 천안통의 신통력까지 갖추지 않았다면, 그 마기의 존재를 발견하지 못한 채 그냥 지나쳤을지도 모른다.

이제껏 수동적인 탐험으로 일관하던 광비 대사가 처음으로 진기를 움직여 그 마기를 자극해 보았다.

꿈틀!

무릎에 자연스럽게 얹혀 있던 석대원의 왼손이 목 줄기를 틀어잡힌 뱀처럼 요동을 쳤다. 그와 동시에, 석대원의 체내를 지배하던 온유하고 따뜻한 기운이 일변했다. 거칠고 잔혹하며 파괴의 충동으로 물든 무지막지한 거력이 깊고 거대한 동굴을 혼탁하게 만들었다.

'불씨로다! 재앙의 불씨로다!'

광비 대사는 탐험을 더 이상 이어 가지 못하고 석대원의 체내에 있던 자신의 진기를 회수했다.

석대원의 몸속 깊은 곳에 도사리고 있는 마기는 숲속 통나무 집에 떨어진 한 점 불씨와도 같았다. 지금은 아닐지 모르나 언젠가는 나무 벽에 옮겨붙어 집을 태우고, 숲을 태우고, 세상 전부를 태워 버릴지도 모른다.

석대원의 손목에서 손가락을 뗀 광비 대사는 긴 한숨을 내쉬었다.

"그 나이에 이런 성취를 거두다니 대단한 일이오. 직접 확인하지 않았다면 결코 믿지 않았을 거외다."

"과찬의 말씀이십니다."

석대원이 걷어붙인 소매를 내리며 답례했다. 하지만 그의 얼굴은 밝지 않았다. 광비 대사가 진짜 하고 싶은 말은 따로 있음을 알기 때문이다. 아니나 다를까.

"하지만 이 늙은이의 마음엔 한 가지 걱정이 사라지지 않는구려. 기우이면 좋으련만……."

석대원은 자리에서 벌떡 일어나 광비 대사를 향해 깊이 머리를 숙였다.

"큰스님께서 가르침을 내리신다면 소생에겐 더 없는 복연일 겁니다. 귀를 씻고 경청하겠습니다."

광비 대사가 웃으며 손을 저었다.

"가르침이랄 것까지야……. 일단 앉으시오."

석대원은 자리에 앉아 공손한 자세로 광비 대사의 다음 말을 기다렸다. 잠시 생각을 정리한 광비 대사가 말문을 열었다.

"곤륜지회의 오대고수 중 한 사람인 혈랑곡주에겐 검장이절劍掌二絕이 있으니, 이는 곧 혈랑검법과 혈옥수를 가리키는 말이지요. 시주께선 그 두 가지 무공의 내력을 아시오?"

석대원은 고개를 저었다.

"소생, 비록 팔다리를 움직여 원숭이처럼 흉내는 낼 수 있지만, 우매하게도 그 내력은 전혀 알지 못하고 있습니다."

한 유파가 자랑으로 여기는 무공에는 반드시 그에 합당한 내력이 존재했다. 그러므로 혈랑곡주의 무공은 얻었으되 그 무공의 내력은 전혀 모른다는 석대원의 말에는 분명 이상한 구석이 있었다. 그러나 광비 대사는 이미 예상했다는 듯 담담한 표정으로 석대원에게 다시 물었다.

"혹시 좌천량이라는 이름을 들어 보셨는지?"

"좌천량?"

"남송 말엽의 대검객이지요. 지낭智囊으로 유명하신 모용 시주께선 분명 그 이름을 들어 보신 적이 있으실 거외다."

모용풍이 고개를 끄덕였다.

"〈혈랑살청랑血狼殺靑狼〉이라는 노래의 주인공인 좌 대공을 말씀하시는 거군요."

"바로 그 좌 대공이지요."

광비 대사는 빙그레 웃었다.

좌천량의 자는 인지仁之, 호는 충산인忠山人 또는 망국치사亡國恥士라고 했다.

가전의 좌씨검법佐氏劍法을 대성하여 천하제일 검객의 자리를 굳건히 지키던 그는, 몽고족을 새롭게 정비한 칭기즈칸의 손자 쿠빌라이가 남송을 침범하자 당대 제일의 무관인 장세걸張世傑의 막장幕將으로 투신했다. 그의 나이 서른여섯 살 때의 일이었다.

천하제일 검객의 신위는 전장에서도 유감없이 빛을 발했다. 양양襄陽과 장강 전투에서 그가 올린 공적은 실로 놀라운 것이었으니, 그의 검 아래 죽은 천부장의 수만 해도 셋, 백부장과 십부장의 수는 헤아릴 수조차 없었다.

하나 시대의 흐름이란 한 인간의 힘으로 되돌리기에 너무나도 도도한 것이었다.

광동에서 몽고의 대군과 치열한 접전을 벌이던 그에게 청천벽력과도 같은 소식이 들려 왔으니, 수도 임안부臨安府가 함락당하고 황제의 신병이 적군의 수중에 떨어졌다는 소식이 바로 그것이었다. 천하의 주인은 이제 한족에서 몽고족으로 바뀐 것이다.

그런 상황에서도 항전은 끝나지 않았다. 장세걸은, 후세 사가들에 의해 남송 최후의 충신으로 기록된 문신 육수부陸水夫와 함께 단종端宗을 새로운 황제로 옹립하여 나라의 명맥을 유지하려 애썼고, 단종이 죽은 뒤에는 위왕衛王을 다시 옹립, 대륙의 끝자락인 광동의 애산도崖山島에서 최후의 항전을 준비했다. 거듭된 악전고투로 지칠 대로 지친 좌천량이지만 그 모든 현장을 지키며 꺼져 가는 송조의 불꽃을 되살리기 위해 사력을 아끼지 않았다.

그러나 하늘은 끝내 조씨趙氏의 송나라를 외면했다. 정예화된 기병과 회회포回回砲 등의 신무기로 무장한 몽고군은 애산도를 사수하기 위한 남송의 마지막 방어선을 모래성처럼 무너뜨렸다. 백 배, 아니 천 배가 넘는 병력 앞에선 후인들의 눈시울을 적신 절절한 충정도, 강호를 주름잡던 천하제일의 검법도 아무런 의미를 가질 수 없었다.

애산도가 마침내 함락되던 날.

육수부는 위왕을 등에 업고 바다로 뛰어들었고, 부하들의 손에 의해 강제로 배에 태워진 장세걸은 야속한 풍랑에 휘말려 한 많은 일생을 마감했다.

남송은 그렇게 멸망했다.

광비 대사의 이야기에 묵묵히 귀를 기울이던 석대원은 마음이 점차 숙연해지는 것을 느꼈다. 충신열사들의 뜨거운 우국충정이 백수십 년의 시간을 뛰어넘어 젊은 가슴을 소리 없이 흔들고 있었다.

"좌 대공은 애산도 전투에서 목숨을 건진 몇 안 되는 송군 중 하나였소. 하기야 그 정도 되는 무인이라면 어떤 상황에서건 자신의 몸 하나는 지킬 수 있었겠지요. 어쨌거나 좌 대공은 나라와 함께 목숨을 버릴 기회를 놓쳤음을 한스러워하며 어디론가 모습을 감췄소. 호를 망국치사라 바꾼 것도 이때의 일일 것이오."

석대원은 문득 궁금함을 느꼈다. 광비 대사가 좌천량이란 사람에 대한 이야기를 저리도 상세히 늘어놓는 까닭은 대체 무엇일까?

광비 대사의 이야기는 계속되었다.

"좌 대공이 세상에 다시 모습을 드러낸 것은 그로부터 육 년이 지난 뒤의 일. 그때 그의 모습은 천하제일 검객도, 망국의 한을 씹는 우국지사도 아니었소."

"그럼 뭐였습니까?"

모용풍이 참지 못하고 던진 질문에 광비 대사가 짧게 대답했다.

"바로 자객이었소."

정사엔 기록되지 않았지만, 원 제국의 기초가 잡혀 가던 어느 해 겨울, 대도大都(지금의 북경 인근)의 황궁에 자객이 뛰어들었다.

자객의 수는 단 하나. 하지만 그 하나로 인해 그날 밤 황궁을 지키던 수비병 칠십육 명이 목숨을 잃었다. 부상자의 수는 무려 삼백. 자객이 들고 있던 한 자루 붉은 검이 만든 작품이었다.

'붉은 검'이란 대목이 석대원의 침묵을 깨트렸다.

"하면 그 검이 바로……?"

광비 대사는 고개를 끄덕였다.

"지금 석 시주께서 메고 계신 그 검이지요, 혈랑검."

그 말의 의미를 곰곰이 되새기던 석대원이 어느 순간 소스라치게 놀라며 물었다.

"그렇다면 혈랑검법을 만든 사람이 좌천량, 좌 대공이란 말씀입니까?"

광비 대사는 무겁게 고개를 끄덕였다.

"그렇소이다. 광명정대한 좌씨검법이 무슨 연유로 그토록 잔혹한 살인 검법으로…… 아, 미안하오."

석대원은 담담히 웃었다.

"혈랑검법의 살기가 지나치게 과하다는 점은 이미 알고 있습니다. 소생은 신경 쓰지 않으니 괘념치 마시고 말씀하십시오."

"그렇게 말씀하시니 마음이 한결 편해지는구려. 음, 어쨌거나 검법이 바뀌게 된 연유는 전해지지 않소이다. 다만 이 늙은 이가 추측하건대, 애산도 전투 이후 세상을 등진 좌 대공이 우연한 기회에 얻은 마공 수법을 자신의 높은 검리에 응용해 혈랑검법이라는 희대의 마검법을 창안한 것 같소이다."

석대원은 잠시 생각한 뒤 말했다.

"어쨌거나 혈랑검법이라는 이름이 강호에 알려진 것을 보니, 그 후로 좌 대공이 다시 강호 활동을 재개했나 보군요."

광비 대사는 빙그레 웃으며 고개를 저었다.

"만일 좌 대공이 강호 활동을 재개했다면 그의 이름이 어찌 혈랑검법에 앞서 전해지지 않았겠소?"

이치에 맞는 말이었다. 좌천량이 강호 활동을 재개했다면, 혈랑곡주의 혈랑검법이 아니라 좌천량의 혈랑검법이라고 후대에 전해졌을 것이다.

"노납이 이러한 사정을 대충이나마 아는 까닭은, 좌 대공이 황궁에 뛰어들기 전 거사의 결심을 지기 한 분에게 남겼기 때문이지요. 그 지기란 분이 마침 폐사와 인연이 닿은 출가인인지라 이렇게 모용 시주 같은 분 앞에서 유식한 체했던 것이외다."

자신이 거명되자 모용풍은 때는 이때다 싶었는지 재빨리 끼어들었다.

"그래서요? 혈랑검법은 그렇다 치고, 황궁에 들어간 좌 대공은 그 뒤에 어찌 되었습니까? 거사는 성공했나요? 아니, 아니지. 성공했다면 쿠빌라이가 죽고 역사가 바뀌었겠지. 그랬다면 대체 어떤 대단한 자가 있어 좌 대공의 거사를 방해한 겁니까?"

남이 모르는 이야기, 역사 이면에 숨겨진 이야기라면 자다가
도 벌떡 일어나는 게 모용풍이었다. 그가 어찌 흥분하지 않겠
는가.

그 마음을 십분 이해한 듯 광비 대사는 대답을 아끼지 않
았다.

"황제의 침소로 진격해 가는 좌 대공의 앞을 가로막은 것은
갓 삼십을 넘긴 젊은 라마승이었습니다."

"젊은 라마승이라고요? 알았다! 망할 놈의 파스파가 그때 황
궁에 있었구나!"

모용풍이 상기된 얼굴로 꽥 소리를 질렀다.

팔사파八思巴, 혹은 파사팔巴思八이라고도 하는 파스파는 정사
에도 이름을 남긴 유명인이었다. 서장 토파土波 지역의 어떤 여
인이 우물에 떠 있는 흰 헝겊을 배에 두른 뒤 잉태되었다는 그
는 어린 시절부터 신통력이 범상치 않아 원나라의 황제 쿠빌라
이로부터 스승의 대접을 받은 몽고 밀종의 비조鼻祖였다.

모용풍의 노성에 광비 대사는 감탄했다는 표정을 지었다.

"과연 모용 시주답습니다. 그 라마승은 당시 대보법왕大寶法王
으로 추앙받던 파스파였지요. 파스파와 그를 추종하는 서장의
여덟 고승, 천룡팔부중天龍八部衆이 하필이면 그때 황궁에 있
었다는 사실은, 아마도 하늘이 쿠빌라이의 생명을 거두려 하지
않은 탓일 겁니다."

"애석하구나! 아! 애석해!"

벌써 오래된 이야기고 또 왕조도 이미 바뀌었건만 뭐가 그리
분한지 모용풍은 몇 번이고 탄식했다.

"결국 파사파와 천룡팔부중에게 뜻이 꺾인 좌 대공은 분루를

삼키며 발길을 돌리고 말았소. 좌 대공의 지기 되는 분도 그 뒤로 좌 대공의 모습을 보지 못했다고 하니, 아마 그때 입은 부상을 치료하지 못하고 어느 심산에선가 생을 마감한 것이 아닌가 생각하오. 세상의 이치가 대체로 이러한 법. 일은 사람이 꾸미되 성사는 하늘이 시키는 모양이오."

말을 멈춘 광비 대사는 심유한 눈길을 다시 석대원에게 주었다.

"지금까지 말한 것이 바로 혈랑검법의 내력이오. 대검객의 한이 서린 이 검법을 선사이신 혈랑곡주께서 어떤 경로로 얻으셨는지, 노납은 알 길이 없구려."

은근한 호기심을 내비친 말인데, 석대원은 대답 대신 담담히 웃기만 할 뿐이었다. 광비 대사는 더 이상 캐내려 하지 않고 화제를 돌렸다.

"혈랑검법은 비록 살기가 강하지만 우국지사의 의기가 담겨 있어 후인들이 함부로 평할 수 없을 게요. 하지만 혈옥수는 그렇지 않소이다."

'혈옥수'라는 세 글자를 말할 때, 광비 대사의 목소리에는 감출 수 없는 근심이 묻어 있었다.

"하교해 주십시오."

석대원은 공손한 자세를 그대로 유지한 채 가르침을 청했다.

광비 대사는 혈옥수의 내력에 관한 이야기를 한 가지 질문으로부터 풀어 나갔다.

"시주께서는 혹시 붉게 칠한 열 장의 잎사귀에 새겨진 요결을 보고 혈옥수를 연성하지 않으셨소?"

석대원의 눈이 조금 커졌다.

"그렇습니다. 종려나무의 잎사귀 같더군요."

"종려 잎사귀가 아니라 패다라貝多羅 잎사귀일 게요. 딱딱하기가 종려 잎사귀와 다를 바 없지요. 고대 천축에서 불경을 새길 때 주로 그 잎사귀를 썼소이다."

"하면 혈옥수가 천축에서 유래된 무공이란 말씀이십니까?"

궁금한 것을 참지 못하는 모용풍의 질문에 광비 대사는 고개를 흔들었다.

"자세한 것은 모르나, 그 위에 새겨진 요결이 범어梵語가 아닌 것을 보면 천축에서 유래된 것은 아닌 듯하외다."

석대원은 약간 곤혹스러워하고 있었다. 혈랑검법에 대한 내력이야 좌천량의 지기가 소림으로 출가했다고 하니 소림 출신의 광비 대사가 알 수도 있는 일이었다. 하지만 혈옥수에 관한 것이라면 얘기가 달랐다. 종려 잎사귄지 패다라 잎사귄지, 또 범어인지 한어인지 직접 보지 않은 사람이라면 어떻게 알겠느냔 말이다.

그러한 곤혹감을 꿰뚫어 본 듯, 광비 대사가 빙그레 웃으며 석대원에게 물었다.

"시주께서는 노납이 무슨 신통력이 있어 그런 점들까지 알고 있을까 괴이하게 여기시겠지요?"

"솔직히 그렇게 생각하고 있습니다."

"당연한 일이오. 하나 혈옥수가 폐사와 무관하지 않음을 아신다면 충분히 납득하실 거외다."

석대원의 미간에 깊은 골이 파였다. 혈옥수와 소림사? 아무리 생각해도 연관 짓기 힘든 조합이었다.

그런 석대원을 향해 뜻 모를 미소를 보내던 광비 대사가, 이제껏 한마디 할 기회도 찾지 못하던 적송에게 질문을 던졌다.

"혹시 〈훈도제선訓徒弟選〉이란 책을 읽어 본 적이 있느냐?"

갑작스러운 질문에도 적송은 당황하지 않고 차분히 대답했다.

"계인戒印을 받기 전인 사미승 시절에 읽어 보았습니다."

그러나 이어진 질문에는 아무리 침착한 적송도 당황하지 않을 수 없었다.

"하면 거기에 등장하는 '혈마귀' 얘기를 기억하느냐?"

〈훈도제선〉이란, 소림사 내에서 그리 중시되지 않는, 다시 말해 사미승들이나 읽을 법한 우화집이었다. 역대 고승들이 남긴 일화 중에서 아이들이 좋아할 법한 이야기만을 추려 엮은 책이니 잡서로 취급되기 딱 좋은 것이다. 보전寶典도 아니고 경서經書도 아닐진대, 그 속에 담긴 수많은 기이하고 잡박한 이야기들을 어찌 전부 기억할 수 있겠는가.

적송이 쉬 대답하지 못하자 광비 대사가 혀를 찼다.

"아흔이 넘은 내가 기억하는 얘기를 서른도 안 된 네가 잊어버렸구나. 오대五代 말기, 산동 일대를 피바다로 만들었다는 혈마귀 말이다. 그래도 기억나지 않느냐?"

적송의 안색이 갑자기 환해졌다.

"아! 이제 기억납니다. 보통 사람들은 눈을 마주치는 것만으로도 미치광이가 되었다는 그 혈마귀 말씀이로군요. 〈훈도제선〉에는, 당시 본 사의 나한당주인 공여空余 사조께서 십팔나한 전부를 이끌고 산동으로 달려가 태산 옥황정玉皇頂 꼭대기에서 사흘 밤낮을 싸운 끝에 가까스로 물리치셨다고 기록되어 있었습니다."

"이제야 기억이 난 모양이구나."

흡족히 웃은 광비 대사가 이번에는 질문의 화살을 모용풍에게 돌렸다.

"장동복莊同福이란 사람을 기억하십니까? 꽤 오래전 인물이지만 모용 시주께서는 아시리라 믿는데…….."

"장동복? 장동복이라…….."

"그가 산동에 세운 철왕당鐵王堂은 산동 제일을 뛰어넘어 천하제일로 이름을 떨쳤지요."

"철왕鐵王 장동복! 오대 말기의 천하제일인!"

"바로 그 사람이외다. 하면 이제 노납이 무얼 말하고자 하는지 짐작하시겠지요?"

광비 대사의 대화법은 매우 귀납적이었다. 개개의 특수한 사실들을 열거해 그것들로부터 공통의 결과를 이끌어내는 식이었다. 눈치 빠른 모용풍은 이러한 점을 알고 있었고, 때문에 광비 대사의 의중을 짐작할 수 있었다.

"그러니까…… 그 〈훈도제선〉이란 책에 나오는 혈마귀가 바로 장동복이다 이 말씀이신가요? 그리고 정파의 대협으로 이름 높던 장동복이 혈마귀로 변한 게 바로 혈옥수를 연성했기 때문이다 이건가요?"

광비 대사는 고개를 끄덕였다. 이에 모용풍을 비롯한 모든 사람들의 입이 쩍 벌어졌다.

"당시 공여 사조와 장동복은 막역한 사이였다고 합니다. 사조께서 직접 나서신 이유도 장동복이 혈겁을 일으킬 위인이 아님을 철석같이 믿으셨기 때문이었고요. 하지만 결과는 끔찍했지요. 사조를 향해 미친 듯이 살수를 펼치는 장동복은 과거 사조가 알고 지내던 그 장동복이 아니었다고 합니다. 이름 그대로 혈마귀. 시뻘건 눈과 시뻘건 손, 전신의 모공에서 뿜어 나오는 치 떨리는 붉은 혈기는 이미 인간의 것들이 아니었지요."

사람들의 머릿속에는 붉은 기운에 뒤덮인 채 살기를 줄기줄기 뿜어내는 무시무시한 마귀가 그려지고 있었다.

광비 대사의 이야기는 계속 이어졌다.

"솔직히 말해, 혈마귀로 변한 장동복을 폐사의 무승들이 제압했다는 기록은 사실이 아닙니다. 무엇으로도 막을 수 없는 극강한 장력으로 폐사의 무승들을 닥치는 대로 격살하던 그는, 무슨 까닭에서인지 별안간 격렬한 발작과 동시에 칠공으로 피를 쏟으며 쓰러졌다고 합니다. 노납이 짐작하기론, 아마도 체내에 들끓는 마기를 감당하지 못하고 주화입마走火入魔를 일으켜 자멸한 게 아닌가 싶군요. 어쨌든, 그의 처소를 수색하는 과정에서 공여 사조께선 비밀 연무장 서고에 보관된 열 장의 커다란 잎사귀를 발견하셨다고 합니다, 혈옥수의 연성 비결이 적힌 바로 그 패다라 잎사귀를."

모용풍을 향해 말을 마친 광비 대사가 다시 석대원을 바라보았다. 석대원은 고개를 숙인 채 무언가를 골똘히 생각하는 기색이었다.

"노납은 조금 전 석 시주의 내기를 살펴보던 중 한 덩이의 괴이한 기운을 찾을 수 있었다오. 이런 말씀을 드려도 될는지 모르지만, 그 기운은 백 살 가까이 살아온 노납으로서도 처음 대하는 섬뜩한 것이었소. 노납은 그것을 혈옥수로 인한 마기라 생각하는데, 석 시주의 생각은 어떻소?"

석대원의 시선은 바닥에 고정되어 있었다. 그러나 정작 그의 망막에 맺힌 것은 혈옥수를 수련하던 시절 자신의 모습이었다.

혈옥수의 연성은 정상적인 신체를 지닌 사람으로서는 불가능한 것이었다. 매 단계를 넘어갈 때마다 더해지는 마기, 그리고 그로 인한 주화입마의 위험을 인간의 능력으론 도저히 벗어날 수 없었던 것이다. 그러한 치명적인 위험은 석대원에게도 어김없이 찾아왔다. 그럴 때마다 끝이 보이지 않는 신비한 능력으로 주화입마의 문턱에서 헤매는 그를 구해 준 사람이 있었다. 바로 사부였다.

혈옥수의 연성은 정상적인 의지를 지닌 사람으로서는 불가능한 것이었다. 혈옥수를 완성할 때까지 석대원의 왼손은 온전한 적이 한 번도 없었다. 상처에 다시 상처가 생기고, 갈라진 살가죽이 또 한 번 갈라졌다. 이런 고통을 참을 바에야 차라리 죽어버리는 편이 낫다는 생각이 시시때때로 그를 찾아왔다. 그럴 때마다 맹수의 발톱 같은 채찍질로 그의 약해진 의지를 바로잡은 사람이 있었다. 바로 한로였다.

그렇게 육 년이 흐른 뒤, 석대원은 무적의 마공 혈옥수를 완성할 수 있었다. 그리고 스스로도 몸서리칠 만큼 위험하게 자라버린 마기를 품게 되었다.

석대원은 바닥에 고정시켰던 시선을 천천히 들었다. 광비 대사의 자비롭고 온유한 눈이 그를 기다리고 있었다. 하지만 석대원은 노승의 눈을 오랫동안 바라볼 수 없었다.

석대원이 한참 만에 말문을 열었다.

"혈옥수와 살기는 불가분의 관계입니다. 혈옥수를 전개하면 어김없이 살기가 뒤따르지요. 처음에는 그러한 살기를 제어하는 데 별문제가 없었는데, 시간이 흐를수록 조금씩 어려워지는군요."

"아미타불!"

네 명의 승려가 약속이나 한 것처럼 동시에 불호를 읊조렸다. 잠시 동안이지만 누구도 입을 여는 사람이 없었다. 무거운 침묵의 시간이 거친 물소리에 실려 흘러가고 있었다.

그렇게 얼마나 지났을까? 광비 대사가 침묵을 깨트렸다.

"실례되는 부탁인 줄은 알지만 노납이 석 시주와 따로 나눌 이야기가 있습니다. 잠시 자리를 피해 주실 수 있겠습니까?"

승려들이야 두말하지 않고 자리에서 일어섰고, 언제나 석대원의 곁을 떠나지 않던 한로도 꺼리는 내색 없이 엉덩이를 터는데, 유독 모용풍만은 좌불안석 뭐 마려운 강아지처럼 쩔쩔매는 것이었다.

"저…… 그냥 있으면 안 될까요?"

모용풍은 간절한 눈빛으로 애원했지만 광비 대사는 난색을 띠었다. 그런 노승을 도와준 사람이 있었다.

"나잇살이나 먹어 가지고 무슨 주책인가? 따라오게!"

한로는 광비 대사를 향한 애원의 시선을 여전히 거두지 못하는 모용풍을 잡아끌고 계곡 위쪽으로 올라갔다.

계곡 아래의 공터에는 이제 석대원과 광비 대사, 두 사람만 남게 되었다.

"지금부터 노납이 하려는 이야기는 폐사의 치부인지라 외인이나 아랫사람에겐 알리고 싶지 않았습니다. 너그러이 이해해 주시오."

석대원은 담담한 미소로 대답을 대신했다. 잠시 뜸을 들이던 광비 대사가 더욱 은근해진 목소리로 질문 하나를 던졌다.

"혹시 범업凡業이란 사람을 아시오?"

"모릅니다."

광비 대사는 석대원의 얼굴을 물끄러미 들여다보았다. 마치 대답의 진위를 가리려는 것처럼. 하지만 석대원의 표정엔 아무런 변화도 없었다. 정말로 처음 듣는 이름이었으니까.

잠시 후, 고개를 한 번 끄덕거린 광비 대사가 말을 이어

갔다.

"범업은 법명이고, 그에게 그 법명을 내린 곳은 바로 소림이라오. 범 자 항렬이니 노납에겐 사질이 되나, 입문이 늦은 탓에 나이는 노납과 별 차이 없을 게요. 한 번이라도 만난 적이 있었다면 그에 대해 조금 더 알 수 있었겠지만, 아쉽게도 그럴 기회가 없었소. 모두 노납의 탓이지요. 워낙 밖으로만 떠돌았으니까."

석대원은 범업이란 소림승의 이야기를 구구히 늘어놓는 광비 대사의 의중을 짐작할 수 없었다. 다만 지금까지의 경험으로 미루어, 이번의 이야기 또한 자신과 무관하지 않으리라 짐작할 따름이었다. 아니나 다를까.

"공여 사조께서는 혈옥수의 연성 비결이 적힌 열 장의 패다라 잎사귀를 수습하여 폐사의 장경각 지하 밀처에 보관하셨소. 사실 그곳에는 혈옥수의 연성 비결 말고도 방문좌도의 사공이술서邪功異術書들이 다수 보관되어 있었지요. 폐사의 선조들이 그런 밀처를 만든 이유는…… 음, 말씀드리지 않아도 짐작하시리라 믿소이다."

조금 생각해 보면 이해할 수 있는 일이다. 소림사는 불문의 도량인 동시에 강호의 문파. 강호의 문파라면 무공을 연구 발전시키는 데 게을러서는 안 되었고, 그러려면 정사를 망라한 많은 자료들이 요구되었다. 소림사의 역대 고승들이 각종 사공이술들을 보관해 온 것은 그런 이유에서일 것이다.

"오십여 년 전의 어느 밤이었소, 송나라 초기에 중건된 이래 단 한 차례의 유실 사고도 일어나지 않았던 장경각에 도둑이 든 것은."

"도둑이라고요?"

석대원은 놀라움을 감추지 않았다. 강호 견문이 짧은 그이지만 소림사 장경각의 경비가 황실 비고에 못지않다는 것쯤은 알고 있었다.

광비 대사가 조금 어두워진 표정으로 말을 이어 갔다.

"도난당한 것은 달마께서 남기신 역근경과 세수경도, 폐사의 이름을 강호에 널리 알린 일흔두 가지의 절기도 아니었소. 지하 밀처에 보관된 사공이술서들, 그중에서도 오직 혈옥수의 연성 비결이 적힌 열 장의 패다라 잎이 도둑의 목표였소. 그리고 사라진 것은 비단 그것만이 아니었소. 그날 밤 장경각의 번을 책임지던 범업 또한 모습을 감추었소. 입문한 뒤 단 한 번도 산문을 나선 적이 없던 그가 말이오."

"그렇다면 범업이 도둑이었나요?"

광비대사가 한층 무거워진 목소리로 대답했다.

"그렇소이다. 범업을 소림의 제자로 거둔 사람은 노납에겐 사형이 되는 광혜廣慧란 분이었지요. 범업의 거처에는 범업이 그분에게 남긴 서찰이 한 통 남아 있었소이다. 서찰을 읽은 광혜 사형은 당시 장문 방장이던 광문 사형을 찾아가 오랜 시간 독대를 가지셨소이다. 그러고는 곧바로 사찰 내에서 수행하던 모든 직분을 벗어 버리시고 참회동懺悔洞에 들어가셨지요. 그 후 입적에 드시기까지 사 년 동안, 광혜 사형께선 단 한 발자국도 참회동을 벗어나지 않으셨소."

석대원이 아연해하며 물었다.

"대체 서찰에 적힌 내용이 무엇이기에?"

"그것은 누구도 알지 못하오. 서찰을 읽으신 두 분 사형이 오직 함구로 일관하신 터라……. 다만 범업에 대한 추포령이 내려지지 않은 것으로 미루어, 뭔가 사람들이 모르는 커다란 내막이 감춰 있으리라 짐작할 뿐이라오."

광비 대사는 후우, 한숨을 쉰 뒤 말했다.

"그 뒤 광문 사형께서도 낙일평에서 열반하시고, 광 자 항렬은 물론이거니와 범 자 항렬의 사질들 또한 대부분 서토西土로 떠났으니, 범업의 이름은 노납 같은 퇴물을 제외하면 기억하는 사람이 거의 없으리라 보오. 한데 범업이 가져간 그 혈옥수가 곤륜지회에서는 혈랑곡주를 통해, 그리고 오늘날에는 석 시주를 통해 다시 세상에 나타났으니……. 노납이 이리 장황하게 유난을 떤 것도 모두 그 때문이라오."

지금 석대원의 시선은 광비 대사의 뼈만 남은 앙상한 손에 얹혀 있었다. 그 손을 바라보노라니 문득 머릿속에 떠오르는 손 하나가 있었다. 그에게 혈옥수의 연성 비결이 적힌 열 장의 패다라 잎을 넘겨주던 손. 저 노승의 것처럼 볼품없는 손이었다. 그리고 가없는 사랑으로 그를 위해 모든 것을 희생한 손이기도 했다.

그 손의 주인이 과거 범업이란 법명을 가지고 불문에 몸을 담았는지 여부는 알지 못했다. 아니, 광비 대사의 이야기를 들어 보니 그럴 공산이 컸다. 하지만 그 손의 주인이 범업인지 아닌지는 그리 중요하지 않다. 중요한 점은 오직 하나, 그 손의 주인은 석대원의 전신前身이었고 석대원은 그의 분신이란 것이었다.

석대원은 천천히 시선을 들어 광비 대사의 얼굴을 바라보았다. 자신을 향해 고정된 노승의 깊은 두 눈이 또 한 번 커다란 무게로 그의 마음을 짓누르는 듯했다.

"죄송합니다."

무엇이 죄송한 것일까? 소림사에서 도난당한 혈옥수를 자신

이 익혀서? 아니면 광비 대사의 해묵은 의구심을 풀어 주지 못
해서?

어쨌거나 석대원은 광비 대사에게 고개를 숙였고, 광비 대사
는 부드러운 말로 그의 무거운 마음을 달래 주었다.

"석 시주를 탓할 생각은 추호도 없소. 일전에 청류하에서도
인명을 구제하기 위해 몸을 아끼지 않으셨다는 얘기, 제자들의
입을 통해 여러 차례 들었다오. 만일 혈옥수의 살기를 끝끝내
이겨 낼 수 있는 사람이 세상에 존재한다면, 노납은 그 사람이
바로 석 시주라고 생각하오."

"감당하기 어려운 말씀이십니다."

"다만……."

광비 대사는 조금 어두워진 눈빛으로 석대원의 왼손을 바라
보았다.

"하늘이 인간의 의지를 시험함에 있어 그 방편이 반드시 자
비롭지만은 않다는 점이 노납의 마음을 무겁게 만드는구려. 아
미타불, 아미타불……."

석대원은 너무도 가라앉아 마치 불길한 예언처럼 들리기까지
하는 노승의 불호를 들으며 자신의 왼손을 바라보았다.

강한 손, 한없이 강한 손이었다.

그러나 그는 아무런 생각도 떠올릴 수 없었다.

다음 권으로 이어집니다